Trapp's oorlog

2539

Van dezelfde auteur

Vermist konvooi
Zij kwamen bij het ochtendgloren

Brian Callison

Trapp's oorlog

Zwarte Beertjes

Oorspronkelijke titel
Trapp's War

Vertaling
WVK-groep, Bergeyk

ISBN 90 449 2539 3
NUGI 333

Proloog

'Mijn God, wat is het donker, meneer.'

Trapp grinnikte vrolijk en liep naar de deur van de stuurhut. 'De nacht is even zwart als de kont van een Soedanese stoker.'

En zo was het inderdaad.

Tot het moment waarop het salvo lichtkogels met een gedempte *plof* recht boven de brug van de Charon ontplofte, wat de simpele bevestiging vormde dat je niet meer kon vertrouwen op discretie van wie dan ook. Niet als je midden in de nacht op nog geen dertig mijl van een belegerd eiland voer dat Malta heette.

En trouwens ook niet als je dat toevallig in het jaar 1942 deed.

Dus voegde de kapitein slechts een verbitterd en gelaten 'Oooo . . . VERDOMME!' toe aan zijn vorige opmerking en rende haastig naar de zuiver psychologische beschutting van het canvas windscherm van de stuurboordbrug. Voordat hij in een reflexbeweging in elkaar dook, constateerde hij nors dat je nog steeds niets kon ontdekken van wat hen dan ook had verrast. Niet nu de anonieme dreiging ook nog verborgen ging achter een nog dichtere helse duisternis buiten de kring van de door het magnesium licht bevroren zee.

Onder die omstandigheden was de eerste gedachte die Trapp te binnen schoot, misschien niet zo'n vreemde.

'U-boot! Oppervlakte-actie van zo'n verrekte U-boot, verdomme . . .'

Wat inhield dat die geschutsbemanning in de verte misschien nog twintig seconden nodig zou hebben om het doel te identificeren, in vizier te nemen en . . .

Dertien . . . veertien . . . vijftien . . .! Trapp begon zich om te draaien en keek naar de stuurhut. Het gezicht van de stuurman hing ergens halverwege in de rechthoek van de deuropening, een ziekelijk witte vlek met een zwart gat in het midden die knipperend naar het licht in de hemel tuurde met bruine, bange Griekse ogen die de dood al schenen aan te kijken. Het gat verdween toen de kleine man zijn mond sloot en probeerde te slikken vlak voordat Trapp bulderde: 'NEER, meester! Plat op je buik en bid dat het niet . . .'

. . . zeventien . . . achttien . . .

De eerste granaat trof de Charon precies op het moment dat de kapitein een tweede gedachte inviel. De mogelijkheid was zo ontstellend, zo ondenkbaar, dat Trapp zelfs midden in zijn waarschuwing aan eerste stuurman Theofylaktos Papavlahapoulos van koers veranderde.

Oprecht zei hij: 'Nee, Pappy. Na wat wij hebben gedaan, kun je God beter bidden dat daarginds wel een U-boot ligt . . . en niet de Navy. Tenminste niet de *Royal* Navy!'

En toen sneden scherven en messcherpe fragmenten van de Charon door de antieke voorkant van de brug. Tegelijk begon de nog altijd rechtop staande eerste stuurman te schreeuwen op een borrelende, onmenselijke manier . . .

. . . maar bij nader inzien was het een heel vreemde uitlating. Die zin over de Royal Navy.

Vooral uit de mond van een Britse zeeman in oorlogstijd.

Die onder vuur lag.

Natuurlijk was Trapp er nooit de man naar geweest om iets normaals te zeggen. Of om iets normaals te doen, wat dat aangaat. Misschien was dat wel mis met hem – het gebrek dat hem had gemaakt tot wat hij nu was en dat de reden was waarom hij steels midden door een wereldoorlog voer zonder eigenlijk bij de ene of de andere partij te horen.

Een soort unilaterale neutraliteit. Behalve dat Trapp de enige ondertekenaar van het verdrag was. De enige persoon die zijn eigen bijzondere status erkende als niet-deelnemer aan de tweede wereldoorlog.

Trouwens waarschijnlijk ook de enige persoon die het wist.

Eén ding was overduidelijk.

Die onzichtbare oorlogsbodem aan stuurboord wist het ook niet of trok zich er gewoon niets van aan. En wanneer je je aan de ontploffende kant van een maritiem treffen bevindt, dan worden de subtielere discussiepunten ook enigszins academisch en irrelevant.

Dus omhelsde kapitein Edward Trapp, zelfverklaard neutraal als hij was, gewoon het van vuil vergeven dek van zijn schip en luisterde verbitterd naar het gegil van zijn eerste stuurman dat schel uitklonk boven het gebulder van ontsnappende stoom uit de gebroken leiding van een windas. Hij voelde hoe de Charon stuurloos naar stuurboord gierde, omdat de scherven die zijn stuurhut hadden doorzeefd, waarschijnlijk ook verder naar achteren waren doorgedrongen en zijn roerganger te grazen hadden genomen.

En enkele korte ogenblikken ging hij in gedachten terug naar een vorige oorlog op zee, toen een heel jonge adelborst Edward Trapp van de vrijwillige marine reserve nerveus op de brug had gestaan van een ander oud schip. Met groeiende angst en trots had hij de kapitein van die vermoeide, slecht bewapende koopvaardijkruiser horen zeggen: 'Geef het konvooi bevel zich te verspreiden, alstublieft. Sein ongecodeerd naar de Admiraliteit . . . VALLEN VIJANDELIJKE SLAGKRUISER AAN. MIJN POSITIE IS EEN HONDERD DRIE EN TWINT . . .'

Alleen zou de kapitein zijn sein nooit afmaken, want het eerste salvo van het Duitse schip ontplofte pal boven op die hopeloos dappere man, lang voordat de vijand zelfs bij benadering binnen het bereik van de Britse kanonnen lag. En de enige duidelijke herinnering die de jonge Trapp eraan had overgehouden, was dat de navigatie-officier en de konstabel-majoor samensmolten in een uitdijende, bloederige massa vlak voordat de luchtstoot hem als een veertje optilde om hem een kabellengte achter het voortsnellende, verdoemde schip weer neer te vlijen.

Daar dreef hij behoorlijk comfortabel en zag met ogen die door tranen waren opgezwollen, hoe salvo na salvo van de verre horizon kwam aandenderen om zijn scheepsmaten te vermorzelen, te verbranden en in stukken te rijten te midden van een nog steeds voortstomend inferno van uiteenscheurend staal.

Tot de verouderde, slecht bewapende koopvaardijkruiser ten slotte zwaar slagzij maakte, terwijl de mieren in de verte, die de voorkeur gaven aan verdrinking onder de laag koolstof die de zee rondom bedekte, langs haar getekende flank omlaag klauterden. Adelborst Trapp voelde eigenlijk alleen opluchting toen hun die moeite werd bespaard door een enkele Duitse granaat die zijn weg vond naar het hoofdmagazijn en het schip uiteenspatte in een laatste, hoge kolom oprijzend water en vuur . . .

Ondersteund door het kussen van zijn zwemvest dreef Trapp als enige overlevende die hele dag en de volgende nacht rond. En ook nog de hele volgende dag en nacht. En hij wilde sterven, maar hij kon zijn hoofd niet lang genoeg onder water houden om te verdrinken, want je moet een moedig man zijn om zoiets te doen en Trapp was nog pas een jongen en heel bang.

En toen dreef op de derde dag een vlot voorbij met nog een stuk van een man erop. Trapp dacht dat die halve man het niet erg zou vinden voor de verandering een poosje te drijven en dus wisselden ze van plaats. Alleen wilde die andere kerel niet weggaan en bleef Trapp's vlot nog een hele tijd volgen, wat Trapp hartgrondig verafschuwde, want er zwommen een heleboel visjes en andere zeedieren rond en Trapp kon de aanblik van wat ze zijn onafscheidelijke metgezel aandeden niet verdragen . . .

Tot die andere vent steeds kleiner en kleiner werd en uiteindelijk helemaal verdween. En dat verafschuwde de jonge Trapp ook, want het was niet netjes jezelf aan een ander op te dringen en hem dan in de steek te laten op het moment dat hij aan jouw gezelschap begon te wennen. Zelfs niet als dat een hele tijd had geduurd.

Rond de tiende dag begon hij de Royal Navy stevig te haten. En de Duitse marine. En die verrekte oorlog.

Op de twaalfde dag sprong een roodachtig gekleurde vis hoog uit het water en landde vlak voor Trapp's ogen op het vlot. Hij keek een paar minuten naar het slaande en ademloos worstelende dier en hoopte dat het zou ontsnappen, omdat de inspanning van bewegen louter om in leven te blijven eigenlijk al te veel was. En toen hield hij op met slaan en staarde hem aan met bolle, verwijtende ogen en een glimmende, zwoegende buik.

Hij fluisterde verdrietig: 'Het spijt me. Maar ik denk dat je geluk voorbij is, denk je ook niet, vis?'

En toen at hij de vis op. Terwijl die nog lag te hijgen. En dat hield hem weer zeven dagen in leven.

Op de negentiende dag werd hij opgepikt door een passerend schip. Het was een Duitse raider. Ze waren erg vriendelijk voor hem. Ze gaven hem te eten, hielpen hem weer te leren lopen en lieten hem zelfs een brief naar huis schrijven.

En toen sloten ze hem op. Bijna twee jaar lang. Tegen de tijd dat de wapenstilstand werd getekend, had adelborst Trapp een pathologische afkeer gekregen van alles en iedereen die ook maar in de verte iets te maken had met oorlog en zinloze vernietiging.

Het kenmerkte het einde van de eerste fase naar de ontwikkeling van een uiterst individualistische en bijzonder koppige koopvaardijman.

Het tweede salvo van de duistere bedreiging buiten de schittering van de lichtkogel sloeg zonder te ontploffen dwars door de hoge, smalle schoorsteen. Wel barstte een volgende stoomleiding open, dit keer de pijp naar de vroeger glimmende koperen fluit van de oude coaster.

Trapp bleef nog een paar ogenblikken plat op het dek liggen en werd steeds kwader toen dat gegier van stoom onder hoge druk de herrie nog groter maakte. Niet in staat zich nog langer te bedwingen, slingerde hij een klinkende vooronder-vloek de nacht in, krabbelde overeind zonder ergens op te letten en smeet zijn met olie doordrenkte uniformpet ruwweg in de richting van wie er dan ook verdomme op hem schoot.

Of eigenlijk op de Charon. Maar dat betekende ook op hem. En op chef-machinist Al Kubiczek, voormalig machinist bij de US marine en nu gedeserteerd. En op tweede stuurman (zonder diploma) Chafic Abou Babikian, voormalig Libanees assistent-bordeelhouder en pooier met een onwaarschijnlijk zwak voor navigatie, westerse klassieke muziek en engelachtige jongetjes . . . en op Gorbals Wullie, voormalig Barlinnie gevangenis en tegenwoordig het ruwste, lastigste en koppigste exemplaar van alle staatloze, moederloze, piraatachtige, asociale dropouts die je met enige fantasie de bemanning van het stoomschip Charon zou kunnen noemen.

'Stuk voor stuk fijne kerels,' bromde Trapp. 'Ik zou me geen moment bedenken om ze stuk voor stuk beneden opgesloten te laten zitten als dit verdomde ouwe scharminkel haar laatste duik maakt.'

Behalve Pappy misschien. Zijn verhouding met de kleine stuurman was altijd een beetje bijzonder geweest en dateerde van de rustige vooroorlogse tijd toen er altijd wel een lading geweren of een paar anonieme passagiers aan land te smokkelen waren voor een van de talrijke plaatselijke Noordafrikaanse sjeikdommen . . .

Toen struikelde hij over eerste stuurman Papavlahapoulos die ongelukkig dwars in de deuropening van de stuurhut lag. Hij voelde een ongewoon verdriet, omdat hij plotseling besefte dat Pappy nu erg rustig was. Onheilspellend rustig eigenlijk voor een normaal luidruchtige Griek. En zeker rustig voor een luidruchtige Griek die waarschijnlijk een gat in zijn lijf had . . .

Maar de mate van zijn zorg voor de rest van zijn bemanning gaf al aan hoe cynisch Edward Trapp was geworden. En hoe verbitterd.

Het leven had hem te veel verminkt. Er was nu niets meer over van de jongen die zo onbedaarlijk had gesnikt op een schommelend vlot. Alleen omdat hij een bologig, verwijtend visje had opgegeten . . .

Niet dat Trap in één klap zo gedesillusioneerd was geworden, zelfs niet nadat hij na twee jaar en een eindeloze aaneenschakeling van krijgsgevangenenkampen weer boven water was gekomen. Natuurlijk, hij had toen meteen gezworen dat hij nooit ofte nimmer nog zou meevechten in een oorlog. Voor niemand. Maar in die tijd waren er een heleboel veteranen die er zo over dachten.

Hij begon ook nog hebzuchtig te worden. Wat ook niet zo ongewoon was. Veel geallieerde krijgsgevangenen die zich met moeite in leven hadden gehouden in een Duitsland dat door uithongering tot overgave werd gedwongen, ontwikkelden dezelfde zwakte. Tegen het einde van de oorlog was een homp bruin brood of een liter eikelsoep een onbetaalbaar bezit. Trapp ontdekte heel snel dat bemachtigen van zoiets gelijk stond met overleven. Het kostte hem alleen wat meer tijd om te ontdekken dat persoonlijk overleven per definitie niet verenigbaar was met zorg voor de medemens.

De jonge Edward bleek zich snel te kunnen aanpassen. Toen hij ten slotte in het naoorlogse Dover van het hospitaalschip stapte, was hij gebruind, breedgeschouderd en opmerkelijk fit. Terwijl veel van de gerepatrieerde krijgsgevangenen, verzwakt door ondervoeding, op brancards over de loopplank moesten worden gedragen, stevende adelborst Trapp, RNVR, met forse pas op de dichtstbijzijnde kantine van het Leger des Heils af.

Ook al klemde hij een uitpuilend pak extra brood en *Würsten* onder zijn arm.

Hij had het niet allemaal zelf kunnen opeten. Hij was heel erg veranderd sinds de dag dat hij zich tegen een vis had verontschuldigd . . .

Natuurlijk was het niet echt de schuld van Trapp. Op zijn manier was hij ook een oorlogsslachtoffer. Alleen de meeste zieken die terugkeerden, herstelden ten slotte. Trapp nooit. Of misschien wilde hij dat gewoon niet. Misschien trok hij de verkeerde conclusie uit het feit dat ruim vierhonderd man de oorlog waren ingegaan aan boord van die bewapende koopvaardijkruiser en alleen hij thuiskwam.

Dus begon hij met de regels naast zich neer te leggen. En vervolgens overtrad hij ze schaamteloos. Hij wachtte bij voorbeeld niet eens op zijn demobilisatie. Hij propte de overblijfselen van zijn uniform gewoon achter een toilet in Dover Station en trok een nogal slecht zittend pak aan dat hij toevallig in de bagage van iemand anders had gevonden. Toen salueerde hij spottend met twee vingers in de richting van ZKH koning George V, de hoge heren van de Admiraliteit en een Engeland dat klaar stond voor helden.

Drie dagen later was lichtmatroos Trapp op weg naar Shanghai aan boord van een slagzij makende, roestige oude vrachtboot die de recente vijandelijkheden waarschijnlijk alleen had overleefd, omdat de Duitsers hadden aangenomen dat ze toch zou zinken en dat het zonde was van de torpedo. De omstandigheden aan boord van die doodskist zouden minder standvastige mannen dan Trapp meteen op het rechte spoor hebben gebracht, voordat er blijvende schade was aangericht, maar ironisch genoeg versterkte het bij hem alleen de overtuiging dat hij op de juiste koers lag naar zijn fortuin.

Hij droste in Hong Kong. De volgende morgen ging ze naar de kelder als een tobbe vol cement en sleepte de hele verdere bemanning met zich mee in het graf. Voor de tweede keer in zijn korte leven had het lot Trapp veilig een dodelijke klip laten omzeilen.

Hij raakte er ten slotte van overtuigd dat hij een bijzonder waardevol bezit koesterde dat hem op een hoger plan plaatste dan andere, kwetsbaardere mannen.

Wat hij ook deed, blijkbaar was zijn bestemming: overleven.

Er schenen alleen tijden te zijn waarop overlevingstechnieken moeilijker toepasbaar leken dan tijdens andere momenten.

Zoals toen de derde granaat op spuugafstand achter de reling van de Charon ontplofte en Trapp het hele verrekte achterschip omhoog voelde komen om dan huiverend naar voren te schieten als een surfplank op een golfkam.

Uit zijn evenwicht gebracht viel hij zwaar met een knie op de borst van de kleine Griek, maar er kwam nog altijd geen geluid uit Pappy. Zelfs niet als geïrriteerd antwoord op Trapp's reactie: 'Sorry, stuurman.'

Alsof een hutlamp werd uitgedraaid, doofde toen plotseling de spetterende gloed van de lichtkogel uit en de duisternis daalde weer neer over de doorzeefde brug.

Maar niet voordat de kapitein had gezien dat Pappy's rechteroog beschuldigend in het zijne staarde. Alleen glinsterde het niet meer zoals vroeger wanneer de stuurman vertelde over het vissersdorpje aan het gouden strand vlak buiten Kastrosikiá.

En toen zag hij waar Pappy's andere oog was geweest. Het leek passend dat daarna de duisternis weer terugkeerde, op een geheimzinnige manier attent voor Pappy.

Trapp snoof luidruchtig en stond op. Langzaam, zodat de stille man in de deuropening niet zou denken dat hij zich beledigd voelde door zijn uiterlijk. Hij probeerde een ongewoon brok in zijn keel weg te slikken, maar ontdekte tot zijn verbazing dat het niet lukte. Tenslotte duidde dat op emoties en de kapitein wist dat zoiets onmogelijk was.

Dus stond hij daar gewoon en probeerde niet meer aan Pappy te denken. Hij luisterde suffig naar het gebulder van de stoom en de zenuwachtige kreten van het achterschip en knipperde blijkbaar zonder reden een paar keer met zijn ogen . . . en toen ontplofte een tweede lichtkogel in een schokkende en meedogenloze schittering en Edward Trapp kwam weer tot zichzelf.

Bij uitstek een man die overleefde.

Goedschiks of – bij voorkeur – kwaadschiks.

En dat laatste was zijn handelsmerk geworden kort nadat hij een tweede voortijdig verscheiden had ontlopen in die doorgeroeste bak die gewoon niet langer had kunnen blijven drijven.

Van Hong Kong naar Macao was niet ver. En Macao vormde in die tijd een uitstekende voedingsbodem voor de internationale misdaad. Het werkte als een magneet op wapenhandelaren, opiumdealers, goudsmokkelaars en al die andere enthousiast verdorven buitenbeentjes die een naoorlogse strafvervolging ontvluchtten. Het werd het symbool van het opwindende, avontuurlijke, ondoorgrondelijke Oosten – de belichaming van die ruige, romantische, van ziekten vergeven dagen van de Tongs en de Chinese piraten en de rivierkanonneerboten.

En ook Edward Trapp raakte bedwelmd door de wetteloosheid van het land. Voor hem was dit het land van de gouden mogelijkheden waar de overlevers koningen werden en de zwakken dood gingen.

Hij ging niet dood. Toch werd hij om de een of andere rare reden ook nooit echt een koning. Misschien omdat er diep in zijn binnenste af en toe nog te veel goede trekken kort ontwaakten. Met een zeker gevoel van frustratie ontdekte hij bijvoorbeeld dat hij niemand in koelen bloede kon vermoorden – een ernstige tekortkoming voor de jonge, doortastende leider in de maatschappij van Macao. En ook dat hij een nogal vreemd gevoel voor humor bezat dat niet direct vriendschappen aanmoedigde die hem hadden kunnen helpen bij zijn carrière. Zoals die keer dat hij tien ton onkruidverdelger won van een stakker van een kapitein en zijn winst alleen in klinkende munt kon omzetten door etiketten met het opschrift 'Kunstmest' over de oude te plakken en de hele partij door te verkopen aan een plaatselijke Fu Manchu die er zijn papavervelden mee bewerkte.

De papaverziekte hield dat jaar huis in China. De papavervelden van iedereen zagen eruit als de Gobi woestijn tijdens een grote droogte en Fu Manchu was tijdelijk voor de gek gehouden. Dat alleen redde Trapp van het ongemak dat zijn huid in repen van een centimeter van zijn lijf werd gestroopt.

Het overtuigde hem er ook nog sterker van dat hij alles zou overleven.

Maar desondanks verdween hij als de 'gesmeerde bliksem' uit Macao. Hop, hop!

Al was het alleen maar voor de zekerheid.

En weer bleek dat een voorbeeld te zijn van Trapp's onvergelijkelijke gevoel voor timing. Twee dagen later hoorde Fu Manchu via een omweg van het bedrog van zijn protégé en hij vierde een klein gedeelte van zijn oosterse frustratie bot door de ongelukkige kapitein, Trapp's maîtresse van dat moment en een handelsreiziger te ontvoeren. De enige binding die de laatste met Trapp had, was dat hij op de pier iets had gedronken met een kerel die haast had om te vertrekken.

De grootste delen van de onthoofde lijken van het trio werden de volgende ochtend uit een vrachtwagen gelost in de voortuin van het Britse consulaat. Precies in het midden van het croquetveld en verdomd onbehoorlijk, zelfs voor zo'n verrekte gele donder.

Vreemd genoeg leken de zaken voor Trapp nooit meer zo gesmeerd te verlopen.

De volgende paar jaar zwalkte hij stuurloos rond, meestal aan boord van een uitgeleefde, oude vrachtschuit, tot zijn maten genoeg kregen van Trapp's obstinate koppigheid en hem aan land zetten om door iemand anders op sleeptouw te worden genomen. Tussentijds scharrelde hij zijn kostje bij elkaar met smokkelen, pooier spelen, oplichten en zoals altijd overleven.

Halverwege de jaren dertig was er niets meer over van Trapp's droom. Wat restte was slechts een stugge, spijkerharde zeeman met een wrok tegen de hele rottige wereld en een tong zo ruw als de kiel van een vastgemeerde scheepsromp.

Hij was een prikkelbare, maar vreemd genoeg aardige kerel. En even onbuigzaam in zijn principes als de schoenzool van een stoker.

En toen kwam zijn laatste kans. Geboren uit hebzucht en wantrouwen.

Kapitein Trapp, zoals hij zichzelf toen beschouwde, kreeg een eigen schip aangeboden. Het aanbod kwam van een klein, nogal duister syndicaat van drie Egyptische zakenlui die een schip met lading hadden, maar niemand om ermee te varen, aangezien hun laatste schipper in dodelijke aanvaring was gekomen met een koevoet die werd gezwaaid door een nog steeds onbekend lid van de bemanning.

Het schip was de Charon. En dat was de eerste kink in de kabel. Trapp had nog nooit zo'n antieke, versleten, kreunende, roestige monstruositeit van een zeegaande rommelbak gezien sinds de tijd dat hij een wrak uit 1897 op de kust van Taipan had leeggeroofd. En dat had hij gedaan in een duikerpak, aangezien ze door haar oude leeftijd was gezonken en op de bodem lag.

Trapp herinnerde zich nog dat ze een opvallende gelijkenis vertoonde met zijn eerste schip. Alleen was dat gezonken wrak in een iets betere conditie geweest.

De tweede kink was de lading van de Charon en de haven waar die moest worden gelost. Een strand in Noord-Afrika en een zending vierdehands geweren die nog steeds iedereen konden doden waarop werd gericht. En de legioensoldaten die juist tegen wapensmokkelaars als Trapp in dat gebied patrouilleerden, waren geneigd eerst te schieten om daarna pas aan je lijk vragen te stellen.

Hij was ook wat beledigd door de houding van de Egyptenaren. Ze stonden er namelijk op dat hij aan boord bleef, terwijl zij de goederen aan land brachten en de slotonderhandelingen voerden met de plaatselijke sjeik. Het was bijna alsof ze hun eigen kapitein niet vertrouwden om met het geld terug te komen. Het idee dat hij, Edward Trapp, zijn eigen *lading* zou verpatsen, alle duivels nog aan toe . . .

En toen kreeg hij zijn grote IDEE.

Natuurlijk betekende het dat met de lading niets zou gebeuren. Afgezien van andere overwegingen was een van Trapp's onwrikbare principes loyaliteit tegenover zijn werkgevers. Natuurlijk was hij niets anders van plan dan hen met de geweren waar ze maar wilden in de Middellandse Zee aan land te zetten en hij verdomde het ook maar één .303 kogel met een vinger aan te raken.

Aan de andere kant was het niet meer dan redelijk dat hij ook een klein aandeel in de winst zou krijgen, niet waar?

Zoiets . . . als . . . het *schip* stelen, bijvoorbeeld?

En dat deed hij dus. Zodra het eerste salvo geweervuur vanaf dat verre strand over het stille water weergalmde, wat aangaf dat zijn voormalige Egyptische werkgevers die middag toch niet meer zouden terugkeren. En bovendien was het erg onwaarschijnlijk dat ze hem in de toekomst de rechtmatige eigendom van de s.s. Charon zouden betwisten.

En zo werd Edward Trapp, overlever, een man van gewicht. Een zelfbenoemde zeekapitein zonder binding met een bepaald land en de hele Middellandse Zee als zijn werkterrein. Hij had zelfs een kant-en-klare bemanning en hoewel hij nooit ondubbelzinnig kon bewijzen dat het Gorbals Wullie was geweest die de vorige schipper met een koevoet op pensioen had gestuurd, zorgde hij er wel voor dat hem zoiets niet overkwam.

Maar eenieder die enig besef had van Trapp's lotsbestemming, moest dat inmiddels weten.

En de zaken verliepen gelukkig en voorspoedig, op een nogal vieze manier, aan boord van de Charon terwijl zij tastend van de ene ongewisse bestemming naar de andere schommelde met alleen af en toe een steek- of schietpartij en een plons in het kielzog tijdens de hondewacht om de harmonie van haar bemanning te verstoren. Terwijl het Lot Trapp als steeds op een veilige koers stuurde, waardoor hij aan vervolging door de autoriteiten ontkwam.

Tot Adolf Hitler met zijn *Wehrmacht* Polen binnenviel en het enige gebeurde waarmee Trapp zich nooit zou inlaten, zoals hij lang geleden had gezworen.

Het grootste gedeelte van de wereld trok ten oorlog. Weer.

Alleen de allesbehalve patriottische bemanning van de Charon niet, die zich unaniem neutraal verklaarde en gewoon op de oude voet doorging. Hoewel eerlijkheidshalve moet worden gezegd dat het merendeel van die opmerkelijke bemanning moeite zou hebben zich precies te herinneren met welke kant ze zouden moeten meevechten.

En zoals Trapp tegen eerste stuurman Papavlahapoulos zei: 'Hoe dan ook, we moeten uit de buurt van oorlogsschepen blijven, Pappy. Dus we kunnen net zo goed voor eigen rekening blijven varen en tegelijk nog een aardig winstje opstrijken.'

Maar Trapp's principes bleven kaarsrecht overeind staan. Hij zou niets doen om de Britse oorlogsinspanning te saboteren. Alle whisky of chocolade of boter die hij op de geheime zwarte markten langs de Afrikaanse kust bemachtigde ging rechtstreeks naar de geallieerden . . . voor een zekere prijs. Dus kon ook niet worden gediscussieerd over de ethische kant van zijn zaken. Tenminste bezien vanuit het standpunt van een afvallige Engelsman.

En daarom schrok het eiland Malta, dat bijna op de knieën werd gedwongen onder de blokkade door de Nazi's, soms wakker om tot de ontdekking te komen dat weer een lading luxe goederen heimelijk uit een vrachtauto werd geladen die de nacht ervoor had staan wachten in een kleine inham even voorbij Vittoriosa. En een toevallig passerende hoge Britse officier die misschien wat meer informatie bezat dan Trapp lief was geweest, wierp slechts een welwillende blik op de gezichten die iedere bemoediging konden gebruiken en draaide zich dan om.

En zo hield Trapp zich buiten de tweede wereldoorlog. Tot op het moment dat een lichtkogel ontplofte. En een kleine Griekse zeeman een deel van zijn hoofd verloor.

Zodra die tweede lichtkogel ontbrandde, snauwde Trapp een venijnig 'Rotzak' en stapte langs de dode Griek de stuurhut in. Geleidelijk kon hij de snelheid van het schip voelen afnemen. De Charon deinde loom op de korte golfslag die steeds meer op de boeg kwam te staan, terwijl ze naar stuurboord draaide.

. . . tweeënveertig . . . drieënveertig . . . vierenveertig . . . Hij kon daarbuiten nog steeds niets onderscheiden, maar zijn nekharen vertelden hem dat hun tijd begon op te raken. Snel.

Koel zag Trapp in gedachten alles wat daar aan boord van die ongeïdentificeerde bedreiging buiten de lichtkring gebeurde. Rokende koperen granaathulzen die op het dek kletterden . . . Laden. Nieuwe lading op de lift die olie-achtig glom in de magnesium schittering . . . Broekstukken die dicht zwaaiden . . .

Messcherpe glasscherven knarsten onder zijn schoenen, toen hij gehaast naast de roerganger knielde die nu slordig lag opgekruld tussen het roer en het doorboorde achterschot van de stuurhut. Andere glassplinters glommen rood in een bloederige massa levenloos vlees. Een vreselijke woede overspoelde de kapitein als een geweldige kokende vloedgolf . . .

De telegraaf van de machinekamer belde ratelend. Een onverwacht geluid.

Hij draaide zich met een ruk om en keek ongelovig naar de wijzer. Beneden had iemand zonder bevel van de brug van VOLLE KRACHT VOORUIT op STOP gedraaid en hij kon al voelen hoe het trillen minder werd, toen de regelklep van de antieke stoommachine werd dichtgedraaid.

. . . eenenvijftig . . . tweeënvijftig . . . Ogen van schutters die tegen vertrouwde schuimrubber randen van kijkers in de verte werden gedrukt. Handen die richtwielen streelden. Verder . . . verder . . . VERDER . . . *Achtung Geschützbedienung* . . .!

Trapp sprong naar de spreekbuis voor de machinekamer. Hij rukte het fluitje eruit, liet het vallen aan de ketting en blies erg hard. Aderen op zijn voorhoofd zwollen op door de inspanning. Ver onder zijn voeten liet het fluitje aan de andere kant een ijl wanhopig gegil horen. Hij blies nog eens, drukte het mondstuk toen tegen zijn oor en luisterde machteloos naar het gekletter dat een reactie uit de machinekamer moest aanduiden.

En die kwam aarzelend. Na een lange tijd.

'Machinekamer.'

Trapp bracht de pijp naar zijn mond, zich ongemakkelijk bewust van de intense dankbaarheid dat iemand – wie dan ook – nog daar was. Hij snauwde kil: 'Brug . . . Wie heeft verdomme het bevel gegeven de machines te stoppen? Ik moet vol vermogen hebben. Nu!'

De sardonische, bittere lach die naar hem opsteeg kon maar van één man zijn. Chefmachinist Kubiczek.

'Jezus, kapitein, denk je soms dat deze tobbe een *echt* schip is? Als we een golf afglijden en de wind op de kont hebben, halen we nog niet meer dan acht knopen . . . De rotzakken die op ons schieten kunnen harder zwemmen.'

'Jij geeft me volle kracht, chef. Dat is een bevel, verdomme!'

De stem van Kubiczek had een hopeloze klank. 'Dan zul je moeten roeien, Trapp. Ergens aan dek is een stoomleiding gebarsten. Ik verlies druk als de hel. Hij staat nog maar op twintig pond en daalt nog steeds . . .'

Trapp voelde Kubiczeks angst in zijn eigen buik. Hij klemde zijn vingers om de pijp. 'Wij hebben een contract, jij en ik . . .'

'Je kan de pot op met je verrekte contract, Trapp . . .' Kubiczek leek even te aarzelen en toen zei hij met een stem die was gespeend van cynisme: '. . . Sorry, schipper. Maar er is niets dat de jongens en ik hier nog kunnen doen. We komen naar boven.'

De kapitein liet de pijp vallen en staarde dof uit het gebarsten, weggedrukte vierkant van het raam. Ineens was er daarbuiten geen toekomst meer. Niet voor Edward Trapp, ex-beroepsmatig overlever. Geen uitstapjes meer naar duistere kusten, nooit meer de opwindende spanning van het smokkelspel, nooit meer het loven en bieden voor een lading whisky of een ton verduisterde voorraden van het Afrika Korps . . . Geen Pappy Papavlahapoulos met zijn heldere ogen en zijn snel geprikkelde trouw . . .

. . . nu alleen nog een lang vergeten herinnering voor Trapp. De herinnering aan een ander oud schip dat ook niet kon terugvechten en aan mannen die overboord sprongen en stierven terwijl salvo na salvo insloeg. Maar zelfs dat kon niet worden vergeleken met de komende dood van zijn Charon. Want dat andere schip ging onder met waardigheid en trots en grote moed, terwijl Trapp niets meer had te bieden dan gevloek en getier op een veelkleurige bemanning van thuisloze boeven . . .

. . . zevenenzeventig . . . achtenzeventig . . . negenenzeventig . . .

Hij liep bij het raam weg en stapte nogmaals over de man in de deuropening. Het oog leek hem te volgen, dat ene goede Griekse oog en vaag vroeg hij zich af of het echt Pappy's wrok weerspiegelde op Trapp's hebzuchtige onkunde die hem had gedood. Het bezorgde de kapitein een akelige rilling. Bijna alsof hij een veroordeelde was die wachtte op zijn dood onder de beschuldigende cycloopachtige blik van een slachtoffer wiens vonnis al was voltrokken.

En toen overkwam Edward Trapp iets heel vreemds.

Terwijl hij zich met een ruk omdraaide, zag hij mannen op het achterdek. Vage, schaduwachtige gestalten die in ongewone harmonie werkten rond de enige, vuile reddingsboot achter de schoorsteenpijp.

Zich bewust van een groeiend gevoel van ongeloof sloeg hij ze zwijgend gade. En hij moest schoorvoetend erkennen dat zelfs een zo laaghartige, ruziezoekende bemanning als die van de Charon in staat bleek onder spanning de discipline ten toon te spreiden die ze nu vertoonden. Een discipline die iedere schipper zou doen zwellen van trots.

En dat was onthutsend, om het zwak uit te drukken. Want trots, in hoe geringe mate ook, was een gevoel dat de kapitein lang geleden had uitgebannen.

Tot tweede stuurman Babikian hem in het oog kreeg en aarzelde toen de boot soepel buiten boord zwaaide. Tanden flikkerden nerveus tegen de achtergrond van een donkere huid en de Libanees gebaarde: 'Wij maken klaar, kap'tein. Maar wij niet verlaten schip, tot jij het zeggen.'

En zo ontdekte Trapp – aan boord van een bak oudroest waar menselijke waardigheid sedert lang was begraven onder een laag onverschilligheid voor de behoeften van andere mannen – dat hij ten slotte het enige had gevonden waarnaar hij wellicht zijn hele leven op zoek was geweest.

Eindelijk was hij echt een koning.

Alleen was het nu te laat. Veel te laat!

Voor het eerst sinds de nacht uiteen was gebarsten, gleed een slanke grijze vorm dreigend de uitdovende lichtkring binnen en iedereen kon heel duidelijke de witte oorlogsvlag arrogant zien wapperen boven de dodelijk gerichte torens van een jager van de Britse vloot.

Het was een eenvoudige bevestiging van Edward Trapp's sombere vermoeden toen dat eerste schot uit het duister van de nacht was afgevuurd: breken van de blokkade rond het door de oorlog bezochte Malta moest ten slotte rampzalig eindigen.

En het kwam heel zeker niet overeen met de hogere kunst van . . . Overleven.

Hoofdstuk een

De telefoon rinkelde doordringend en drong het doffe gerommel van bommen op het noorden van Valletta, en het scherpere geratel van luchtafweergeschut even naar de achtergrond. Zelfs in de ondergrondse bunker konden we het voelen, lichte schokken onder onze voeten toen weer een aantal zandstenen huizen met Maltese vrouwen en kinderen ophielden te bestaan. Een paar dagen eerder, op de 26ste juli, hadden de sirenes op het eiland voor de achtentwintighonderdste keer voor luchtalarm geloeid.

En hoe dan ook, we keken allemaal naar de telefoon.

De admiraal pakte hem zelf op. Hij luisterde enkele ogenblikken, hing toen op en keek ons aan. Nog voordat hij iets zei, wist ik al dat het slecht nieuws was.

‘Het spijt me, heren. Dat was de bevestiging dat de Eagle is vergaan. Ze zonk in zeven minuten.’

Met een misselijk gevoel dacht ik: ‘O, God!’ maar ik zei niets. Dat doen luitenants niet. Niet in een vertrek vol hogere leger-, marine- en luchtmachtofficieren die net een dreun hebben gekregen. Toen mompelde iemand – ik geloof dat het kapitein (S) was – rustig: ‘Dan hebben we Goddank de Victorious en de Indomitable nog voor luchtdekking.’

Na een aarzeling van enkele ogenblikken opende iemand achterin de commandopost de deur en zwijgend liepen ze een voor een naar buiten. De PEDESTAL conferentie was toch voorbij en er viel niets meer te zeggen. Nu moest er alleen worden gewacht en dat hadden ze de laatste tijd op Malta heel veel moeten doen.

Ik bleef omdat me dat was gezegd. Voor het begin van de conferentie. Hoewel ik denk dat ik het toch zou hebben gedaan. Na zes weken duimendraaien midden in de Middellandse Zee zou ik bij Winston Churchill persoonlijk zijn binnengevallen om weer een schip te krijgen.

Een vrouwelijke onderofficier stak haar hoofd om de deur en aarzelde bij het zien van de admiraal die nu met zijn rug naar ons toe en peinzend met gevouwen armen stond op te kijken naar de grote operatiekaart aan de muur. Ik schudde waarschuwend mijn hoofd en ze schonk me een grappige, trieste glimlach alvorens weer te verdwijnen.

Ze was niet onknap, bedacht ik afwezig, maar op dat moment was ik er niet voor in de stemming. Alleen misschien voor een fikse ruzie met de admiraal.

Het probleem was dat ik niet precies wist hoe ik moest beginnen. Ik wist trouwens niet eens waarom me was gezegd te blijven wachten. Dus keek ik ook maar omhoog naar de kaart en las de keurig geschreven namen van het escorteeskader van OPERATIE PEDESTAL.

Het was een lijst die een kenner van *Jane's Fighting Ships* zou doen watertanden: de slagschepen Nelson en Rodney, de kruisers Manchester en Cairo, Phoebe, Kenya, Charybdis en Nigeria. Tweeëndertig jagers . . . ze waren daarbuiten en maakten geschiedenis, terwijl ik alleen maar geïrriteerd en gefrustreerd de oorlog mocht uitzweten.

Want de volgende stervensfase was nu begonnen met het verlies van de Eagle en onwillekeurig vroeg ik me af hoeveel van die fraai geschreven namen zouden zijn uitgewist voordat de restanten van de oorspronkelijk veertien koopvaardijschepen naar hun ankerplaats in Grand Harbour konden opstomen.

En alleen God wist hoe wanhopig Malta ze nodig had om alleen maar te kunnen overleven. Slechts twee vrachtvaarders waren er de afgelopen weken doorheen gekomen – twee van de zeventien die de konvooien VIGOROUS en HARPOON vormden – en nu waren de tekorten kritiek. Voedsel, ammunitie voor de batterijen luchtafweergeschut. Dieselolie voor de schepen van het 10de Onderzeeboot-flottielje dat vanaf het eiland opereerde. Kerosine voor de paar Spitfires die er nog waren . . .

. . . Ik zag dat er maar een tanker op de lijst stond, niet meer dan een, en ik hoefde geen admiraal te zijn om te weten dat zij het hoofddoel zou vormen voor iedere *Luftwaffe* vlucht die de komende dagen Bomb Alley als doel had.

Haar naam was Ohio.

Haar bemanning moest bestaan uit dappere mannen . . .

De admiraal draaide zich om en zag me naar de kaart staren. Misschien las hij iets in mijn ogen of misschien was hij gewoon een man met veel begrip, want hij glimlachte vaag en zei: 'U bent daarbuiten bij hen, niet waar, luitenant? In gedachten.'

Ik beantwoordde de glimlach niet. 'Ik zou er graag bij zijn. Maar liever daadwerkelijk dan zo abstract, meneer . . .' Ik aarzelde en ging toen uitdagend verder: 'Ik hang nu al zes weken rond sinds ze me uit mijn laatste schip hebben gebombardeerd en ik heb niets te doen behalve het censureren van post van matrozen. Als de Marine me bij de koopvaardij had gelaten, zou ik nu tenminste op zee zitten.'

'Je was reserve-officier. Je wist dat je verplichtingen in tijd van oorlog bij de Royal Navy lagen, Miller.'

'Jawel, meneer! En niet – met alle respect – bij het postkantoor!'

Even zei hij niets. Hij keek me alleen maar aan met die doordringende grijze ogen en toen draaide hij zich met een ruk om en gebaarde naar de kaart die boven ons uitrees. Toen hij eindelijk zijn mond opende, sprak hij rustig, bijna afwezig.

'Waarschijnlijk het machtigste escorte dat tijdens deze oorlog bijeen is gebracht, Miller. Meer dan veertig oorlogsbodems. Veertig . . . Met slechts één doel: een doortocht banen voor het konvooi. Veertig schepen om veertien te beschermen . . .'

Hij draaide zich weer om me aan te kijken en ik kon de rimpels van spanning zien die groeven etsten in de verweerde slapen. 'Toch acht ik mezelf heel gelukkig als drie of zelfs twee van die koopvaarders erdoor komen.'

Ik zei: 'Ja, meneer' omdat ik wist dat hij gelijk had en er niets aan toe te voegen was. Bovendien wist ik dat er nog iets moest komen en dat kwam toen.

'Vertel me dus eens, luitenant, hoe het in Godsnaam mogelijk is . . .' De admiraal haalde diep adem en schudde ongelovig zijn hoofd. '. . . dat een onbewapende acht-knopen kolenschuit zonder rapporten van de inlichtingendienst, zonder informatie over koersen en mijnenvelden, zonder radar en verdomme zelfs zonder radio . . . hoe het *mogelijk* is dat die smokkeltochten uitvoert, tussen dit ingesloten fort en de Noordafrikaanse kust met de regelmaat van . . . van een veerpont, verdomme!'

Ik mompelde: 'Nou, dat kan dus niet, is het wel? Tenzij het toevallig een met kolen gestookte onderzeeboot is. Met een permanent op wacht staande schutsengel, natuurlijk.'

Toen ontdekte ik dat hij inderdaad een man was met veel begrip, want hij trok niet eens een wenkbrauw op bij die duidelijke onbeschaamdheid. Hij zei alleen heel rustig: 'Maar het is wel degelijk gebeurd, Miller. Voortdurend. Al veertien maanden lang!'

Ik zag de blik in de ogen van de admiraal. En daarin blonk geen humor. Geen enkele. Het was beslist niet de blik van een man die spooksmokkelaars verzon die bij nacht en ontij kogels en granaten trotseerden aan boord van een onmogelijk verouderde stoomboot.

Dus fluisterde ik: 'Goede God!'

Zwakjes.

En voor het eerst glimlachte de admiraal echt.

Twee uur later zag ik de smokkelaar voor het eerst.

Eerder die ochtend was ze binnengebracht, en nu lag ze gemeerd aan de buitenkant van een uitgebrande romp van wat vroeger een vrij oud schip was geweest, voordat de stuka's haar te pakken kregen. Daarna had de marine alles van de dekken gesloopt wat nog bruikbaar was, en toch zag ze er nog beter uit dan Trapp's blokkadebreker.

Zeker even zeewaardig. En het slachtoffer van die bomaanval rustte al op de bodem van de haven.

Maar ik had een karwei op te knappen voor de admiraal. Een nogal apart en erg bevredigend karwei.

Ik zocht mijn weg over het door de hitte verwrongen dek van

het gezonken schip naar de Charon. Een paar minuten geleden had het sein 'alles veilig' geklonken, en nu bestond de enige herinnering aan alweer een raid, alleen nog uit de sirenes van ambulances en brandweerauto's in het centrum van de stad en een rookkolom die bijna verticaal oprees in de wolkenloze lucht boven het marinedok. Op de werf achter me was de bemanning van een 3.7 duims luchtafweerkanon met ontbloot bovenlijf lege ammunitiekisten over de zandzakken van hun stelling aan het tillen. De nonchalante manier waarop ze bezig waren suggereerde dat ze het al heel vaak hadden gedaan.

Maar op dat moment werd heel mijn aandacht op een hypnotische en ongelovige manier getrokken door de Charon. Ik nam haar helemaal op en voelde een ongewilde bewondering voor wie die Trapp dan ook mocht zijn, want iedereen die zo'n vervallen schuit van Afrika naar Malta kon varen – nog afgezien van het tussentijds ontlopen van alle oorlogsschepen in de Middellandse Zee – moest een echte zeeman zijn. En tegelijk een onverantwoordelijke, geldgierige, gokkende zeerover met een onweerspreekbaar doodsverlangen.

Ze was misschien zestien meter met een dicht dek vanaf de overhangende achtersteven tot halverwege haar lengte vooruit. Een hoge, dunne schoorsteenpijp torende boven ruim twee uit dat was afgedekt met een gevlekt canvas zeil dat bijna even vuil was als het dek zelf. Ongeveer midscheeps lag de open brug, hoewel iemand daarop ooit iets had getimmerd wat je een stuurhut zou kunnen noemen, als beschutting voor degenen die wacht hadden. En nu had de granaat er weer voor gezorgd dat de vroegere spartaanse air-conditioning weer in ere was hersteld. Een lager gelegen kuil vooruit, omgaf ruim nummer een met enorme roestige vrijboorden langs de spuigaten waarna het dek oprees naar een kleine voorplecht waar een gedeeltelijk weggeschoten windas nog grimmig houvast probeerde te vinden aan het opkrullende dek. De gehavende en gebeukte scherpe boeg was even verticaal en onbuigzaam als de plompe gestalte van een opzichter.

Iedere vierkante centimeter van die maritieme karikatuur was ofwel roestig of gewoon vuil. De houten masten hadden scheuren waarin de vinger van een kajuitjongen kon verdwijnen, terwijl het touwwerk dat lachwekkend doorging voor stagen zoveel gebroken strengen telde dat het meer op angorawol leek. Er zat een gat ter grootte van ruwweg een vier duims granaat in de schoorsteenpijp en dat was ongeveer het enige aan de hele verdomde boot dat netjes was afgewerkt.

Behalve een ander voorwerp, het meest groteske en irrelevante onderdeel van dat lelijke stoombootje . . . want aan het eind van het gangboord, zodat je het niet kon missen als je aan boord kwam, hing trots de schoonste en mooiste naamplaat die ik ooit in mijn leven had gezien. Glimmende, met de hand gemaakte koperen letters, geschroefd op een helder gelakt mahoniehouten bord waarbij de kapitein van een slagschip een steek van trots zou hebben gevoeld, verkondigden met absolute schaamteloosheid dat je voet aan boord zette van – God sta allen bij die op haar varen – het stoomschip Charon.

Met dat toppunt van pure ironie, dacht ik, vernoemd naar die legendarische veerman die de zielen van de verdoemden over de Styx placht te zetten.

Naar de Hades.

Met tegenzin maakte ik mijn ogen ervan los en liep naar de loopplank tussen de twee schepen. De gewapende wacht, een paar verveeld uitziende soldaten, sprongen in de houding toen ik naderbij kwam en na een vluchtige blik op mijn legitimatie lieten ze me door met een schouderophalen in de trant van 'Dwazen betreden plaatsen waar zelfs engelen liever niet komen'.

Ik aarzelde voor die prachtige naamplaat, haalde diep adem en stapte op de huid van vuil die het dek van de Charon verborg. Ik hoopte dat ze niet zou zinken voordat ik weer van boord kon stappen.

Bijna onmiddellijk ging een deur in de bovenbouw op een kier open en verscheen een wantrouwend oog. Ik staarde doordringend terug en na een ogenblik zwaaide de deur verder open en stapte een man over het luikhoofd. Hij was groot, getaand en verweerd als het boegbeeld van een klipper, met handen als kolenschoppen en een agressieve opgeheven kaak. Maar er was nog iets anders – een capabele waakzaamheid, een indruk van bijna waardige afkeer over mijn aanwezigheid aan boord – en ik vroeg me af of de bemanning van de Charon wel enigermate onder de indruk was van de ernst van de situatie waarin ze zich bevond.

Ik had het onplezierige gevoel dat een van hen dat in ieder geval niet was. En dat maakte mijn karwei er niet gemakkelijker op.

Ik zei kortaf: 'Kapitein Trapp. Ik zou hem graag willen spreken.'

De ogen namen me kalm op, en ik begon me niet op mijn gemak bewust te worden van andere ogen die me even scherp opnamen vanuit geheime plekken van het schip. Op de een of andere manier kreeg ik sterk de indruk in een andere wereld te verkeren. Een wereld waarin onverhoedse gewelddadigheden en intriges hand in hand gingen met een vreemdsoortige, opstandige buitenissige kameraadschap.

Een wereld waarin geen plaats was voor mij en andere normale mensen zoals ik.

De man haalde zijn schouders op en draaide me heel nadrukkelijk de rug toe. 'Hij wil je toch niet spreken, omdat je bij de marine zit en zo.'

Ik stak mijn voeten tussen de deur voordat die definitief dichtviel, en besloot tot de informelere benadering van de koopvaardij. 'Dan kun je maar beter zorgen dat hij van gedachte verandert, mister,' snauwde ik grimmig. 'Voordat ik deze modderschuit laat ontsmetten door de havenautoriteiten. Met een verrekte lucifer!'

De gestalte in de deuropening bleef met een ruk staan en aan de houding van zijn brede schouders kon ik de onderdrukte spanning zien. Heel langzaam draaide hij zich om en keek me aan.

Terwijl ik de zenuwtrek bij mijn mondhoek probeerde te beheersen, merkte ik kil op: 'Nu heb je echt om problemen gevraagd, stomkop . . .' maar toch ik bracht mijn gezicht dicht bij het zijne, greep de rand van mijn stalen helm stevig vast om die zo nodig als verrassingselement te gebruiken en voegde er met alle venijn die ik kon opbrengen aan toe: 'Breng de kapitein dus hier, matroos. En schiet op!'

Een heel kort ogenblik staarde de grote man me aan met een uitdrukking van . . . kon het *afkeuring* zijn geweest, om hemels wil? Van een zeeman aan boord van zo'n aftandse verwaarloosde schuit? En toen ontdekte ik met duidelijke opluchting een glimp van verrassing of was het zelfs een wrokkig respect?

'Je staat tegen hem te schreeuwen, mister. Ik ben Trapp . . .' hij wierp een korte blik op mijn epauletten, '. . . en ik zal je vertellen dat ik je met heel je opgeblazen marinegedoe over de muur had gezet als je geen reservist was geweest.'

Ik snauwde kort aangebonden: 'Als ik geen reservist was geweest, Trapp, had ik nu aan boord van een fatsoenlijk schip gestaan. Dan hoefde ik niet voor boodschappenjongen te spelen op een smokkelende kopie van een syfilisbark uit Port Saïd!'

Ik zag hoe de grote handen zich onwillekeurig balden, maar hij sprak nog altijd met een ijzige beheersing. 'Ik ben ongebonden. Dit is een neutraal schip . . .'

'Het is een smokkelschip. Opgebracht naar een geallieerde haven in oorlogstijd. En dat wil zeggen dat je in de nesten zit, kapitein. Tot aan je ongebonden nek.'

We stonden elkaar neus aan neus woedend aan te staren met een bijna komische felheid. Ik geloof niet dat een van ons het aanzwellende gehuil van de sirenes hoorde en Valletta onderdook voor weer een luchtaanval. Eigenlijk was ik maar vaag bewust van de kanonnen die op de zuidelijke punt van het eiland begonnen te vuren, toen Trapp weer sprak.

'Ren dan maar gauw terug en vertel je bazen dat ze niet bevoegd zijn dit schip vast te houden. Vertel ze maar dat de Royal Navy in de nesten zit, want die opende het vuur op een neutrale vrachtvaarder en doodde mijn eerste stuurman en een andere arme donder die alleen zijn werk deed . . . en me dan ook nog enteren en dreigementen uiten . . .'

Uit een ooghoek zag ik dat de bemanning van het luchtdoelgeschut op de werf ineens heel actief was geworden. Een stem brulde: 'Luchtalarm . . . Op jullie posten!' terwijl de richters snel in hun stoeltjes zwaaiden met de handen al aan de knoppen voor elevatie en zwenken.

Trapp negeerde ze allemaal alsof ze niet bestonden. En trouwens ook alsof de *Luftwaffe* niet bestond.

'... dit schip voert geen vlag, hoort bij geen enkel land, mister. Ze is een vrije vrachtvaarder en dat ben ik ook. In zaken. Ik koop en verkoop. En nu heb ik een lading whisky, Hollandse jenever, koffie en vijfentachtig kratten ingeblikte vis. En als de Navy zo graag iets wil doen voor die arme duvels op dit eiland, dan kunnen ze in hun zak tasten en mij ervoor betalen ... het niet roven als een stelletje verrekte piraten ...'

Van de werf. 'Vijandig ... ruim veertig ... laag inkomend, richting een negen vijf!'

Ik zei koeltjes: 'Je bent een parasiet, Trapp. Een uitbuiter. Jij maakt van een oorlog een zaakje, een ... een winstgevend zaakje. Maar nu is het uit met je geluk. De oorlog heeft jou en je bemanning van uitschot achterhaald net als deze verrekte, monsterachtige mesthoop die jij een schip noemt.'

Een plotseling gebrom van vliegtuigmotoren vanuit zee. Maar net op dat moment keek ik Trapp in de ogen en aarzelde. Er stond razernij in te lezen en onverhulde hebzucht, maar ook nog iets anders ... een oprechtheid, een soort fanatiek geloof dat hij gelijk had en de rest van de wereld niet.

Het gebrom vanuit zee werd een asynchroon gedreun dat ieder onderdeel van een seconde luider werd. Ik werd me ervan bewust dat de twee soldaten van de gewapende wacht hollend dekking zochten in de uitgebrande bovenbouw van het schip tussen ons en de wal en hoorde duidelijk de beheerste orders van de geschutsbemanning vlakbij.

'Messerschmitt een een nul,' van de doel-identificatie.

De loop van de 3.7 zwaaide al naar beneden, naar de ingang van de haven. 'Op doel.'

'Ontsteker zes.'

'Ontsteker zes ... ingesteld.'

Ik zei gespannen: 'Het wordt tijd om dekking te zoeken, Trapp.' En toen vroeg ik me af, waar we in 's hemelsnaam naartoe konden, aan boord van een papieren scheepje als de Charon.

Hij schudde zijn hoofd en ontblootte zijn tanden in een woeste, spottende grijns.

'Het is jouw verrekte oorlog ... *Luitenant.*'

Ik begon te duiken toen het gebulder aangroeide tot een donderend gehuil. Een korte blik op de tweemotorige bommenwerper die zo laag over de haven op ons af raasde dat een fijne nevel achter de propellers werd opgeworpen en toen lag ik wanhopig ineengedoken tegen de verschansing, met mijn vingers in de roestige smerigheid die de spuigaten vulde.

Maar ik had het al eerder meegemaakt. Het had ze precies drie minuten gekost om mijn laatste schip tot zinken te brengen.

Het bloedstollende gegier van Daimler-Benz motoren bij een snelheid van driehonderdzestig mijl per uur ... Nog meer vliegtuigen – tientallen rottige vliegtuigen hoog in de lucht boven me, omgeven door wolkjes van de flak ... ieder kanon op Malta knalde er oorverdovend op los ...

Van de werf. Heel luid ... '*VUUR*!'

Boem!

Een tweede vliegtuig scheerde laag en hard door mijn blikveld met een rokende stuurboordmotor ... het angstaanjagende gegil van Stuka's die boven het centrum van Valletta optrokken ... een enorme explosie ergens in het binnenland. *Boem*! En weer de 3.7 van de buren ... BOEM!

Ik voelde hoe ik werd neergedrukt door de luchtdruk van de propellers toen die eerste Messerschmitt over de reling van de Charon scheerde, met wijd open bommenluiken en twee kanonnen in de neus die gele lichtflitsen knipperden ... gaten verschenen in belachelijk rechte evenwijdige lijnen in het afbladderende dek.... Trapp! Waar in Godsnaam zat *Trapp*...?

Ik rolde op mijn rug en ontdekte hem. Hij stond nog steeds, en schudde met zijn vuist naar het alweer verdwijnende vliegtuig, terwijl ik hem zelfs boven het pandemonium uit de smerigste internationale vloeken hoorde uiten, die een man in een heel leven lang nog niet geleerd kreeg.

Ik kwam langzaam overeind. De kanonnen vuurden nog en het eiland huiverde onder de inslagen van Duitse bommen, maar na het aanschouwen van Trapp's reactie op wat de rest van de wereld als beschaving beschouwde, kon me dat niets meer schelen. Niet nu. Want ik herinnerde me plotseling waarom ik aan boord van de Charon was gestuurd. Aan boord van het enige schip dat niets te maken wilde hebben met niet winstgevende zaken. Zoals het verdedigen van vrijheid en vaderland.

Ik begon te lachen. Trapp keerde zich naar me toe met een gezicht dat op onweer stond en hoewel ik wist dat hij de grap of de ironie ervan nooit zou inzien, kon ik niet voorkomen dat er een lichte spot in mijn stem doorklonk.

'O, maar het is nu wel jouw oorlog, Trapp. Die van jou en van de Charon. Ik ben gestuurd om je dat te vertellen. . . . want je bent geronseld, Trapp. Opgeroepen. Jij en je schip en die aparte troep die jij je bemanning noemt. Opgeroepen . . . om te vechten voor je vaderland. Met geen enkele kans op zelfs maar een klein winstje.'

Hoofdstuk twee

'Nou?'

'Hij zegt dat u kunt ver . . .'

Ik sloot met een klap mijn mond toen ik bedacht waar ik was. 'Trapp doet het niet, meneer. Ook al is hij Brit van geboorte, hij beweert dat hij te oud is om opgeroepen te kunnen worden voor militaire dienst.'

De admiraal keek niet bijzonder verrast. Alleen sardonisch. 'Dus geen latente opwelling van vaderlandsliefde? Zoals je zegt is de man Brit.'

Ik mompelde: 'Ha.' Verbitterd.

'En je hebt hem verteld wat we van hem willen? De nogal . . . eh . . . onorthodoxe baan die we in gedachten hebben?'

Ik slaagde er niet in de irritatie uit mijn stem te weren. 'Nee, meneer. Voornamelijk om redenen van veiligheid. Trapp is bezeten van geld en ik wilde niet de kans lopen dat hij het hele idee aan de moffen verkoopt . . . niet dat ze zo gek zouden zijn om hem te geloven, maar toch . . .'

'Vind je het voorstel echt zo bizar, Miller?'

'Ik vind het het meest belach . . .' Aarzelend staarde ik naar de banden op zijn mouw, maar hij trok alleen vragend een wenkbrauw op, dus ging ik moeizaam verder: 'Ik denk dat de operatie – zelfs al wordt de beste man ingezet die beschikbaar is met een speciaal toegerust schip – in het beste geval zelfmoord is . . . Om Trapp daarheen te sturen met dat absurde scharminkel van de sloperij dat hij een schip noemt, lijkt me een slecht, uiterst onpraktisch idee dat gedoemd is te mislukken. Meneer.'

Hij keek helemaal niet bezorgd. Alleen blij. 'Dan mogen we rustig aannemen dat onze vrienden van de Duitse Marinestaf de mogelijkheid met evenveel logische neerbuigendheid zullen afwijzen.'

Ik haalde mijn schouders op. 'Trapp heeft het ook al afgewezen. Zelfs toen ik opperde dat zijn enige alternatief de gevangenis was op verdenking van spionage voor de vijand . . .'

Mijn stem haperde twijfelend. Om de een of andere reden leek de admiraal nog altijd bijzonder ingenomen met zichzelf – en die reden wilde hij me op dat moment kennelijk niet meedelen. Hij ving mijn weifelende blik op en glimlachte bemoedigend.

'Je denkt dat hij zich daar geen zorgen over maakt? Het vooruitzicht achter tralies te verdwijnen?'

'De halsstarrige rot . . . Hij daagde ons zelfs uit hem in de gevangenis te werpen, verdomme! Zei gewoon dat hij de admiraliteit voor de rechter zou slepen voor illegale detentie zodra de oorlog voorbij is. Voor een Zwitserse rechtbank of waar dan ook. Hij gaat ervan uit dat hij meer schadevergoeding kan eisen dan hij in twintig jaar met de Charon kan verdienen.'

Ik geloof niet dat de admiraal zich er al te druk over maakte. Hij scheen een ogenblik peinzend in de ruimte te staren, keek me toen ineens aan en zei kortaf: 'Goed, Miller! Ga naar de haven. Ik heb ze gezegd een paar schetsen te maken, dus ze verwachten je. Maar je zult ze hard aan het werk moeten zetten. Verdomde hard zelfs.'

Ik was vastbesloten voet bij stuk te houden. Volgens mij had ik al meer dan genoeg tijd verspild aan een verloren zaak. Vooral als die zaak zo hopeloos was als deze. 'Meneer . . . ik moet u verzoeken me weer naar zee te sturen. Ik ben geen pennelikker en evenmin een organisator en PEDESTAL heeft nog een hele weg af te leggen . . .'

Hij stond op en legde een kalmerende hand op mijn schouder. 'Zorg dat deze Charon operatie van de grond komt en ik zal me er persoonlijk om bekommeren dat jij weer een aanstelling op zee krijgt, Miller. Mijn woord erop.'

Ik keek hem dankbaar aan en voelde het eerste sprankje hoop in vier maanden. Tot ik een visioen kreeg van een uiterst wrokkige en weerbarstige zeeman die woedend stond te dansen en te schelden tegen een vliegtuig dat op hem schoot, en mijn hart zonk me in de schoenen.

Bitter mompelde ik: 'Trapp is er ook nog, meneer. Hem van gedachten doen veranderen lijkt me een hopeloze zaak . . .'

De hand klopte me bemoedigend op de schouder. 'Vergeet hem. Zorg er alleen voor dat de Charon in alle opzichten klaar is voor het karwei dat wij in gedachten hebben en dat je een bemanning krijgt van de vloot.'

'En Trapp?'

Hij wreef in zijn handen alsof hij nu al voorpret had. 'Misschien moet je de kapitein maar aan mij overlaten. Hè, luitenant?'

Ik knikte vol vertrouwen. Blij. Persoonlijk kon het me geen donder meer schelen, zolang ik maar geen last had van Trapp.

Tenslotte had ik zijn belofte dat ik zou krijgen wat ik wilde.

En hij was uiteindelijk een admiraal. En dus een man van zijn woord.

Ik bracht niet veel tijd door in de haven.

We stonden allemaal rond een tafel en staarden in verbijsterd stilzwijgen naar de schets van de Charon. Haar lijnen en ruimen leken op papier nog sterker op de krassen van een geestelijk gestoorde cartoonist. Wat wij met haar wilden doen grensde aan totale waanzin.

Het hoofd van de tekenkamer stond verlegen te schuifelen. 'Het spijt me heren, maar het schip ziet er echt zo uit. Mijn assistent heeft de maten persoonlijk nagemeten. Drie keer.'

Ik wees stom op het rode overlegvel. Hij haalde verontschuldigend zijn schouders op. 'De voorgestelde aanpassingen en . . . eh . . . toevoegingen. De admiraal was heel duidelijk in zijn verlangens.'

Iemand vroeg op verbaasde toon: 'Maar zal ze nog wel blijven drijven met die extra ballast?'

Het hoofd van de tekenkamer sloot even zijn ogen. 'Zelfs niet als we de rest van de ruimte opvullen met kurk. Maar volgens onze berekeningen kan ze dat toch al niet. Theoretisch heeft ze eigenlijk nooit kunnen drijven.'

Het hoofd van de constructie-afdeling snoof geërgerd. 'Natuurlijk kan van de hele verrekte zaak niets komen!'

De commandant (bevoorrading) mompelde: 'Het is onmogelijk. Totaal onmogelijk.'

De man van de logistieke dienst glimlachte medelijdend: 'Ze zal bij de eerste proefvaart zinken. Het is volslagen belachelijk.'

Ik zei ferm: 'Wanneer zal ze klaar zijn?'

'Is donderdag over een week goed?'

'Dank u zeer, heren.'

Ik vertrok en trok de deur rustig achter me dicht.

'Je wilt vrijwilligers voor een bijzondere opdracht?' sprak de luitenant van personele zaken me ongelovig na. 'Een bijzondere opdracht aan boord van dat ding?'

'Dat wil de admiraal, Micky,' verbeterde ik hem. 'Persoonlijk zou het me niets kunnen schelen al moest je ze ronselen met een gewapend escorte. Ik heb kwantiteit nodig om ervan verlost te worden, niet kwaliteit.'

Mijn geweten knaagde even aan me omdat ik zo ongevoelig deed, maar aan de andere kant bedacht ik dat de toekomstige bemanning van de Charon toch niet langer dan een paar dagen in leven zou blijven en dat het van slechte planning zou getuigen om het puikje van de Navy met haar te laten verzuipen.

Micky haalde zijn schouders op. 'Je beseft natuurlijk wel dat je wordt opgescheept met al het uitschot van de vloot hier in de Middellandse Zee.'

Ik glimlachte hooghartig. Ik had een admiraal die me steunde. 'Ik niet, makker. Zodra dit zaakje is georganiseerd, kom ik bij je terug om een mooi plaatsje voor me te vinden aan boord van een fatsoenlijk schip.'

Ik trok de deur open en gaf hem een knipoog. 'Wil je een goede raad van me hebben? Van een insider?'

Hij staarde me somber aan. En hij kende maar een gedeelte van het sprookje.

'Wie je ook uitkiest voor het baantje van eerste luitenant van de Charon,' zei ik oprecht, 'zorg ervoor dat het iemand is aan wie je een gloeiende hekel hebt.'

Pas toen ik buiten stond viel me iets in.

Ik bedoel maar, niemand zou zo'n hekel aan een ander kunnen hebben.

'Ik ben tacticus, geen verrekte tovenaar, Miller.'

De stafofficier planning keek me kwaad aan en ik probeerde een meelevend gezicht te trekken. 'Ik besef dat het een vrij lastig probleem is, meneer. Maar de admiraal schijnt er nogal op gebrand te zijn dat . . .'

'De admiraal schijnt de zaak niet meer helemaal in de hand te hebben, verdomme!'

Ik draaide me om naar de deur. 'Jawel, meneer. Misschien kan ik hem beter op de hoogte stellen van uw mening en proberen of hij niet . . .'

'Kom terug, Miller.'

De stem van de stafofficier was net een zweepslag. Ik kreeg de indruk dat ik weer een vriend minder had. 'Meneer?'

Hij schonk me een gedwongen glimlach en slaagde er bijna in de blik van haat uit zijn ogen te weren. 'Het is alleen dat we op dit moment wat krap zitten in tijd . . . eh . . . luitenant. Het lijkt zonde om iets tot in de details op te zetten dat . . . eh . . . nou ja . . . lijkt uit te lopen . . .'

'Op niets, meneer?' schoot ik hem te hulp. 'Al lang voordat een van de plannen die u moet uitwerken kan worden uitgevoerd?'

Ik zag hoe een ader opzij van zijn hoofd begon te kloppen.

'Ja, verdomme!'

'Maar ik kan de admiraal wel vertellen dat u ermee doorgaat en . . .'

'Eruit, Miller. ERUIT!'

Ik trok de deur voorzichtig achter me dicht en leunde ertegenaan. Golven van opluchting spoelden over me heen. Eindelijk was het me dus bijna gelukt uit deze verdoemde gevangenis van een eiland te ontsnappen. Nu hoefde ik er alleen nog maar voor te zorgen dat er werd doorgewerkt, en dat leek niet moeilijk omdat ik de volledige steun van de admiraal kreeg. Verdomme, de oude had me zelfs toegezegd de weerspannige kapitein Trapp onder handen te nemen.

Ik was zo goed als terug op mijn geliefde zee, waar de ontmoeting met het s.s. Charon nog slechts een vervagende, bijna ongelooflijke herinnering zou zijn aan een weldra uitgewiste nachtmerrie.

Maar toen begon ik schijnbaar zonder reden te trillen. Het was een vreemde sensatie, bijna alsof ik de ijzige vingers voelde van een nog onzichtbare, maar akelige geestverschijning. Bijna alsof ik ook een van die verdoemde zielen was. Alsof ik stond te wachten om over de rivier de Styx te worden overgezet – naar de Hades.

Ik voelde die onnatuurlijke huivering weer toen ik de Charon voor de tweede keer zag.

Misschien kwam het door de manier waarop ze zo troosteloos lag gemeerd, langs dat schamele uitgebrande wrak, zodat zelfs de lage middagzon werd geweerd van haar vuile, verwaarloosde dekken. Twee schepen die elkaar in de naweeën van de slag omhelsden. De een al dood, de ander die meelijwekkend lag te wachten op de *coup de grâce* van de vijand.

Ik zag dat de gewapende wacht sinds de vorige keer was versterkt. Toen ik de loopplank naderde, stapte een onderofficier van de artillerie naar voren en salueerde. Tien andere soldaten stonden verspreid langs het buitenste boord van het wrak opgesteld en bestreken zo de hele lengte van de Charon. Het waren allemaal forse zeelieden die hun geweer met grimmige vastberadenheid vasthielden, en stuk voor stuk zagen ze eruit alsof ze dat wapen het liefst aan de kant zouden gooien om de bemanning van een zeker schip op een meer traditionele manier mores te leren: met de vuisten, laarzen, flessen en brandspuiten.

Aan de overkant van de ruimte tussen de twee vervallen schuiten en ruwweg man tegenover man hing de bemanning van de Charon. En ik zag nu dat ze tien keer zo vreemd en buitenissig waren, als ik had gedacht. Zonder twijfel had Trapp op één schip de smerigste, meest cosmopolitische en ongezonde troep piraten verzameld die uit de goten van de internationale sloppen te halen was.

Trapp steeg aanmerkelijk in mijn achting. Niet vanwege zijn voorkeur voor die scheepsgezellen, maar omdat hij kennelijk een niet te evenaren vermogen bezat om zelfs tussen zo'n moordzuchtig stelletje te overleven, een stelletje dat slechts in de verte enige gelijkenis met een bemanning vertoonde.

De korporaal zei gespannen: 'Kan ik u helpen, meneer?'

Verlangend dacht ik: 'Ja, graag. Je zou die rotzakken naar buiten kunnen slepen en ze laten verzuipen . . .' Toen aarzelde ik. Het was me pas ingevallen dat ik helemaal niet wist waarom ik eigenlijk was gekomen. Welke onbegrijpelijke gedachtenkronkel had me koers doen zetten naar het probleemschip dat ik de hele dag al kwijt probeerde te raken? Ze bezat iets, een soort perverse fascinatie, die me onweerstaanbaar aantrok. Of was het die vreemde duistere piraat van een kapitein Trapp die dat deed . . .?

Ik zwaaide met mijn identiteitsbewijs. 'Ik ben Miller. Toegevoegd aan de staf van de vlagofficier.'

'Jawel, meneer. Ik heb van u gehoord.'

Hij wekte de indruk van een verdraagzaam man die de grens van zijn uithoudingsvermogen had bereikt. Ik knikte in de richting van de oude schuit. 'Problemen met de inboorlingen, korporaal?'

'Ze zijn gek. Het hele verrekte zootje. Krankzinnig. Ze schelden, jouwen, gooien met van alles. En wij hebben uitdrukkelijke orders gekregen niet aan boord te gaan . . .' Zijn blik verhelderde ineens, alsof hij een visioen kreeg van onbereikbare verrukkingen. 'Misschien probeert er eentje dadelijk uit te breken naar de wal. Dat zou ik leuk vinden. Jezus, wat zou ik dat leuk vinden. Vooral als het die Schotse rotzak is, die vent daar. De kerel die ze Gorbals Wullie noemen . . .'

Net toen hij dat zei, zag ik de kleine man met de stoffen pet en het slungelige, ondervoede lijf lenig de roestige ladder naar het bovendek van de Charon opklimmen en met twee vingers in mijn richting salueren. 'Hé jij . . . officiertje met je mooie pakkie. Kom hier en laat dan eens zien of je nog zo'n ferme kerel bent zonder al die zware jongens achter je!'

Ik voelde hoe de korporaal verlangend zijn vuisten balde, maar ik bleef onaangedaan over de kloof tussen de twee schepen staren. 'Ik begrijp wat je bedoelt, maar heeft kapitein Trapp niet geprobeerd ze tegen te houden of kan het hem ook geen barst schelen?'

Gorbal ging schimpend verder met zijn joelende accent: 'Kom op, mietje. Kom eens hierheen om ons een eerlijke kans te geven, mooie jongen!'

Een marinier naast ons vroeg bijna smekend: 'Laat me gaan, meneer. Alstublieft? Twee minuten, meer vraag ik niet.'

De korporaal snauwde: 'Blijf met je voeten op dit dek staan, makker . . . Trapp is er niet, meneer. De provoost is een half uur geleden met hem aan wal gegaan. Pas daarna begonnen de anderen vervelend te doen.'

De kleine man met zijn oliezwarte pet begon heen en weer te dansen en hysterisch met zijn vuisten te zwaaien: 'Slap officiertje . . . Slap officiertje . . .'

Ik zag dat de bemanning van de 3.7 belangstellend toekeek vanuit hun geschutsstelling op de werf, terwijl de rest van de mannen van de Charon de gewapende wacht ineens geen blik meer waardig keurde om stuk voor stuk naar achteren in de richting van de loopplank te slenteren. Ik dacht vermoeid: 'O, Christus, ik zal met die idioot van een Wullie op de vuist moeten of ik moet hem verdomme overhoop schieten . . .'

'. . . Slap officiertje . . . Slap officiertje . . .'

En toen gebeurde het toch nog. En omdat het de Charon was, kon het ook niet anders of het moest wel gebeuren.

De arm van de kleine man zwaaide ineens en iets dat glinsterde in het licht van de dalende zon kwam in een boog op me af. Ik hoorde het gerinkel van glas, toen de fles kapot sloeg tegen het stalen schot achter me en ik voelde scherpe splinters in mijn wang dringen.

Het bleek ook de laatste druppel in een emmer die al bijna overliep.

De voorste marinier brulde een onbeheerst: '*Rotzakken*!' en naast me snauwde de korporaal scherp: 'Blijf staan, jullie daar . . .!' tot zijn stem verloren ging in het gekletter van geweren die vol vreugde op het dek werden geworpen. De gewapende wacht ontwapende zich eindelijk en sprong als één man naar de opening tussen de twee schepen.

Ik voelde het bloed over mijn kraag druppelen en dacht treurig: 'Dit verrekte, rottige onding van een schip . . .,' toen ik ineens de uitdrukking op het gezicht van de korporaal zag, wiens gedisciplineerde wereld en carrière ineens in duigen viel. En toen vertrok ook zijn gezicht ineens in een enorme, zorgeloze grijns van opperst geluk, terwijl hij met ongeduldige vingers aan de gordel met zijn revolverholster rukte.

'Ik ben al twee keer gedegradeerd, meneer,' bromde hij als een beer met voorpret, 'en ik mag verrekken als het deze keer niet veel meer de moeite waard zal zijn als die andere keren . . .'

Ik hoorde zijn beleefde: 'Neemt u me alstublieft niet kwalijk, meneer,' in de lucht hangen, voordat hij met een gebrul van vreugde in de vechtende kluwen verdween. Toen begonnen de artilleristen op de werf te juichen en op en neer te springen van pure opwinding, terwijl aan boord van ieder schip in Malta's Grand Harbour groepjes oorlogsmoede matrozen ontstonden die fluitend over geschutskoepels, bruggen en relingen hingen.

Ik zette mijn met bloed bespatte pet af en legde mijn stalen helm en mijn gasmasker er heel zorgvuldig naast. Toen trok ik mijn broek op en draaide me weer om. Met kritische blik bekeek ik de vloekende, worstelende en grommende massa lichamen. Maar ik zocht heel speciaal naar een met olie bevlekte pet waaronder een onverbeterlijke kleine rotzak van een Schot zat met een losse tong.

Tot een wat verfomfaaid matroos met de overblijfselen van een marinekraag en een gescheurde blauwe trui achterstevoren uit het gewoel werd gestoten gevolgd door een schriele gestalte die wilde Schotse vloeken slaakte en zich met een prachtige buiklanding op hem stortte, terwijl hij hem al bedolf onder een stortvloed van felle vuistslagen.

Daarop mompelde ik: 'Neem me niet kwalijk, Majesteit. Voor het feit dat ik officier ben.'

Een beetje schuldig voelde ik me wel.
Voordat ik ook begon te rennen . . .

Hoofdstuk drie

De knappe vrouwelijke officier derde klas aarzelde even voordat ze de deur van de afdeling operaties opende en keek me nieuwsgierig aan. 'Ik weet dat ik het eigenlijk niet mag vragen,' zei ze verlegen, 'maar is het PEDESTAL konvooi al binnengelopen?'

Ik zocht dankbaar steun tegen de muur. Het was een lange gang en ik had niet veel energie meer over. Ik voelde me een beetje gekwetst dat ze me niet meer herkende na mijn vorige bezoek aan de admiraal, maar misschien waren het bloed, de snee in mijn wenkbrauw en de kapot gerukte epauletten daaraan debet.

'Voor zover ik weet niet,' mompelde ik voorzichtig. 'Waarom vraag je dat?'

Haar grote, hartverwarmende ogen knipperden onzeker toen ze van de schaafwond op mijn knie naar de snel donker wordende blauwe plek op mijn wang gingen. 'Ik vroeg het me gewoon af. Weet u, als de Duitsters . . . Nou ja, u ziet eruit alsof u zwaar hebt gevochten. En niet erg fit . . .'

'Blijf doorgaan, Miller, beste jongen. Niets werkt zo goed bij het ondermijnen van de morele code van een meisje als sympathie,' dacht ik hoopvol. 'Ik heb het inderdaad nogal zwaar gehad, liefje,' fluisterde ik gebroken. 'Maar zolang er nog een oorlog is uit te vechten, moet ik wel doorgaan met . . .'

'Inderdaad. Nou, gaat u dan maar door die deur, meneer!'

Ik draaide me om en ontmoette de wat minder hartverwarmende blik van de dienstdoende officier van de walpatrouille. 'De admiraal heeft met nadruk gezegd dat hij u meteen wilde spreken,' gromde hij, 'en als het aan mij ligt, krijgt de admiraal wat hij wil, meneer. Misschien zou u er ook zo over moeten denken, dan zou u het voor de krijgsraad wat gemakkelijker krijgen, als u begrijpt wat ik bedoel.'

Uit het plotselinge ijzige begrip dat in de ogen van de vrouwelijke officier daagde, maakte ik op dat de korte romance in de gangen van het marinehoofdkwartier op Malta weer tot het verleden behoorde, dus zei ik somber: 'Wat is de uiteindelijke score van de gewapende wacht, chef?'

Hij keek me beschuldigend aan. 'Drie ernstig gewond in het hospitaal – een met inwendige verwondingen, een met een schedelfractuur en een met messteken – en dan nog vier met minder ernstige verwondingen als botbreuk, hersenschudding . . .' Ineens verschrompelden zijn granieten trekken tot een onverwachte, samenzweerderige grijns. '. . . Maar als u ziet wat ze met die andere kerels hebben gedaan. En u hebt die kleine Schot een enorm pak slaag gegeven, nietwaar, meneer? Die kleine rotzak zal zeker een week lang geen lepel pap in die mond van hem kunnen krijgen.'

Mijn verloren liefde sloeg verschrikt een hand voor haar mond en slaakte een verstikt: '*Ooo*!' terwijl ik met de deurknop speelde en wanhopig een manier zocht om het onvermijdelijke uit te stellen.

'En de commandant van de wacht, chef?'

'Crocker?' Hij grijnsde weer. 'Gekneusd maar ongebroken. De derde keer helaas voor Arthur. Ik denk dat hij mag rekenen op twaalf maanden en verlies van zijn rang . . . U kunt beter naar binnen gaan, meneer. Wij zullen hier buiten blijven wachten.'

Ik knikte zwaar. Ik hoopte dat korporaal Crocker zich had geamuseerd. Dat hoopte ik van harte. Want het zag ernaar uit dat dat hem lang zou heugen. Maar een ding leek zeker, wat er ook met mij gebeurde, net als korporaal Crocker kon ik de tegenstribbelende kapitein Trapp en zijn Charon voorgoed uit mijn geheugen zetten.

En die gezegende verlossing was op zich al heel wat ellende waard.

Ik haalde diep adem, schonk het meisje een laatste trieste glimlach en draaide de deurknop om.

'Nou, Miller?'

De admiraal bekeek me vol afschuw van boven tot onder, terwijl ik stram in de houding stond en moeilijk probeerde te slikken. 'Meneer, ik besef dat ik mijn boekje te buiten ben gegaan en ik kan alleen maar voorstellen dat u me meteen naar zee terugstuurt. Dat zou veel problemen voor . . .'

'Waar heb je het verdomme over?'

Ik sloot mijn mond met een klap en keek hem weifelend aan.

'Meneer?'

Hij snauwde geërgerd: 'De Charon. Zijn er vertragingen te verwachten?'

Ik zei aarzelend: 'Niet van de werf. Nee, meneer.'

Hij scheen te ontspannen en ik begon me ongemakkelijk te voelen. Deze ontvangst was wel het laatste wat ik had verwacht.

Haastig ging ik verder: 'Er waren wat problemen met Trapp's bemanning. Maar ik betwijfel of iemand u dat al heeft verteld.'

Bij nader inzien denk ik dat ik misschien wat agressief heb geklonken. Maar desondanks verstijfde ik onder de woeste reactie van de admiraal.

'Dat is me wel verteld. En houd alsjeblieft op met die verdomde zelfgenoegzame verontwaardiging, Miller . . . Die "problemen" van jou waren niets anders dan een compleet oproer. Drie mariniers zijn zwaar gewond en Trapp heeft weer een handvat voor zijn anti-marinehouding. En misschien wel het ergst van alles is dat een korporaal eerste klas nu in zwaar arrest zit . . .'

Ik staarde hem aan, me bewust van het feit dat het bloed uit mijn gezicht wegtrok. Hij leunde weer achterover in zijn stoel en keek me enkele ogenblikken strak aan voordat hij vervolgde: 'En jij zult de verantwoordelijkheid voor dat beschamende incident dragen, Miller . . . maar op het moment dat de marine dat schikt, niet als het jou uitkomt.'

Ik antwoordde niet, omdat ik mezelf niet vertrouwde. Ik kon hem alleen maar verbitterd aankijken in het volle besef dat ik fout was, maar evenmin was ik bereid te accepteren dat hij – als de geestelijke vader van de hele rotzooi – gelijk had.

Misschien dat het me toen voor het eerst begon te dagen waarom Edward Trapp de man was geworden die hij was en op een bijna roekeloze manier voelde ik me dichter met hem verbonden. Een gezamenlijke weerzin tegen dat onpersoonlijke instituut, wat weer resulteerde in een gefrustreerd verlangen tegen traditionele waarden aan te schoppen.

De admiraal boog zich ineens voorover en drukte op de intercom op zijn bureau. 'Breng Trapp binnen. Meteen.'

Hij keek naar me op en misschien flikkerde er iets van sympathie in die grijze ogen, alleen wilde ik het niet zien. Dus haalde hij bijna onmerkbaar zijn schouders op en zei: 'Ik heb hem ruim drie uur laten wachten. Ik denk dat hij mij ook niet erg aardig zal vinden.'

Toen werd de deur open gesmeten en stapte Trapp naar binnen.

Of liever, hij stormde naar binnen. Als een slagkruiser in de aanval.

'Jij bent hier zeker de baas?'

'Min of meer. Tenminste als het de marine betreft.' Glad als zijde.

'In dat geval wil ik . . .' Trapp kreeg mij in het oog en aarzelde bij het zien van mijn verfomfaaid uiterlijk. Toen glimlachte hij zuur. 'Ik hoorde dat je weer aan boord van de Charon was geweest, mister. Nu weet ik het zeker.'

Nijdig dacht ik: 'Dat weet die rotzak van een Wullie ook,' maar het enige wat ik deed was hem zwijgend, ijskoud aankijken. Onverschrokken ging hij verder met zijn aanval.

'Ik eis juridische bijstand. Ik ga jou voor het gerecht slepen. En ik wil dat mijn schip wordt gerepareerd . . . of wou je soms ontkennen dat de marine heeft geschoten terwijl we niets onwettigs deden?'

De admiraal trok spottend een wenkbrauw op. 'Er is inderdaad geschoten. Wij hadden geen vriendschappelijke schepen verwacht in dat gebied, dus was de kapitein van die jager volkomen gerechtigd om te schieten.'

'Recht op mij? De internationale wetten eisen een schot voor de boeg, mister . . . Niet recht voor zijn raap.'

'Niet in een oorlogssituatie. En zou u trouwens zijn bijgedraaid? Als u niet eerst behoorlijk wat schade had opgelopen?'

Trapp aarzelde weer en grinnikte toen onbeschaamd. 'Nee.'

De admiraal boog zijn hoofd een fractie uit erkenning voor Trapp's nogal onverwachte oprechtheid. Ik was echter niet zo erg onder de indruk. 'Als we dan toch allemaal zo eerlijk doen, Trapp, laten we dan ook die smoes van jou vergeten dat je niets onwettigs deed, goed?'

Hij draaide zich om, maar de grijns bleef. 'Het internationale hof zou het misschien niet me je eens zijn, mister.'

Van achter ons klonk de stem van de admiraal. Het was net het gespin van een kat die met een muis speelt. 'O, maar ik weet bijna zeker dat ze het wel met ons eens zullen zijn, kapitein-luitenant-ter-zee.'

Waarschijnlijk was mijn ergernis er de oorzaak van dat de volledige inhoud van wat hij had gezegd niet meteen tot me doordrong. Maar het drong ook niet tot Trapp door. Geen moment.

'Dat zullen we dan moeten bekijken, nietwaar? Want ik ga nu meteen actie ondernemen tegen jouw admiraliteit. En dat niet alleen om compensatie te eisen voor de schade aan mijn schip toen er onwettig op werd gevuurd, maar ook voor verlies van winst tijdens onrechtmatig arrest . . .'

En plotseling sloot Trapp met een klap zijn mond en knipperde met zijn ogen. Langzaam draaide hij zich om en keek de admiraal aan. Langzaam en bijna zenuwachtig.

'Wat zei je daar, mister?'

'Ik zei dat ik bijna zeker weet dat het hof het wel met ons eens zal zijn.'

Trapp schudde kwaad zijn hoofd. 'Ik bedoel dat andere, dat over die kapitein-luitenant-ter-zee en dat weet je best.'

Ik sloeg de admiraal gefascineerd gade. Zoals een konijn naar een slang kijkt. Alleen had ik het grappige gevoel dat Trapp dit keer de prooi was. De admiraal slaagde er bijna in verbaasd te kijken

'Maar . . . aha . . . dat kun je toch onmogelijk hebben vergeten, mijn beste kerel.'

Voor het eerst zag ik Trapp verbijsterd kijken. Het was een diep bevredigende ervaring, ook al begreep ik net zo min als Trapp waar de admiraal op aanstuurde. Of begreep hij het wel . . .?

'Vergeten . . . wat?'

'Dat jij net als Miller en ikzelf marine-officier bent. En dat je dat bent geweest gedurende de afgelopen ruim twintig jaar . . .'

Ik ontdekte dat ik ongelovig toekeek, terwijl de admiraal voorover boog voor de *coup de grâce.* Hij deed het vriendelijk. Ik denk dat hij bij het zien van Trapp's geschokte gezicht besefte dat hij het vriendelijk moest doen.

'Herinner je je nog wat er allemaal is gebeurd, nadat je was gerepatrieerd? In november 1918?'

Trapp zei bezorgd: 'Dat is allemaal verrekte onzin . . .'

'Weet je het nog?'

'O ja . . . Ik ben de volgende dag op een schip gestapt. Naar het verre oosten. En wat dan nog?'

'Je hebt niet veel tijd besteed aan het afhandelen van je zaken in Engeland, nietwaar?'

Trapp haalde ongeduldig zijn schouders op. 'Tijd? Waarvoor, mister?'

De admiraal schoof hem een vel papier toe. 'Bijvoorbeeld om een bezoek te brengen aan je demobilisatiecentrum?'

Trapp grinnikte wrang. 'Demobilisatie . . . Jezus, ik had er schoon genoeg van, mister. Van de marine en van al die mannetjes met hun verwaande snuiten . . .'

Toen zweeg hij plotseling. En zowel hij als ik staarden met een langzaam dagend besef naar de man voor ons die bijna verontschuldigend knikte.

'Precies. En omdat je nooit je ontslag hebt ingediend, is jouw naam nooit van de lijst van reserve-officieren geschrapt. Helemaal automatisch ben je de afgelopen jaren gepromoveerd – kapitein-luitenant-ter-zee Trapp.'

Trapp zei nog eens: 'Jezus!' Geschokt tot in zijn botten.

Ik kon er niets aan doen. Ik moest lachen. Diep in mijn binnenste.

Ik probeerde me nog steeds te beheersen toen de gewapende

walpatrouille binnenkwam om hem weg te voeren, omdat hij nog steeds uit alle macht weigerde iets met die verrekte marine te maken te hebben.

Nu ook *zijn* verrekte marine.

Die van kapitein-luitenant-ter-zee Trapp, bedoel ik.

De admiraal liet Trapp pas de volgende middag halen. Ook al had ik mijn verontwaardiging over het feit dat ik de vechtpartij op de Charon op mijn hals kreeg, nog niet helemaal van me af kunnen zetten, ik moest toegeven dat ik er nu een heel stuk gemakkelijker mee kon leven. In vergelijking met de plotseling ingelijfde kapitein-luitenant-ter-zee Trapp zouden mijn problemen verwateren tot kleine ongemakken zodra ik toestemming kreeg Malta achter me te laten.

Voor Trapp begon de ellende pas. Wanneer hij erachter kwam waarom de Marine hem zo afdoende weer in actieve dienst had geroepen.

Een zeer actieve dienst, bedacht ik met een schuldig gevoel. Tot hij in botsing kwam met het onvermijdelijke. En voor wat de Charon betreft, zou het onvermijdelijke dan niet eens haast hoeven te maken.

Zeker niet zo'n haast als de admiraal had met zijn gesprek – om Trapp, zonodig met steun van de regels uit het militair handboek, over te halen uit te varen en zelfmoord te plegen.

En toen ging de deur open en slofte Trapp naar binnen. Hij zag er erg verlopen uit. Hoewel het ergens niet juist leek – dat een marine-officier nog steeds gekleed ging in een verschoten spijkerbroek en een vuile jekker waarop de gouden ringen nu waren verwaterd tot een mat, verzilt groen en smerige gympies die waren dichtgeknoopt met eindjes touw.

De admiraal mompelde beleefd: 'Goedemiddag, kapitein.'

Ik merkte dat hij was overgegaan op de afkorting van de rang om aan te geven dat er over Trapp's inlijving bij Zijne Majesteits strijdkrachten niet kon worden gediscussieerd. En tot mijn verrassing scheen Trapp zich met opvallende zelfverzekerdheid te schikken in zijn nieuwe rol.

'Middag, mister.'

'Meneer,' drong de admiraal vriendelijk aan. 'Ik ben bang dat je me niet langer mister mag noemen, kapitein.'

Trapp aarzelde een moment en haalde toen gelaten zijn schouders op. 'Aye, aye . . . meneer.'

'De tijden veranderen, hè, Trapp?' Ik kon het niet laten hem die steek te geven na de minachting die hij voor mij en mijn uniform had getoond bij onze eerste ontmoeting. Langzaam draaide hij zich om en bekeek me kil van hoofd tot voeten.

'*Meneer*,' snauwde hij. 'Ik heb tweeëneenhalve streep en dat betekent dat gewone luitenants *mij* "meneer" noemen. Heb je me verstaan – luitenant?'

Ik zag de uitdrukking op het gezicht van de admiraal. Er lag een duidelijke waarschuwing achter de half verscholen glimlach. 'Luid en duidelijk . . .' mompelde ik bitter. 'Meneer.'

'Dat is fijn,' zei Trapp, die er even voldaan uitzag als een kat met twee staarten. 'Dat lijkt het tenminste nog een beetje de moeite waard te maken.'

'Wacht maar tot je de rest van het verhaal hebt gehoord,' dacht ik gemeen. 'Dan zullen we wel eens kijken of je er nog zo over denkt . . .'

'Nu we het toch over de moeite waard hebben,' ging Trapp gladjes verder, terwijl hij zich weer tot de admiraal wendde. 'Hoe lang heb ik op de marinelijst gestaan, zei u ook al weer . . . eh . . . meneer?'

'Sinds negentienachttien . . .' De admiraal fronste ineens en begon toen zonder enige kwaadaardigheid breed te glimlachen. 'Trapp,' blafte hij, 'jij bent verdomme een berekenende bandiet. Een gierige, inhalige schurk.'

Trapp grinnikte heel vrolijk terug. 'Jawel, meneer. Ik neem aan dat de marine me vierentwintig jaar achterstallige soldij, premies en toelagen schuldig is.'

Ik had kunnen raden dat het Trapp niet lang zou kosten om dat uit te dokteren. Nu hoefde hem alleen nog maar het nieuws te worden verteld van de bijzondere manier waarop hij het recht kon verdienen om te kasseren.

OPERATIE STYX, had de admiraal het gedoopt. Een verrekt passende naam, bedacht ik uiterst voldaan, als je naging waar het vrijwel zeker moest eindigen.

'Ik wil dat jij met je schip een karweitje voor me opknapt,' begon de admiraal gladjes.

'Hoeveel?' zei Trapp en hij voegde er haastig aan toe: 'Het charterbedrag voor de Charon bedoel ik . . . in aanmerking genomen dat zij in 1918 nog geen deel uitmaakte van de marine.'

'Genoeg. Een redelijke dagsom, dat beloof ik je.'

'*Dag . . .*?'

Nu was het de beurt van de admiraal om haastig verder te gaan. 'Eerst de achtergrond van het voorstel, denk ik. Daarna kunnen we de details bespreken, kapitein.'

'Ze is een goed schip. Alleen duur in de vaart. Alleen het onderhoud vraagt al een paar stuivers, denk daaraan.'

Ik dacht: '*Ha.*' Persoonlijk had ik meer onderhoud zien uitvoeren aan boord van een wrak op de Doggersbank. De admiraal negeerde Trapp's verkooppraatje echter en ging zonder commentaar verder.

'De huidige militaire situatie in Noord-Afrika is vanuit geallieerd oogpunt uitzonderlijk ernstig. Op het ogenblik kan het achtste Britse leger Rommel nauwelijks tegenhouden langs een lijn . . .' zijn vinger hing even aarzelend boven de kaart om dan vastberaden neer te komen, '. . . hier. Tussen Tel El Eisa en El Alamein. Kun je het volgen?'

'We geloven,' vulde ik aan na een knikje van de admiraal, 'dat het Afrika Korps zich op dit moment voorbereidt op een slotoffensief. Een doorstoot naar Alexandrië en de Nijldelta.'

Trapp fronste. 'Dat is toch iets voor het leger? Wat heeft de marine hier in Malta daarmee te maken?'

'Omdat Rommel net als iedere andere militaire machine afhankelijk is van zijn aanvoerlijnen, kapitein. En dit eiland is eigenlijk het enige geallieerde gebied in de Middellandse Zee vanwaaruit we nog tegen hem kunnen opereren. Zowel de vliegtuigen van de RAF als de onderzeeboten van het 10de flottielje zijn afhankelijk van hun basis op Malta.'

'Dat maakt dit stukje rots dan heel belangrijk, hè?'

De admiraal keek hem aan en zei rustig: 'Als Malta valt, kapitein, verliezen we onze hoeksteen in de verdediging van het Midden-Oosten.'

Ik zei niets. Er was weinig aan toe te voegen. Ten slotte haalde Trapp licht zijn schouders op. 'Wat wilt u dan dat ik doe? En de Charon? Voorraden binnenbrengen . . . alleen dit keer wettig?'

'De Charon is te klein. Het zou niet voldoende zijn . . . en op het moment is onze behoefte aan brandstof het meest urgent. Wij allemaal kunnen alleen overleven als een tanker zich in de eerstkomende dagen hierheen kan vechten.'

Trapp's ogen stonden hard. 'En er komt er een aan?'

Ik kreeg een angstaanjagend visioen van vliegtuigen die opstegen, golf na golf van zwarte, gierende duikbommenwerpers die zeewaarts vlogen naar een belachelijk groepje schepen, terwijl helemaal in het midden één schip in het bijzonder koppig doorvoer temidden van hoog oprijzende, naar cordiet stinkende vernevelde kolommen water. En van de mannen aan boord die vielen op hun posten voordat andere mannen ze wegsleepten om hun plaats in te nemen. En wanneer die mannen werden getroffen, dan werden andere vrijwilligers overgebracht vanuit de kring van escorteschepen . . .

'Ja, kapitein!' mompelde ik, terwijl ik naar de PEDESTAL namen op de muur staarde en er eigenlijk maar één zag. '. . . er komt een tanker aan. Heel gauw.'

De zeeman in zijn verfomfaaide jekker trok even een wenkbrauw op. 'Maar hoe passen wij daarin? De Charon en ik?'

'Zolang Malta nog standhoudt,' zei de admiraal, 'moeten we iedere gelegenheid aangrijpen om het eiland te gebruiken als uitvalsbasis voor aanvallen op de aanvoerlijnen van de vijand . . . En jij en je schip zouden heel goed zo'n gelegenheid kunnen bieden, kapitein.'

Dit keer keek Trapp echt alsof hij er niets meer van begreep. De admiraal knikte naar mij en ik haalde diep adem. 'Je werkt helemaal zelfstandig. Je valt die aanvoerlijnen van Rommel aan, maar je opereert dicht onder de Afrikaanse kust . . . waar het te ondiep is voor onderzeeboten.'

Trapp keek ons gespannen aan alsof hij de grap ervan ook graag wilde ontdekken. Toen begon hij weifelend te grijnzen. 'Ik? En de oude Charon . . .? En we moeten doen alsof we een oorlogsschip zijn? Om hemelswil!'

Pas toen we geen van beiden terug glimlachten, trok zijn grijns geleidelijk weg. 'U moet een grapje maken, admiraal,' gromde hij. 'Maar zuiver uit belangstelling – moet ik stenen gooien naar de moffen of moet ik ze rammen. Met een snelheid van maximaal acht knopen.'

'Geen van beide.' De admiraal sprak heel rustig. 'Want als je hier vertrekt, kapitein, zal de Charon een oorlogsschip zijn. Een heel bijzonder soort oorlogsschip, dat beloof ik je.'

'Eigenlijk een Q-schip,' vulde ik aan, terwijl ik hem scherp gadesloeg. 'Van buiten nog steeds de Charon, een ongevaarlijk vrachtscheepje. Maar van binnen – achter wegklapbare schotten en canvas schermen . . .'

'Kanonnen!' mompelde Trapp. 'Verborgen, verrekte kanonnen.'

Ik grinnikte gespannen. 'Inderdaad. Alleen zal het te laat zijn om daar achter te komen. Dat wil zeggen, voor het doel.'

'. . . voor het doel, *meneer*,' riep Trapp me afwezig in herinnering.

Ik stopte met grinniken. 'Meneer,' snauwde ik. Maar het was de moeite waard. Om hem wat aan te moedigen.

'En veronderstel dat zij ook kanonnen hebben. Die doelen van jou?'

'Die hebben ze niet. De grote bevoorradingsschepen kunnen we overdag onderscheppen met vliegtuigen. Waar jij achteraan gaat, zijn de kleine kustvaarders die 's nachts varen en zich overdag schuilhouden. Voor het merendeel Arabieren en een paar Italianen . . . Dhows, kaïken, afgeleefde vrachtschuiten zoals jouw . . .'

'Zoals mijn *wat*?' gromde Trapp dreigend.

'Niets,' verbeterde ik haastig, 'meneer.'

'Waarom wordt er om te beginnen dan geen behoorlijk oorlogsschip gebruikt?'

'Te opvallend. Na de eerste actie zouden ze naar dat schip gaan zoeken, als de *Luftwaffe* het al niet zou ontdekken voordat het ter plaatse is.'

De admiraal spreidde zijn handen uit. 'De Charon zal daarentegen opgaan in de massa van de plaatselijke scheepvaart.

Voor hun piloten zul je gewoon een van Rommels bevoorradingscoasters zijn.'

Trapp schudde zijn hoofd. 'Maar niet voor hun marine. Ik ken die kust, admiraal, en er opereren daar nog verrekte veel snelle patrouilleboten. Stel dat ze me enteren en doorzoeken?'

Ik haalde mijn schouders op. 'Die kans heb je al veertien maanden gelopen. En tenslotte was het de Royal Navy die je te pakken kreeg.'

'Ja. Alleen had ik in die dagen geen schuit vol met artillerie – met overal de reclameplaatjes van het ministerie van oorlog. Toen had ik me er misschien nog uit kunnen praten.'

'En deze keer zal het niet nodig zijn, kapitein. Je hebt de vorige oorlog meegemaakt. Je moet nog weten hoe Q-schepen werkten.'

'Laat de vijand denken dat je het schip verlaat. Een gedeelte van de bemanning doet dat ook echt. Wanneer hij dan denkt dat de Charon in de steek is gelaten door een in paniek geraakt zooitje en dichterbij komt voor nader onderzoek . . .'

'Wapenhoezen weg, schotten naar beneden, geschut door de bemanning al geladen en gericht en . . .'

'Bang!' mompelde Trapp nadenkend. 'Voordat ze *Ich verstehe nicht* kunnen zeggen.'

'Juist.' De admiraal wierp me een hoopvolle blik toe. 'Je hebt alle voordelen van de verrassing, kapitein. En niemand kent die kust zo goed als jij, wat wel blijkt uit het feit dat je helemaal op jezelf aangewezen was tijdens je recente . . . eh . . . handelsondernemingen. Je bronnen voor brandstof en voorraden zullen nog wel aanwezig zijn?'

'Ja, maar ze zijn duur,' reageerde Trapp automatisch. 'Die bruinjoekels kennen geen patriottisme en waren nooit zo stom om zich ergens bij aan te sluiten, niet bij ons of bij wie dan ook.'

Waaruit, wat mij betreft, bleek dat de Algerijnen en Libiërs heel wat meer verstand hadden dan waarvoor ik ze had aangezien. Maar de admiraal begreep waar Trapp heen wilde.

'Er zullen fondsen beschikbaar worden gesteld. En natuurlijk zullen we de kosten vergoeden . . . binnen redelijke grenzen.'

Trapp keek hem berekenend aan. 'En de Charon? Ik zal behoorlijke verliezen lijden. Terwijl mijn kapitaal flink in waarde zal dalen op zo'n tocht.'

'Vooral wanneer de mof je te grazen neemt,' dacht ik cynisch, 'en de bodem uit Trapp's Oorlogsfirma N.V. blaast!'

'Vijfentachtig pond per dag. Als chartersom voor de kale boot tot op de dag waarop de Charon wordt afgevoerd.'

'Meneer,' waarschuwde ik snel.

De admiraal kuchte. 'Eh, wordt afgevoerd van de sterkte van Zijne Majesteits Marine, natuurlijk.'

'Meneer,' zei Trapp ernstig, 'voor dat geld kunt u de moffen nog niet aanvallen met een roeiboot en een kruisboog. Voor honderdzestig per dag met een contract van twaalf maanden – drie maanden vooruit en de rest gegarandeerd achteraf – zou ik iets kunnen betekenen voor u en Zijne Majesteit. En ik zou nog een heel stuk goedkoper zijn dan een lend-lease jager.'

'Kapitein Trapp,' mompelde de admiraal vriendelijk, 'onder de huidige omstandigheden heb ik het volste recht het schip zonder enige schadeloosstelling te confisceren . . .'

'Vijfentachtig dan maar, meneer,' viel Trapp hem haastig in de rede met de houding van iemand die alles weggeeft, '. . . plus brandstof, victualiën en gage voor de bemanning – met een garantie voor zes maanden, ook al is dat een beetje kort.'

'*Drie* maanden!' verklaarde de admiraal vastbesloten, wat volgens mijn schatting van Trapp's overlevingskans nog steeds neerkwam op geld voor tweeëneenhalve maand weggooien. 'En omdat je bemanning zal bestaan uit marinepersoneel, zullen we hun gage natuurlijk betalen.'

Trapp leek een beetje onthutst. 'Wilt u me laten varen met fatsoenlijke marinelui in het vooronder? Een ploeg keurige, alles poetsende blauwjekkers?'

Ik moest denken aan de typen die de luitenant van personele zaken had gedacht te kunnen vinden en moest inwendig glimlachen. 'Echt niet, meneer. Maar ik garandeer dat elke man op de rol persoonlijk door zijn eerste luitenant zal zijn uitgekozen.'

'Nou, daar doe ik toch niet aan mee.' Trapp schudde koppig

zijn hoofd en ik begreep dat het de beurt van de admiraal was om water bij de wijn te doen. 'Ik heb al een bemanning die de Charon kent. En bovendien is dat een agressieve ploeg rouwdouwers. Het zal ze goed doen om vechten eens als beroep uit te oefenen in plaats van als hobby.'

Ik onderdrukte weer een grijns toen ik een blik vol afschuw zag verschijnen op het gezicht van de admiraal die voor zijn puur Britse oog een visioen zag verschijnen van . . . nou ja . . . van Zijne Majesteits koopvaardijkruiser Charon die onvast en met een slakkegang koers zette naar de vijand terwijl als officiële bemanning van de Admiraliteit Trapp's bloeddorstige ploeg messetrekkers aan boord was. Maar ook de admiraal was koppig.

'Goed dan,' zei hij met opeengeklemde kaken. 'Maar de geschutsbemanning is en blijft bestaan uit marinepersoneel en als eerste officier krijg je – heel beslist – een van mijn officieren mee. Die kan dan zowel geschutscommandant zijn als jou zonodig adviseren over de te volgen strategie. Is dat begrepen, kapitein?'

Trapp leek me iets te veel met zichzelf ingenomen, maar ik had het op dat moment te druk met een diep en welgemeend gevoel van medeleven voor de stakker die buiten de promotielijst van de Admiraliteit was gevallen en eerste officier op de Charon zou worden.

De kapitein van de nieuwste oorlogsbodem van de Koninklijke Marine knikte op een manier die aangaf dat de onderhandelingen nog niet helemaal ten einde waren. 'Begrepen, admiraal. Alleen, als ik mijn oude bemanning weer krijg . . .'

'Waar stuur je op aan, kapitein?'

'. . . en er bijna geen winst te behalen zal zijn . . .'

'Waarop, verdomme!'

Trapp boog voorover en maakte een geweldig logische indruk. 'Ik denk aan al die Arabische dhows die naar de bodem zullen gaan, meneer. En alle kostbare spullen die mee naar beneden zullen gaan. Tenzij we die proberen te bergen als . . . een soort extraatje, een bonus voor het goede werk.'

Heel traag kwam de admiraal overeind en schudde ongelovig zijn hoofd. Toen hij antwoordde, klonk zijn stem heel rustig, maar zeer beslist.

'Wat jij voorstelt, Trapp, is dat ik namens de Britse Admiraliteit, een verzoek van jou goedkeur om uit te varen als . . . als een Elizabethaanse vrijbuiter. Dat ik je in feite een . . . een kaperbrief geef . . .'

Trapp knikte verheugd. Schaamte leek niet een van zijn zwakten te zijn. Persoonlijk wist ik niet of ik zijn schaamteloosheid moest bewonderen of diepe minachting moest tonen voor zijn hebzucht – maar voor een man die verspilling een grote zonde vond, had hij natuurlijk wel gelijk. Al die spullen die naar de bodem gingen . . . De admiraal wendde zich bijna smekend naar mij.

'Ik wil er niets meer over horen, Miller. Niets meer over wat de Charon doet, nadat ze is uitgevaren. Tenzij ze echt iets tot zinken brengt – bij voorkeur een schip van de vijand.'

'Nee, meneer,' zei ik.

'Ja, meneer,' stemde Trapp eerbiedig in. 'Er is nog één ander puntje, als ik zo vrij . . .'

'Voor de dag ermee, kapitein,' snauwde de admiraal. 'Snel.'

Ik grinnikte een beetje meesmuilend naar Trapp. Dit was leuk. Toezien hoe iemand anders net iets te ver ging. Maar hij knipperde alleen maar even met zijn ogen.

Toen zei hij: 'U gaat er toch vanuit dat de Charon in wezen nog steeds een koopvaardijschip is, nietwaar meneer?'

'Ja.'

'Zou de eerste officier die u me meegeeft, dan ook niet een kerel moeten zijn met ervaring in de koopvaardijvloot?'

'Waar stuur je op aan, kapitein?'

Trapp haalde zijn schouders op. 'Alleen . . . nou ja, ik geloof dat ik de juiste figuur daarvoor kan aanwijzen. Hij lijkt me taai genoeg en ook nog handig met zijn vuisten . . .'

Ik begon een akelig gevoel te krijgen. IJzige vingers streken plotseling weer over mijn ruggegraat. Een voorgevoel.

'Een goede zeeman en geschutsofficier . . .' De admiraal knikte nadenkend. 'Maar met een scherpe tong wanneer dat vereist is. En heel agressief, kapitein. Inderdaad een ideale keus.'

Bezorgd zei ik: 'Meneer, alstublieft! U beloofde . . . ik heb uw woord.'

Hij glimlachte vriendelijk. 'En dat geldt nog steeds, luitenant Miller. Ik zou u naar zee sturen zodra OPERATIE STYX op poten stond.'

'Mag ik hem dan hebben, meneer?' Trapp had een smekende blik in zijn ogen. 'Aan boord van de Charon. Aan het hoofd van mijn mannen?'

'Ik ben Miller nog iets verschuldigd, kapitein.' De admiraal wierp me weer grootmoedig een glimlach toe.

'Natuurlijk mag je hem hebben. Met onmiddellijke ingang.'

Hoofdstuk vier

En dus keerde ik terug naar de oorlog. Aan boord van het stoomschip Charon.

Of misschien in oorlog met de Charon. En dat begon meteen de volgende ochtend al.

Hij stond me op te wachten aan het begin van het gangboord. Vlak onder dat belachelijke naambord dat het enige schone stukje aan boord van Trapp's schip was.

'Ik ben Wullie,' zei hij. 'Gorbals Wullie. Ken je me nog, mooie jongen?'

Ik dacht: 'O God, daar gaan we weer,' terwijl ik met sombere voldoening de gekneusde en gezwollen mond zag die hem nog sterker deed lijken op een pezige, kwade aap. Alleen lag er een stiekeme boosaardigheid in de blik van de kleine Schot die hem op een ander niveau plaatste dan de echte antropoïden. Hij was gevaarlijker.

Daar stond tegenover dat gorilla's geen pet droegen. Maar aan de andere kant konden ze je ook niet op een duistere nacht van achter besluipen en je over de muur zetten met een zeemansmes tussen je schouderbladen als ballast. Lusteloos aanvaardde ik het feit dat ik flink wat indruk op Gorbals Wullie zou moeten maken, wilde ik aan boord van deze vervloekte karikatuur van een oorlogsschip ooit rustig kunnen slapen.

Anders zou de bemanning van de Charon sneller met me afrekenen dan waartoe de Duitse marine in staat was. En ik nam niet aan dat de moffen veel tijd zouden verspillen als we eenmaal waren begonnen met schieten op het restant van Erwin Rommels bevoorradingslijnen over zee.

Ik liet mijn kist voor de voeten van de zeeman vallen. 'Breng dit naar de hut van de eerste stuurman,' snauwde ik, 'en vertel de kapitein dat ik aan boord ben.'

Hij leek niet in het minst verbaasd. Kennelijk was de bemanning van de Charon al ingelicht over de nieuwe baas. Nu hadden we alleen nog behoefte aan een beetje overtuigingskracht om duidelijk te maken dat het alternatief van openlijke muiterij nog minder aantrekkelijk was.

Maar hij grijnsde en schudde vastberaden zijn hoofd. 'Ik ben niet de figuur om orders te slikken. Zeker niet van slappe officiertjes.'

'En originele beledigingen bedenken kun je ook al niet,' dacht ik, terwijl ik zijdelings naar de mariniers op de andere schuit keek en zag dat ze precies deden wat ik ze eerder had opgedragen – net doen of ze niets zagen. Ze zouden niet beschikbaar zijn als we eenmaal buitengaats waren en eerlijk gezegd had ik het idee dat de opgetrommelde geschutsbemanning van de Charon me ook niet zo snel in bescherming zou nemen. Ook al omdat ik officier was.

Ik zei vriendelijk: 'Dat is dan jammer, matroos, want van deze officier zul je orders moeten slikken . . . dus pak die kist op.'

Gorbals Wullie probeerde weer te grijnzen, maar de pijn van zijn gebarsten lippen verhinderde dat waarschijnlijk, dus wijzigde hij het halverwege in een hooghartige blik.

'Och, je kunt de pot op,' gromde hij gebelgd. Tegelijkertijd leek hij uit voorzorg ineen te duiken en hij balanceerde automatisch op de ballen van zijn voeten. Als ik ooit nog twijfel had gekoesterd over het feit of hij me al dan niet uitdaagde, dan was ik daar nu wel van genezen.

En plotseling kreeg ik datzelfde ongemakkelijke gevoel dat me ook de eerste keer aan boord van de Charon had bekropen – dat ogen me gadesloegen, kritische ogen vanuit alle geheime plaatsen van het schip. Bijna alsof dit treffen met de voornaamste dwarsligger van de Charon toch niet zo toevallig was . . .

Ik staarde de laaghartige onderkruiper enkele ogenblikken koel aan en legde toen mijn stalen helm op het zeil van een winch en hing mijn gasmasker er zorgvuldig boven. Ik draaide me weer om en zei heel duidelijk: 'Pak op. Nu.'

'Verrek maar!'

Ik knipperde nerveus en liet mijn blik toen zakken naar de kist, terwijl ik mijn schouders ophaalde alsof het er eigenlijk niet toe deed. Ik boog voorover en stak een hand uit naar het handvat . . .

Zijn laars schoot in een gemene, lage boog op mijn lendenen af. Helemaal volgens de bedoeling deed ik een stap opzij. Ik had mijn gewicht bij voorbaat al goed verdeeld en tegelijk ging mijn uitgestoken hand achter zijn voet aan. Meer dan een beetje extra vaart achter de schoppende beweging door een ferme greep op zijn enkel was niet nodig en de muiter maakte een onvrijwillige pirouette waardoor hij met zijn rug naar me toe kwam te staan.

Ik trapte hem zo hard en venijnig als ik kon en smeet hem in een grappige, half steigerende galop van me af terwijl hij met zijn schenen tegen de rand van het luikhoofd botste en met een gedempt gegrom van woede op de planken viel.

'De kist,' merkte ik rustig op. 'Pak hem op en je bent een brave kerel.'

Hij kwam moeizaam overeind. Een veeg bloed gaf aan waar zijn lippen weer open waren gesprongen, alleen had ik op dat moment meer aandacht voor zijn hand – zijn hand en het smetteloos geslepen, vlijmscherpe scheermes dat hij ervaren tussen zijn vingers liet balanceren, klaar voor de dwarse haal over de keel op de manier van de echte beroepslui uit de achterbuurten.

'Ik ga je in stukken snijden, mooie jongen . . . ik ga dat lieve gezichtje van je zo toetakelen dat je Gorbals Wullie nooit meer zult vergeten!'

Voorzichtig liep hij langs het half open luik naar me toe, half kruipend en met die pet vol olievlekken achter op zijn hoofd als een spottend aureool boven het magere haatdragende gezicht. Woest dacht ik: 'Wat een verdomd rottige manier om een oorlog uit te vechten . . .' tot ik hem voor de tweede – en waarschijnlijk laatste – keer omver smeet door laat met mijn schouder in te komen op het moment dat zijn lichaam zich spande voor de sprong op het dek.

Hij was snel. Verdomd snel! De haal van het mes ging als een ijzige potloodstreep over mijn gebogen rug, maar verrassend genoeg had ik geen pijn – nog niet. Alleen plotseling een razende woede op de Charon en het menselijk uitvaagsel dat haar bemande en op een zekere admiraal voor de manier waarop hij zich van zijn belofte had afgemaakt.

Toen rolden we over elkaar met het blauwige staal van dat obscene wapen rukkend en schokkend op centimeters van mijn ogen, terwijl ik me in doodsbange wanhoop vastklemde aan de benige, draaiende pols. Ik voelde de schok van een intense pijn toen hij zijn tanden in mijn onderarm begroef en tegelijk stootte ik mijn knie naar boven in een laatste krampachtige poging de steenharde kleine rotzak pijn te doen.

Hij slaakte een gedempte kreet en zijn lichaam boog dubbel onder me. Ik slaagde erin mijn andere hand aan de pols te krijgen die het mes zwaaide en draaide heftig terwijl ik tegelijk mijn knie weer omhoog en in zijn kruis stootte. Plotseling slaakte hij een misselijkmakende gil en het mes wentelde in een boog naar de rand van het luikhoofd.

Ik schreeuwde: 'Pak op, rotzak!' en stompte hem recht op zijn mond. Hij draaide zijn hoofd af en spuwde opstandig. 'Ik neem geen orders aan van een . . .'

Dus haalde ik nog eens uit, twee keer. Toen werkte ik me overeind en trok hem mee op. Tegelijk werd ik me bewust van de langzaam toenemende pijn in mijn openliggende schouder. Ik beefde al heftig, deels van woede maar ook van de shock en deels ook uit angst dat ik hem weldra niet meer in bedwang zou kunnen houden.

Opzettelijk traag bracht ik mijn vuist naar achteren, zodat hij hem zou zien aankomen. Heel even staarden zijn harde ogen nerveus in de mijne, misschien in de hoop een teken van edelmoedigheid te ontwaren, maar toen hij dat niet vond, mompelde Gorbals Wullie pijnlijk: 'Och . . . het kan me ook eigenlijk niets schelen,' en tot mijn enorme opluchting leek hij wat ineen te schrompelen toen hij zich neerlegde bij zijn nederlaag.

Ik duwde hem weg en dwong mezelf tot een arrogante verachtelijke blik, terwijl ik me eigenlijk net een kleine jongen voelde die het liefst zou wegrennen om zich te verstoppen. Tegelijk werd ik me onbehaaglijk bewust van mannen die stil uit de opbouw kwamen lopen, een kring om ons vormden en op hun hoede toekeken. Bijna alsof ze stonden te wachten. Alleen wat was er nu nog te verwachten . . .?

Twee mannen vielen me in het bijzonder op. Ze stonden wat apart van de rest van de bemanning van de Charon en leken hun vijandigheid eerder op Gorbals Wullie te richten dan op mij. De een was een slanke, donkere jonge Arabier met een vreemd-vrouwelijke manier van doen en de ander, kennelijk een machinist, was een forse westerling met een ruig, vriendelijk gezicht in een overall die ooit wit was geweest.

Onzeker hield ik de nu totaal ontmoedigde Wullie in het oog die zijn hand uitstak naar het handvat van de kist. Iets – een niet te omschrijven stemming onder de toeschouwers – liet een waarschuwingsbelletje afgaan in mijn achterhoofd en bewust van de toenemende pijn van de wond in mijn rug, dwong ik me terloops van het luikhoofd te stappen en mijn gasmasker bij het riempje op te pakken.

Plotseling aarzelde de kleine Schot en in plaats van mijn kist op te pakken kwam hij overeind. Hij keerde zich naar me toe met een schaapachtige grijns. Stuntelig nam hij zijn vuile pet af, hield die op een vreemde manier in zijn ene vuist, terwijl hij de andere uitstak op een manier die onmiskenbaar aangaf dat hij me de hand wilde schudden.

Ik sloeg hem kil gade. Hij kwam op me af met een grijns die nog breder werd in een onverwacht lankmoedige poging tot verzoening. Niet helemaal zeker hoe ik deze nieuwe situatie moest benaderen, bleef ik gewoon staan wachten. Het gasmasker hield ik nog steeds losjes bij het riempje vast.

Verder bewoog niemand aan boord van de Charon. Ze leken niet eens adem te halen.

De smerige kleine matroos haalde bedeesd zijn schouders op. 'Och, Gorbals Wullie is er de man niet naar om haatdragend te blijven, meester. Hier, mijn hand erop . . .'

Naast me schoot de man in de witte overall ineens wakker.

Het Amerikaanse accent klonk scherp en dringend. 'Kijk uit, makker. Voor zijn PET . . .'

Maar ik had de andere arm al naar boven zien zwaaien in de richting van mijn gezicht, terwijl Gorbals Wullie tegelijk met een sprong de ruimte tussen ons overbrugde. En tegelijk zag ik het felle glimmen van roestvrij staal dat bijna verloren ging in de vuile camouflage – een rij scheermesjes die heel professioneel in de bol van dat onschadelijke hoofddeksel waren genaaid.

Met een wanhoop geboren uit pure doodsangst sloeg ik blind van me af en draaide weg van de uithaal. Op de een of andere manier kreeg ik een mouw te pakken en ik rukte hem letterlijk naar me toe en zwaaide tegelijk mijn gasmasker. Het masker maakte bijna een hele cirkel en trof hem ten slotte met een doffe, vreselijk zware *plof* onder in zijn rug.

Het leek wel of ik hem had geraakt met een goedendag.

En zo kwam het ook over op de rest van de lui van de Charon, te oordelen naar het verbijsterde ongeloof op hun gezicht.

Gorbals Wullie slaakte een bloedstollende kreet van pijn en daverde met wiekende, gevoelloze armen en benen voorover om ondersteboven tegen de reling te slaan en daar zo'n beetje te blijven hangen met een slap heen en weer draaiend gezicht dat onder het bloederig schuim zat.

Ik draaide me met een ruk om naar de halve kring toeschouwers zonder aandacht te besteden aan de plakkerige warmte van bloed dat mijn hemd doorweekte. 'Goed, jullie zogenaamde harde rotzakken . . .' snauwde ik met meer haat dan ik ooit eerder had kunnen opbrengen, '. . . vanaf nu ben ik de eerste stuurman, de eerste officier en alle andere eerste dingen die je maar kunt bedenken aan boord van dit stinkende smeerhol van een schuit en als er iemand is die dat niet aanstaat, dan kan hij het nu zeggen!'

Voor wat een heel lange tijd leek staarden ze me alleen maar stom aan. Grieken, een paar Westindiërs, een lange, hoekige Arabier en een trio ongeschoren Europeanen. Toen lachte iemand achteraan nerveus en geleidelijk begonnen ze allemaal onzeker te grijnzen. Een van de Westindiërs gebaarde met een duim naar de nog steeds sluimerende Wullie en gaf me een bewonderende knipoog. 'Man,' straalde hij vrolijk, 'jij hebt een dreun in je als de trap van een muilezel, dat is heel zeker . . . meester, stuur, meneer.'

Ik dwong mezelf om te blijven staan zonder een krimp te geven. 'Hoe heet je, matroos?'

'Joseph, meneer. Lichtmatroos Joseph. Ik heb er nooit een streep bijgekregen.'

'Goed, breng die man dan naar onder en lap hem op. Lukt dat?'

Hij knikte vrolijk. 'Lukt zeker, meneer.'

'En . . . Joseph?'

'Ja meneer?'

Ik hield mijn gezicht in de plooi. 'Als hij weer op zijn benen kan staan . . . zeg hem dan dat ik nog altijd wil dat mijn kist naar de hut van de stuurman wordt gebracht.'

Ik hield mezelf staande tot ze zich verspreidden en een kotsende Wullie nogal ruw naar het vooronder sleepten. Ineens voelde ik me een heel stuk beter. Een beweging naast me deed me misschien nogal nerveus op mijn hakken omdraaien tot ik zag dat het de twee mannen waren die al eerder bij me in de buurt hadden gestaan. De verweerde machinist in zijn overall grijnsde en stak zijn hand uit. Ik herinnerde me dat hij het was die me de vorige keer had gewaarschuwd toen een ander me de hand probeerde te schudden, dus nam ik zonder aarzelen de zijne aan.

'Al Kubiczek,' zei de Amerikaan. 'Eerste machinist van deze tobbe. En deze knappe jongen is Chafic. Tweede stuurman, al geloof je dat misschien niet.'

Ik grijnsde beverig terug. 'Aan boord van dit schip geloof ik alles, chef . . . en nog bedankt.'

'Niet nodig. In wezen is Wullie een beste kerel, alleen soms wat asociaal. Misschien zou je regelmatig het dek met hem moeten aanvegen. Goed voor de ziel – niet dat die stiekeme rotzak er eentje heeft die de moeite waard is.'

Ik zei hoopvol: 'Ik kan mijn pleziertjes misschien beter rantsoeneren. Het zou verslavend kunnen werken . . .' Toen deed iets me opkijken naar het door granaatscherven geschonden brugdek en ik sloot met een klap mijn mond.

Want boven me hing een man over de verschansing. Een man die daar schijnbaar de hele tijd al had gestaan. Die alles had gezien wat er was gebeurd en die geen enkele poging had gedaan om er een eind aan te maken.

'Ik zie dat je al aan het werk bent geslagen, stuur.' Trapp grijnsde onbeschaamd. 'Welkom aan boord van Zijne Majesteits Charon.'

Ik hoefde nog maar één ding te doen voordat ik mijn werkplunje aantrok. Ik deed het op een moment dat niemand keek, verborgen door de bovenbouw van de brug.

Ik liet vier kilo Valletta-zand uit mijn gasmasker lopen. Het masker waarmee ik Gorbals Wullie bewusteloos had gemept.

Een beetje schuldig misschien. Maar, ach, je moet maar zo denken . . .

Later die ochtend verhuisden we naar het Admiraliteitsdok. Ze stuurden ons naar de schijnbaar verst afgelegen en diepst weggestopte kade van Valletta. Grotendeels om veiligheidsredenen, want de waarde van de Charon als gecamoufleerd oorlogsschip zou tot nul dalen als de vijand iets te horen kreeg van de nogal onorthodoxe nieuwe uitrusting, maar ook, dacht ik, omdat de marine niet de indruk wilde wekken er iets mee te maken te hebben ook al was het alleen maar om de Charon als blokkadeschip te laten zinken, mochten de Duitsers proberen Grand Harbour binnen te vallen.

Nadat we hadden vastgemaakt keek ik somber naar de scheepstimmerlui en geschutsexperts die voorzichtig aan boord kwamen. Ze keken om zich heen met de bijna ongelovige eerbied waarmee een nog niet eerder ontdekte, antieke graftombe wordt betreden. Ze probeerden naar het hokje op het achterdek te sluipen dat groots werd aangeduid als de hut van de eerste officier en trachtten te kijken als iedere andere toevallige bezoeker.

Maar dat lukte niet helemaal. Toen ik de ladder vanuit de

kuil opklom, stond ik oog in oog met mijn voormalige tegenstander, de stafofficier van de afdeling planning.

Hij staarde me achterdochtig aan tot hij me langzaam begon te herkennen. 'Is dat niet . . . eh . . . Miller? En ben jij niet die vervloekte . . .'

Ik keek hem kwaad aan. 'Jawel, meneer.' Trouwens 'vervloekt' was een aardig nauwkeurige omschrijving, al was het niet op die manier bedoeld.

'Alleen hebben ze me nu verteld dat jij tot eerste officier bent benoemd van deze . . . eh . . . deze . . .'

'Meneer.'

De SOP glimlachte. Het was een fraaie, engelachtige glimlach.

'Dan vrees ik te moeten toegeven dat ik het mis had, Miller,' zei hij heel nederig. 'Wat ik ook mag hebben gedacht, ik weet nu dat de admiraal de zaak wel degelijk in de hand heeft!'

Bij het betreden van mijn hut smeet ik de deur woest dicht en keek met pure afschuw om me heen. Ongeveer half zo groot als een kleine klerenkast met een teakhouten betimmering vol nicotinevlekken en de stank van knoflook, brillantine en menselijk zweet. Er was een hoge kooi met gehavende schotten, een vergeelde aardewerk wasbak met blauwe bloemen en een ruw gat in de bodem en een enkele groen uitgeslagen patrijspoort die het felle licht van de mediterrane zon filterde tot een vies bruin. En verder niet veel anders op de dikke korsten vuil na.

Ik trok de smerige, door ouderdom geplette matras van de kooi, opende de deur weer, droeg hem op armlengte naar buiten en smeet hem regelrecht over de verschansing, waar hij in een langzaam groter wordende, olieachtig gekleurde film bleef drijven. Ik keek er enkele ogenblikken naar en voelde de sombere en waarschijnlijk vrij korte toekomst als een onontkoombare donkere wolk boven me hangen. Toen mompelde ik: 'Verrekte marine!' en draaide me met een ruk om.

Om oog in oog te staan met het magere, dreigende gezicht van matroos Gorbals Wullie.

Hij mompelde heel gevoelvol: 'En dat zei ik ook, stuur

Miller, meneer. Acht jaar geleden, voor ik droste van de Royal Oak . . . Wilt u de kist in uw hut hebben?'

Ik controleerde of de pet veilig op zijn hoofd zat, voordat mijn ogen argwanend naar zijn handen gingen. Maar hij hield niets anders vast dan mijn kist. Op mijn hoede snauwde ik: 'Op de kooi,' en hij knikte alvorens door deur te stappen.

Een ogenblik later stond hij weer buiten en ik schonk hem een ijzige blik. 'Dus je bent ook nog deserteur. Van de marine.'

Hij wierp even een blik op de dekken van de Charon, die nu waren vergeven van blauwe jekkers en arbeiders van het dok. Toen hij me weer aankeek, was het met een spijtige uitdrukking. 'Het schijnt niet erg veel uitgehaald te hebben . . . ik zal maar eens een emmer gaan halen.'

Hij moet de vraag in mijn ogen hebben gelezen, want hij aarzelde, keek wat verlegen en grinnikte toen: 'Die Griekse stuur die we hadden – dat was een viespeuk van een vent . . . ik laat je die zwijnestal niet zelf uitmesten, meneer Miller.'

Ik weerstond de aanvechting om hem te zeggen dat ik nooit van plan was geweest dat zelf te doen, omdat niemand waarschijnlijk ooit uit de mond van Gorbals Wullie iets had gehoord dat zo dicht in de buurt van een verontschuldiging kwam. Maar ja, er was ook niemand die zijn respect had gewonnen door hem dwars over het hele schip te smijten met vier kilo Maltees zand.

Dus keek ik hem na. Nog altijd even monter en met die dodelijk pet zwierig op een oor wekte hij de indruk van een pure onverwoestbaarheid die lak leek te hebben aan al het wapentuig van de Royal Navy, de *Kriegsmarine* en iedere andere fraaie eenheid die dacht kans te maken tegen een echte harde kerel.

En plotseling, voor het eerst sinds dagen, ondekte ik dat ik voorzichtig glimlachte. Die donkere wolk leek tenminste één kleine opening te hebben.

Maar slechts een. Verder zag hij er nog verdomd ondoordringbaar uit.

En toen leek de toekomst ineens onverwacht een gunstige wending te nemen. Tenminste voor zover het mij betrof.

Dat was toen de vijand met Trapp op de vuist ging en als eerste de oorlog aan de Charon verklaarde.

Door een grote, voortreffelijk gerichte bom op haar te laten vallen.

Meteen de volgende dag al.

Ze kwamen die ochtend in twee golven: de Stuka's hoog vanuit het noordwesten, terwijl de tweemotorige 100's en de Reggiones vlak boven de golftoppen op Grand Harbour en de dokken afraasden in een met doodsverachting uitgevoerde alles of niets aanval. De vijand besefte dat voor hem de tijd drong. Het meest ironische van alles was wellicht dat wij beseften dat hetzelfde gevaar voor Malta gold. Beide kanten – As-mogendheden en geallieerden – probeerden wanhopig vol te houden.

Maar deze aanval was het klassieke voorbeeld van de verrassingstechniek. De sirenes, het staccato geratel van het luchtdoelgeschut en het eerste gedreun van vliegtuigmotoren smolten samen tot een ononderbroken geluidsgolf en aan boord konden we weinig anders doen dan blijven staan om het op ons af te zien komen.

En zelfs dat zag ik verdomme niet eens. Ik wist alleen dat ik het ene moment samen met Trapp en twee artilleristen in het open vierkant van ruim nummer twee stond, waar we worstelden met het onmogelijke probleem hoe we de door de tand des tijds aangetaste romp van de Charon voldoende konden versterken om te voorkomen dat ze in een wolk van roestig stof uiteenviel bij de eerste keer dat we de hoofdbewapening afvuurden, en het volgende moment brulde een stem: 'Luchtaanval . . . zoek dekking.' Meteen daarna werd het stukje blauw boven mijn hoofd doorkruist met gierende en duikende vormen, zwarte kruisvormige silhouetten die af en toe glinsterden als de zon weerspiegelde in de perspex cockpitkoepels van de bijna horizontaal draaiende geel geneusde Stuka's.

Een van de artillerielui keek zenuwachtig naar boven en mompelde: 'Misschien kunnen we de bijeenkomst beter tijdelijk schorsen?' Daarop gaf de ander me een knipoog en zei laconiek: ‘Waarom? We zitten waarschijnlijk op de laatste plaats van Malta die ze willen raken, Charlie.’

Trapp keek hem kwaad aan. ‘Ga gewoon door met je werk, mister. En graag wat meer respect voor een van Zijne Majesteits schepen. Geen enkele rondkoppige moffenpiloot zal er trouwens voor zorgen dat aan boord van dit schip tijd wordt verdaan. Voor mij is tijd geld en ik mag verrekken . . .’

Ik denk dat ik de enige was die de bom hoorde komen. De bom met de naam van de Charon erop geschreven. Eerst klonk het gegier van de duikende Stuka die nog schuil ging achter het luikhoofd, een gegier dat steeds luider werd tot denken niet meer mogelijk was, omdat de afschuw van wat er stond te gebeuren alles verlamde. Toen kneep ik verstijfd van angst mijn ogen dicht en voelde het dek onder mijn voeten schommelen in de slipstream van de Stuka die vlak boven de dunne schoorsteen van de Charon optrok, terwijl het gegil van de sirenes op de vleugeltips overging in een nog hoger doordringend gefluit . . .

Iemand jankte: ‘O, Christus.’

Misschien was ik het zelf wel. Ik ben er nooit achter gekomen.

Ik was hoe dan ook al halfweg de houten tussendekschotten, schouder aan schouder met kapitein-luitenant-ter-zee Trapp, toen de bom ons metterdaad trof. En terwijl ik wegdook, bleef het spottend door mijn hoofd gaan: ‘Wat heeft het verdomme voor zin, Miller. Jongen, je bent al dood, want je kunt je hier nergens verstoppen tegen een voltreffer . . . ze hebben je kist al dichtgespijkerd nog voordat je uit elkaar wordt gereten . . .’

Van boven klonk een *twing* alsof de zware snaar van een harp brak. Meteen ging het gehuil van de bom over in een serie klappen, afgewisseld met het krijsen van gemolesteerd staal. Er sloeg iets tegen de opstand van het luikhoofd en in diezelfde milliseconde opende ik mijn ogen weer. Het op hol geslagen projectiel schuurde gillend langs een stalen steun, kaatste in een waanzinnige veeg van de ene kant van het ruim naar de andere om ten slotte – en dat alles binnen het bestek van een enkele hartslag – keurig door de houten vlonder tussen Trapp en mijzelf verticaal in het onderruim van de Charon te verdwijnen.

En toen heerste er stilte. Een onmogelijke, lege stilte.

Ik staarde Trapp verdwaasd aan over het splinterige gat tussen ons in. 'Hij is niet ontploft,' fluisterde ik beschuldigend. 'Hij is . . . verdomme . . . niet ontploft.'

Terwijl een van de artillerielui onbedwingbaar begon te beven als reactie op het gebeurde, keek Trapp somber door het gat naar beneden en zei: 'Maar dat zou hij best nog kunnen doen, mister. Ontploffen bedoel ik . . . Als je nagaat dat ik nooit een lading klokken heb gehad . . . En daar beneden ligt iets te tikken als een verrekte metronoom. Vlak onder ons.'

Er begon zich al een menigte rond het luik te verzamelen, toen ik de geschokte artillerist de verticale ladder naar het dek op hielp.

De bliksemaanval was al weer bijna voorbij. Toen ik boven het luikhoofd uitkeek en huiverend een paar keer diep inademde, zag ik het laatste vijandelijke vliegtuig – een Italiaanse Reggione jachtbommenwerper – over het water van de haven scheren, achtervolgd door een schietende Spitfire die zich als een jachthond aan zijn staart had vastgebeten. Net bij de ingang van de haven begonnen er stukken van de Reggione af te vallen tot er plotseling een dikke oliewalm verscheen. Een vleugel dook in het water en het vliegtuig wentelde tweehonderd meter verder in een reeks schuimende klappen.

Iemand greep mijn arm en sleurde me over het luikhoofd. Ik ontdekte dat ik in de nerveuze, bruine ogen van mijn tweede stuurman Babikian keek en snauwde: 'Zorg dat ze allemaal verrekte snel aan land komen, jochie. Daar beneden ligt een tikkende bom.'

Enkelen uit de menigte begonnen meteen weg te lopen, maar anderen schenen minder geneigd om de waarschuwing ter harte te nemen. Met een vaag gevoel van verrassing zag ik dat de meeste blijvers tot de bemanning van de Charon behoorden. Eigenlijk hadden alleen een paar Grieken zich aangesloten bij de algemene vlucht naar de loopplank en de veiligheid van de werf. De rest bleef koppig staan en onsamenhangend dacht ik: 'God mag weten wat ze met de moffen zullen doen, maar mij maken ze doodsbang!'

Babikian mompelde aarzelend: 'Alsjeblieft? Jullie mannen gaan allemaal aan wal voor jullie veiligheid.'

Een echte leider, die tweede stuur.

Wullie – natuurlijk moest het Gorbals Wullie zijn – gromde vechtlustig: 'Och, hij is nog steeds niet afgegaan. Kunnen we hem niet ophijsen en over de muur zetten?'

Ik staarde hem aan. Het leek me niet de meest geschikte tijd om een betoog te houden over de voors en tegens van doe-het-zelf bomopruiming. En afgezien daarvan, als we de bom buitenboord kregen en hij ontplofte in de haven, dan zou de Charon waarschijnlijk uit het water worden getild om ergens midden op dit vervloekte eiland te worden neergesmakt.

En dat was bij nader inzien het zilveren randje om mijn eigen donkere wolk. Zolang hij maar niet ontplofte als ik nog aan boord was. Toen baande een nieuwkomer zich een weg door de argumenterende meute van de s.s. Charon en met een gevoel van opluchting herkende ik de ruige, verstandige gelaatstrekken van Al Kubiczek.

Tot ook hij nog heel onbezorgd zei: 'Misschien is het wel een blindganger, hè? Voor zover ik weet, ketste hij af tegen de steng van de grote mast, en toen rolde hij over het dek als een biljartbal over het laken . . . als hij toen niet ontplofte zal hij volgens mij nooit meer ontploffen.'

Ik haalde diep adem. Nooit van mijn leven had ik me kunnen voorstellen ooit nog eens te maken te krijgen met een groep mannen die puur gestoord optimisme hoger aansloegen dan redelijk en logisch rennen-voor-je-leven wanneer het aankwam op de beste benaderingswijze van een onontplofte bom.

Iedere spier in mijn lichaam stond tot het uiterste gespannen, terwijl ik wachtte op de explosie die mij, Trapp, de Charon en de rest van haar onmogelijk te doorgronden bemanning naar een tijdloze vergetelheid zou blazen.

'Chef,' zei ik heel langzaam en redelijk. 'Er ligt een hoog explosief apparaat vlak onder je voeten. Het is geen blindganger, maar een bom met vertraagde ontsteking. En wanneer het tijdmechanisme eenmaal loopt, dan moet hij ongetwijfeld in de naaste toekomst ontploffen . . . en hij is al aan het tikken. Buiten dat, na de klappen die hij heeft gehad is die bom waarschijnlijk ook nog zo instabiel als de pest . . .'

Een beweging in het ruim deed me plotseling zwijgen en naar beneden kijken. Gedurende enkele gelukzalige ogenblikken was ik Trapp helemaal vergeten tot – ik keek vol ongeloof toe – ik hem nonchalant het versplinterde schot opzij zag wrikken om met zijn bovenlichaam boven het lege ruim te gaan hangen.

En boven de bom.

Ik gilde ongewild: 'Laat hem liggen, om Gods wil! Ontruim het schip en haal de explosievendienst erbij, kapitein . . .'

Zijn stem, gedempt maar nauwelijks onder de indruk, kwam naar ons toe drijven. 'Ik kan hem nu zien liggen. Keurig vastgeklemd in de McIntyre tank tussen de vloerplaten en de tussenrib.'

'Kom dan naar boven en stuur die lui hier weg . . .' Ik keek wanhopig om me heen; er was zelfs niemand die aanstalten maakte om te vertrekken. 'Ik moet de wal op om de explosievendienst te halen. Daarvoor moet ik speciale prioriteit van de admiraal krijgen . . . maar stuur ze om Godswil van boord, *meneer*!'

Trapp riep: 'O, best.'

Nadenkend.

Ik kreunde van wanhoop.

En begon te rennen.

De werf lag er verlaten bij toen ik over de loopplank rende naar de dichtstbijzijnde telefoon. Een groepje dokwerkers hing rond bij de hoek van een machinegebouwtje ongeveer tachtig meter verderop en ik meende het gehelmde hoofd van een politieman van de Admiraliteit te zien. Ze keken allemaal de andere kant op. Ik kwam glijdend tot staan en keek gejaagd om me heen naar een vervoermiddel, toen het tot me doordrong dat op dit moment alleen de mannen die aan boord van de Charon waren geweest van de bom op de hoogte konden zijn.

Plotseling kreeg ik in de schaduw van het gebouwtje glanzend chroom in het oog. Ik rende erop af en trof een oude open Alvis tweezitter aan die discreet opzij stond geparkeerd – waarschijnlijk wilde de eigenaar niet al te erg opvallen om vragen te ontlopen over hoe hij aan de benzine kwam . . . of meer in het bijzonder uit welke opslagplaats van de Admiraliteit hij die had gehaald.

Met nog steeds iedere spier in mijn rug gespannen in afwachting van de onvermijdelijke ontploffing, sprong ik achter het stuur, constateerde opgelucht dat de sleutel in het contact zat en drukte op de starter. Achter me roestte de Charon nog altijd met rustige waardigheid weg en verbrak alleen een druk gebarend groepje figuren met agressieve zelfmoordneigingen rond het luik van ruim nummer twee de kalmte van dat Mediterrane tafereel.

De Alvis sloeg brullend aan. Ik zette de handrem los, wierp een laatste blik op mijn scheepsmaten die ik nu waarschijnlijk ieder moment kon verliezen en reed brullend weg met een vreemd gevoel van spijt. Misschien omdat ik – voor het eerst sinds ik bij hen betrokken was geraakt – een onverklaarbare genegenheid voelde voor die stokoude romp en die dralende broederschap van verdorven piraten waaruit haar bemanning bestond.

Het kostte me acht minuten schreeuwen, vloeken en dreigen, voordat ze me eindelijk doorverbonden met de admiraal. Hij snauwde kwaad: 'Wat is er, Miller? Ik had opdracht gegeven om deze vergadering niet te storen . . .!'

Ik zei: 'We hebben een bom aan boord gekregen. Niet ontploft tijdmechanisme . . .'

'Goed. Ontruim het schip. Ik zal je prioriteit geven.'

De telefoon werd opgehangen. Ik staarde vol walging naar de hoorn en mompelde: 'Ontruimt u dat verdomde schip zelf maar eens. Zelfs de verrekte *Luftwaffe* kan dat niet!' Toen sprong ik weer in de Alvis, bedwong de aanvechting om ineen te duiken en me te verstoppen tot ik een harde explosie hoorde, wrikte de pook in de eerste versnelling en reed vol gas terug naar de Charon.

Nu was het dus mijn beurt om obstinaat te zijn. En ik was vast van plan om dat drijvende rampgebied te evacueren, al moest ik persoonlijk iedereen tot de laatste man buiten boord tillen. Met inbegrip van kapitein-luitenant-ter-zee Edward Trapp, koninklijke marinereserve en huurling in buitengewone dienst.

Eigenlijk vooral kapitein-luitenant-ter-zee Trapp. Met groot en lang onderdrukt genoegen.

Het was dat of samen met hen de lucht in. Eigenlijk was het alleen een kwestie van het iets vervroegen van het zinken van de Charon en het zou mij het ongemak besparen van leven in dat rattenhol van een hut om uiteindelijk ergens voor de Afrikaanse kust toch naar de bodem te worden gejaagd door granaten of torpedo's.

Als een raket schoot ik met loeiende toeter door de nog altijd toekijkende dokwerkers over de werf naar het schip. Verrassend genoeg lag ze daar nog altijd en zag er voor mijn verwrongen geestesoog nog meer als een wrak uit toen ik met piepende banden tot stilstand kwam en uit de auto sprong . . .

Ik bleef staan. Verstijfd. En keek alleen maar.

De lier stond nu onder stoom. Dat bleek uit de wolkjes die ontsnapten uit elke slecht onderhouden pakking en rond het onderlichaam van matroos Joseph dreven. De roestige kabel liep van de liertrommel over het blok aan het eind van de laadboom en vandaar weer naar beneden langs de geconcentreerde gestalte van tweede stuurman Babikian om uit het zicht te verdwijnen in de vierkante opening van ruim nummer twee.

Waar de bom lag.

Ik fluisterde: 'Nee. Alsjeblieft . . . Niet met een lier om . . .'

Toen begon ik te rennen. Weer. Op benen die ineens aanvoelden als worsten van beton.

Ze hadden het onderruim helemaal opengelegd. De planken van het tussendek lagen nu op een hoop in een hoek en het heldere zonlicht drong tot helemaal op de bodem van het schip door, een natuurlijke schijnwerper op de zwarte, druppelvormige cilinder die vastgeklemd lag tussen twee stalen bogen.

Er was een strop om het onderste stuk van de vinnen gelegd en het uiteinde daarvan liep naar de hijskabel van de laadboom. Twee manillalijnen waren aan de ophangogen van de bom vastgemaakt en een grimmig en vastberaden kijkende chefmachinist Kubiczek hield de ene vast, terwijl Gorbals Wullie, met zijn pet nonchalant op zijn achterhoofd, met duidelijk ongeduld wachtte tot er iets zou gebeuren en speelde met de andere lijn.

En het leed geen twijfel dat er iets zou gebeuren, dacht ik, op het moment dat ze die lier lieten draaien.

Trapp stond met de handen in de zij met gespreide benen, in de beste positie om alles gade te slaan, over de detonator van de bom. Hij keek even op en gromde: 'Alweer terug, hè, mister . . .? Hijsen maar, stuur. Maar zet de kabel wel rustig onder spanning.'

Ik gilde dringend: 'NEE! Sjor vast die laatste . . .'

Alleen was ik te laat, want Babikian had een grappige, draaiende beweging met zijn opgestoken arm gemaakt en zwarte Joseph verdween volledig in golvende stoomwolken, toen hij de koppeling van de lier liet opkomen en de antieke machinerie ratelend tot leven werd gewekt. De hijskabel kwam met een ruk even strak te staan als een boogpees en begon te zoemen onder de belasting van de klem zittende bom.

Enkele ogenblikken lang gebeurde er niets, behalve dat de verroeste kabel dunner en dunner leek te worden toen het geratel van de lier overging in een overbelast geloei van frustratie. Trapp krabde nadenkend op zijn hoofd, terwijl Wullie een voet op de mantel van de bom zette en hem probeerde los te wrikken.

Ik voelde het kille zweet van pure doodsangst over mijn gezicht stromen toen ik over het luikhoofd leunde. 'Trapp, om Godswil, man . . .'

Hij keek onaangedaan naar boven. 'Kapitein Trapp, mister. En ik weet trouwens al wat je wilt gaan zeggen.'

De lier draaide triomfantelijk een ratelende kwartslag verder en de kabel zoemde pijnlijk. Ik greep me vast aan het luikhoofd tot mijn knokkels wit werden. 'Je hebt een rechtstreeks bevel gekregen, kapitein. Van de admiraal in eigen persoon. Je moet het schip ontruimen tot de explosievendienst het karwei heeft geklaard.'

'Echt? En heeft hij iets gezegd over de verzekering? Heeft hij gezegd wie het zal betalen als die bom afgaat voordat die marinedeskundigen van jou het karwei hebben geklaard?'

Gorbals Wullie stopte met trappen tegen de bom en begon zoekend om zich heen te kijken. Waarschijnlijk zocht hij een soort hefboom, hoewel ik vermoedde dat het ook een voorhamer mocht zijn. Ik sneerde: 'Als hij nu afgaat, zal jij er toch niet meer zijn om te innen, Trapp.'

Trapp haalde zijn schouders op. 'In dat geval is de verzekering ook niet zo belangrijk, hè, mister?' zei hij met verpletterende logica. 'Maar op dit moment moet ik aan mijn zakelijke belangen denken. Ik heb een massa kapitaal in de oude Charon gestoken en daarbij komt dan ook nog die charter van drie maanden voor een zeer betrouwbare firma, dus . . .'

De nog steeds zwoegende lier schokte plotseling vervaarlijk toen de spanning ineens wegviel. Even stond het beeld van die cilinder vol explosieven die losschoot uit de greep van de stalen spanten op mijn netvlies gebrand, en toen schuurde hij met een zenuwslopend gegil over het stalen dek, bonsde met een galmende klap tegen de huidplaten, miste Gorbals Wullie op een haar en bleef ten slotte in steeds kleinere cirkels met de glanzend koperen detonator op een paar centimeter boven het dek zwaaien.

Heel voldaan zei Trapp: 'Heb ik het je niet gezegd?'

Wullie keek gekrenkt. 'Die rotzak is gevaarlijk. Hij scalpeerde me verdomme bijna, weet je dat wel.'

De chef legde zijn oor tegen de traag draaiende bom en grijnsde toen geruststellend. 'Ik denk dat we hem goed te pakken hebben, mannen. Hij tikt niet meer.'

Ik gilde: 'O, *Jezus*!' Ik haatte ze omdat ze me geen alternatief lieten, maar ik greep de geschrokken tweede stuurman bij zijn arm en sprak zo overtuigend en duidelijk mogelijk.

'We hebben misschien een paar seconden, misschien een paar minuten, Babikian. Er staat een wagen op de werf. Haal die verrekte bom eruit en laat hem op de wal zakken . . . aan de slag, jongens.'

Ik was de loopplank over, zat achter het stuur van de Alvin en schoot al achteruit voordat de laadboom met de bom er nog steeds aan zwaarwichtig buiten boord zwaaide. Ik sprong uit de wagen en probeerde het langzaam zakkende projectiel in bedwang te houden en op de achterbank te krijgen.

Plotseling werd er op de Charon geschreeuwd en ik draaide me geschrokken om tot ik Gorbals Wullie en chef Kubiczek over de loopplank aan zag komen rennen. Wullie struikelde over de onderste tree, sloeg in een wolk van stof over de kop en sprong toen soepel weer overeind met benen die door bleven malen. 'Volhouden, mister. We zullen je een handje helpen.'

Tijd om te discussiëren was er niet. En tenslotte was het hun bom. Ik snauwde: 'Stap achterin en zorg dat dat verdomde ding stil blijft liggen. Maar wel VOORZICHTIG!' Toen gleed ik achter het stuur en startte de wagen met een hees gebulder.

De chef gilde: 'Wacht even, makker. Als je het hele schip niet mee wilt slepen voor een ritje.' Ik keek om en zag dat de bom nog vastzat aan de lierkabel. Wullie mopperde woest: 'Ik krijg de rotzak niet los,' en ik brulde: 'Snij hem dan los, man. Snij het verrekte ding los!'

Hij keek me wat dromerig aan. 'Ik heb geen mes meer, meneer.'

Ik sloot mijn ogen. Heel even. Toen graaide ik de pet van zijn hoofd, sneed de strop los met de ingenaaide scheermesjes, stompte de Alvis knarsend in de versnelling en schoot er vandoor als een Sea Fury die wordt gelanceerd van een vliegdekschip.

De bom ontplofte ten slotte dertig seconden nadat we slippend tot stilstand waren gekomen op een kaal stuk grond. Vlak nadat we eruit waren gesprongen zonder de motor af te zetten en als gekken naar de dichtstbijzijnde dekking renden. De klap smeet me compleet omver. Tenslotte bleef ik plat op mijn rug liggen en keek wazig omhoog naar de kring afkeurende gezichten van de net aangekomen prioriteitsploeg van de explosievenopruimingsdienst.

De marineluitenant die de leiding had, zei verongelijkt: 'Ik moet zeggen dat het een beetje buiten het boekje is, beste kerel – rommelen met onze spullen.'

Ik knipperde duizelig. 'We dachten niet veel keus te hebben. Tenminste niet op dat moment.'

Hij draaide zich om en klom weer in zijn vrachtwagen met nog steeds die verongelijkte uitdrukking. 'Hoe dan ook, er wordt aangenomen dat wij hier als enigen het gezag hebben om onszelf op te blazen. Houd dat voor de toekomst in gedachten.'

Ik werkte mezelf overeind en keek de vertrekkende vrachtwagen woest na. 'Als ik mezelf op wil blazen, dan doe ik dat verdomme,' gilde ik hysterisch. 'Waar ik maar wil, wanneer ik maar wil . . . En net zo *vaak* als ik verdomme wil!'

Trapp stond me op te wachten toen ik hinkend aan boord van de Charon stapte.

'Die wagen die je hebt gebruikt,' zei hij vastberaden. 'Dat was jouw idee en jouw verantwoordelijkheid. Ik hoop niet dat je verwacht dat ik ervoor zal betalen, mister.'

Ik staarde hem aan. 'Jij rotzak,' mompelde ik. 'Jij ellendige uitzuiger van een krenterige rotzak!'

'Meneer?' opperde hij. Toen grijnsde hij als een grote kat.

'*Meneer*,' snauwde ik.

En toen begon ik wat schoorvoetend ook te grijnzen. Een logisch alternatief leek er immers niet te zijn. Behalve dan volledig mijn verstand verliezen.

Geen enkel alternatief zolang ik eerste officier van Zijne Majesteits Charon was.

Hoofdstuk vijf

En dus gingen ploegen timmerlui en artilleriespecialisten door met het opnieuw uitrusten van de Charon. Dag en nacht werd er gewerkt om de schuit om te toveren tot waarschijnlijk de meest onorthodoxe oorlogsbodem sinds Leonardo da Vinci zijn eerste onderzeeër ontwierp. En voor zover ik wist zonk die op het moment van de tewaterlating.

In termen van vuurkracht zouden we nog altijd relatief zwak zijn. In het geval van een rechtstreekse krachtmeting zou de Charon waarschijnlijk zelfs minder vuurkracht hebben dan een opgedoken U-boot, waarbij dan nog voorbij werd gegaan aan het gegeven dat de antieke romp naar verwachting letterlijk uit elkaar zou vallen door de schokgolf van een misser die in de buurt kwam.

Onze enige troef zou het element van verrassing zijn. Wanneer we ten slotte onvermijdelijk oog in oog kwamen met een echte oorlogsbodem, zouden we de schijn moeten wekken in paniek een onschadelijke vrachtschuit te verlaten, iets wat volgens mij onder die omstandigheden niet veel acteertalent zou vereisen. En degenen die aan boord bleven kregen dan hopelijk een kans om een tijdelijk in slaap gesuste vijand de volle laag te geven en hem zo hard, snel, nauwkeurig en dodelijk te raken dat hij daarop geen antwoord meer had.

Voor dat doel werden we voorzien van twee stukken geschut. Het eerste werd optimistisch aangeduid als onze hoofdbewapening en bestond uit een 12 cm kanon dat me heel toepasselijk scheen omdat het ongeveer even oud moet zijn geweest als de Charon, met dien verstande dat er granaten mee werden afgevuurd en geen kanonskogels. En het was geen voorlader.

Dit lompe wapen werd gemonteerd op het speciaal versterkte tussendek van ruim nummer twee – waar nog maar zo kort geleden een op scherp staande bom tot overgave was gedwongen. Aan beide kanten werden de huidplaten van de Charon deskundig weggesneden en vervangen door wegklapbare schermen die ons zowel aan stuurboord als aan bakboord een redelijk schootsveld verschaften. Eén ding was zeker – de uitdrukking op het gezicht van iedere kapitein van de *Kriegsmarine* die de Charon onverwacht open zag klappen en dan in een loop keek met de afmetingen van een spoorwegtunnel, moest op zich al de moeite van het meemaken waard zijn. Zelfs ik moest dat grommend toegeven.

Ons tweede kanon was tenminste modern, zij het van een aanzienlijk kleiner kaliber. Het was een Bofors van de artillerie die ons een redelijke vuursnelheid verschafte als aanvulling op de tragere 12 cm. Ook zou het praktischer zijn bij het aanvallen van de minder gevaarlijke schepen die Rommel 's nachts van voorraden voorzagen en die ons voornaamste doel waren zolang we bleven drijven.

Het camoufleren van deze Bofors leverde nogal wat problemen op, tot we besloten er een deklading van te maken. Hij werd gemonteerd op de kuil van het voordek en verborgen onder een grote, ruw afgetimmerde verpakkingskist die was ontworpen om letterlijk open te springen als er een pin werd uitgetrokken bij het bevel om het vuur te openen. Een soort reusachtig duveltje-in-een-doosje met een zeer explosieve inhoud.

Vier zware machinegeweren onder wegschuifbare, namaak groentekisten werden bij nader inzien nog langs de verschansing geplaatst. Voor het geval we ons zouden gaan toeleggen op het specialistische werk van het afmaken op korte afstand.

Of zou dat moord zijn? Want het enige wat we nog niet wisten was . . . wat we met de overlevenden van die Arabische dhows en kustvaarders moesten doen die we hadden aangevallen. Hoe konden we voorkomen dat ze het dichtstbijzijnde vijandelijke hoofdkwartier op de hoogte brachten van het feit dat er een vermomd Brits marinevaartuig in hun wateren rondvoer en iedere Duitse eenheid in het zuidelijke deel van de Middellandse Zee alarmeerden?

Tenzij we hen natuurlijk de lust ontnamen om ons te verklikken. Met een kogel...

Er vonden nog verscheidene andere aanpassingen plaats, terwijl het geschut werd geïnstalleerd. Een nieuwe stuurhut, origineel aangetast door weer en wind, verving Trapp's oorspronkelijke kippenhokje, terwijl ze de brugvleugels tegelijkertijd omgaven met stalen platen met een houten buitenbetimmering. Dit schikte me wonderwel, aangezien het bij acties mijn persoonlijke standplaats zou zijn. Mijn nogal primitieve vuurgeleidingsuitrusting bestond uit een paar kijksleuven om de brug helemaal verlaten te doen lijken, een gecamoufleerde afstandzoeker op iedere vleugel en een telefoonverbinding met de commandant van het 12 cm kanon, de Bofors en de machinekamer.

O, en een stalen helm voor Trapp en mijzelf. Maar kosten noch moeiten werden dan ook gespaard als het ging om OPERATIE STYX.

Ze rustten ons ook nog uit met splinternieuwe zwemvesten, maar omdat ze niet kogelvrij waren en ik de mogelijkheid vrij laag aansloeg om daarmee mijn overlevingstijd te rekken wanneer ik in de plomp lag en in de loop blikte van de Schmeisser van een geërgerde Nazi *Oberbootsmann*, was ik niet erg onder de indruk van de vrijgevigheid van de marine.

Nog een laatste onderdeel. Met het oog op de strategie van het 'in paniek' verlaten van het schip om de Duitsers een vals gevoel van veiligheid te geven – en ook omdat werd aangenomen dat we het misschien vaker moesten doen – vervingen ze de oorspronkelijke zeef van een reddingsboot door een nieuwe. Die zou dus niet zinken zodra hij te water werd gelaten.

Of zoals mijn aartsvijand, de stafofficier van de afdeling planning het zo treffend uitdrukte: 'Op die manier . . . eh . . . Miller, zullen je matrozen waarschijnlijk minder snel opraken, voordat je geluk ten slotte opraakt.'

Een paar dagen later werkten we een haastig maal naar binnen in de kajuit van de Charon, stuk voor stuk onder de olievlekken en bedekt met roest en prehistorisch vuil uit de diepste ingewanden van het schip, toen Al Kubiczek halverwege de mok waterige soep die ons hoofdgerecht van de dag vormde, ineens aarzelde en fronsend opkeek.

'Horen jullie soms ook iets? In de verte?'

Ik stopte met kauwen en luisterde. Hij had gelijk. Er was een geluid, alleen kon ik het niet meteen plaatsen. Een langzaam aanzwellend gebrul uit de richting van de toegang tot de Grand Harbour. Enkele ogenblikken lang zaten we elkaar een beetje bezorgd aan te kijken. Toen zei Trapp: 'Juichende mensen. Zouden het juichende mensen kunnen zijn?'

Babikian glimlachte peinzend. 'Misschien is de oorlog wel voorbij, hè?'

Ik keek vol walging naar de snee brood met een dun laagje jam in mijn hand. En over een paar dagen zou dat er zelfs niet meer op zitten.

'Misschien heeft iemand een blik corned beef gevonden,' bromde ik. Toen drong het tot me door met de opwinding van iets waarop je nauwelijks hebt durven hopen. 'PEDESTAL!' schreeuwde ik en de stoel kletterde achter me op de grond. 'Het moet het PEDESTAL konvooi zijn dat binnenloopt . . .'

Ze keken me na met de onthutste blikken van mannen die ineens tot de ontdekking komen dat er een echte krankzinnige in hun midden is.

Ik stond op de wallen boven de haven, schouder aan schouder met hossende, juichende soldaten en Maltezers die al zo lang zo veel hadden moeten verduren.

Langzaam voeren die grijze, vermoeide koopvaarders op ons af, voorafgegaan door de op Malta gestationeerde mijnenvegers en in de lucht begeleid door een trots eskader Spitfires, waarvan de propellers schitterden in de avondlucht. Dit was de dag van het eiland. En de vijand was daarbij niet uitgenodigd.

Ik telde de schepen. Dat kostte niet veel tijd. Er waren er maar drie – drie van de veertien. Lange, diep geladen vrachtschepen die rustig naar de ankerplaats gleden. De *Melbourne Star* met een beschadigde en geblakerde romp omdat ze over het brandende wrak van een van haar minder fortuinlijke zusterschepen was gevaren. De *Port Chalmers,* de *Rochester Castle* . . .

En verder niets. Geen tanker. Geen *Ohio* . . .

Een stem naast me zei rustig: 'De mensen kunnen nu God zij dank weer eten. Maar het heeft ons veel gekost . . . heel veel.'

Ik draaide me om en zag de stafofficier planning triest over de zee staren. Toen keek hij me aan en mompelde: 'Ik raad je aan om te zorgen dat je zo snel mogelijk vaarklaar bent . . . eh . . . Miller. Anders krijgt je de tijd misschien niet meer om uit te varen.'

Ik keek hem strak aan. 'Meneer? Maar PEDESTAL is er nu toch? Of tenminste een gedeelte. Dan is . . .?'

Hij blikte me aan met ogen die heel ernstig stonden. 'Op dit moment moeten we onze laatste oliereserves aanspreken. We hadden die schepen met voedsel nodig, maar bij God we hadden die tanker nog meer nodig.'

De horizon leek ver weg en heel leeg. Ik mompelde geschokt: 'De *Ohio.* Is ze tot zinken gebracht?'

De stafofficier haalde zijn schouders op. 'We weten het eigenlijk niet. Maar dat doet er niet toe. Ze waren gedwongen haar op een afstand van zeventig mijl in de steek te laten . . . het is slechts een kwestie van tijd . . .'

Ik werkte me door de zee van blijde, opgeluchte gezichten. Niemand van hen wist het al. Slechts weinigen op dat eiland waar moed alleen niet genoeg leek te zijn, beseften het.

Slechts weinigen. Samen met een andere groep uitgeputte mannen die op dat moment verbitterd wachtten in de buurt van een langzaam zinkende, kapot gebombardeerde romp, zeventig onoverbrugbare mijlen van de veiligheid verwijderd.

Maar we waren bijna klaar. We hoefden alleen nog maar een windas te monteren als vervanging voor die, welke de marine had weggeschoten en de revisie van de machine van de Charon te voltooien onder het adelaarsoog van chefmachinist Kubiczek die – in aanmerking genomen dat hij uit eigen beweging had bekend uit de Amerikaanse marine te zijn gedeserteerd – er toch in was geslaagd een aanzienlijke, zij het schoorvoetende bewondering te kweken bij de vaklui van de Royal Navy die werkten aan een antiek voortstuwingsmechaniek waarvan ze dachten dat het uit de tijd van Stephensons Rocket kwam.

Of misschien hadden ze meer respect voor Als goede smaak bij het deserteren dan voor zijn kundigheid in het vervaardigen van niet meer te verkrijgen reserveonderdelen voor de Charon.

En over desertie gesproken, heel toepasselijk arriveerde toen onze eigen marine-geschutsbemanning. Onze tien 'vrijwilligers'. Van de vloot.

Half dronken, heel strijdlustig en nauwelijks herkenbaar als specialisten van welke marine dan ook. Afgezien misschien die van Trapp.

Ik stond aan het begin van de valreep en zag ze met een zwaar hart dat steeds somberder en somberder werd een voor een achter uit een vrachtauto vallen te midden van een lawine van plunjezakken, bierblikjes van de zwarte markt en buitgemaakte uniformpetten. Geleidelijk namen de vloeken en scheldwoorden af om plaats te maken voor een verbijsterd zwijgen toen ze voor het eerst de Charon in het oog kregen en het eindelijk begon te dagen wat een te lastige matroos precies kon overkomen als hij uit de gratie viel bij zijn eigen eerste officier.

Een van hen, een soort afspiegeling van Gorbals Wullie in uniform, zei op geschokte toon: 'Wil je zeggen dat ik daarop moet aanmonsteren?'

Een ander, een zwaargebouwde matroos eerste klas met een gebroken neus en een pervers gevoel voor humor gromde: 'Ze hebben je een alternatief geboden, nietwaar? Ik bedoel maar, je had ook twaalf maanden kunnen brommen, maat.'

De eerste draaide zich met een ruk om en begon weer in de vrachtauto te klimmen. 'Dat neem ik dan maar, Killick. De lik moet een verrekt paradijs zijn als je dit hebt gezien.'

Plotseling brulde een geweldige stem vanuit de wagen: 'Terug, Clark. Opstellen en in de houding zoals ik heb gezegd!'

Zwakjes dacht ik: 'Lieve Heer, wat voor een korporaal moet dat wezen die zo'n troep in de hand kan houden?' en het antwoord kwam meteen in de vorm van een grote voet die tegen de borst van matroos-kanonnier Clark werd gezet en duwde. Hard duwde.

Toen sprong de man in de vrachtauto soepel op de grond, klopte het stof van zijn uniform en zonder enige aandacht te besteden aan de languit op zijn rug liggende matroos keek hij met een brede grijns naar me op. 'Kent u me nog, meneer . . . Arthur Crocker? Ik meld me voor dienst aan boord.'

Ik fronste even en toen begon ik ineens ongewild terug te grijnzen. Want mijn nieuwe rechterhand bleek de volmaaktste kandidaat te zijn waarom ik had kunnen vragen in de imposante gedaante van korporaal der mariniers Crocker, het laatst waargenomen onder zwaar arrest wegens het verzaken van zijn plicht als wachtcommandant omdat hij willens en wetens orders had overtreden door aan boord te gaan van een verboden vaartuig en met diverse leden van de bemanning van voornoemd vaartuig op de vuist was gegaan . . .

'Welkom aan boord, korporaal,' riep ik sardonisch. 'De meeste lui hier heb je al eens ontmoet.'

Het enige waarmee ik nog problemen had, was hoe we ooit een groep van zulke kennelijk onverbeterlijke buitenbeentjes konden bewegen orders aan te nemen om er nog maar over te zwijgen dat ze een vage gelijkenis met een efficiënte gevechtseenheid moesten gaan vertonen.

En uiterste efficiëntie – die goede wil en geen weerzin vereiste – was het enige dat ons mogelijk kon redden van vernietiging bij de eerste de beste gelegenheid dat we oog in oog met een vijand kwamen te staan. Ik begon steeds meer spijt te krijgen van het niet te verontschuldigen gebrek aan enthousiasme dat ik had getoond toen ik om een bemanning voor de Charon vroeg.

Trapp kwam naast me over de reling leunen, terwijl ik zwijgend wachtte op de kanonniers die wankelend aan boord strompelden, waarbij ze onvermurwbaar op de hielen werden gezeten door korporaal Crocker.

'Opstaan . . . Sta verdomme op, misselijke onnut zonder

ruggegraat en met de hersens van een pad . . . Hijs die vent op! Die plunjezak . . . Pak op . . . OP . . .'

Matroos-kanonnier Clark zakte ineens in een dronken stuip ineen, leunde tegen de zijkant van het schip en kotste zijn trui onder. Trapp knikte en zei heel erg ingenomen: 'Je hebt een prima stel uitgezocht, mister. Die kerels zijn uit het goede hout gesneden . . . Precies het slag dat prachtig aan boord van de oude Charon past.'

En dat was waarschijnlijk de meest accurate opmerking die hij ooit in zijn leven had gemaakt. Ik mompelde zwak: 'Wilt u met ze praten of zal ik het doen?'

'Het is jouw club. Zij zijn van de marine.'

'Dat bent u nu ook, meneer,' wreef ik zout in de wonde. 'En u bent de kapitein.'

'O ja, dat vergeet ik steeds. Goed dan, eerste officier. Wees zo goed alle hens te laten . . . eh . . . Wat is het juiste woord daarvoor?'

'Aantreden,' zei ik, 'meneer.'

'Aantreden,' herhaalde hij vergenoegd. 'Laat ze dan aantreden achter de brug zodat ik ze kan inspecteren. Net als op een echt, mooi oorlogsschip.'

En dat deed ik dus. Met veel inspanning. Ik wierp een verbijsterde blik op de schots en scheve rij smerig vuile zeelui die onvast aangetreden stonden en dacht venijnig: 'Op een echt oorlogsschip, Trapp, zou de kapitein zo lang hameren op fouten dat hij als admiraal zou zijn gepensioneerd voordat hij ermee klaar was.'

Ik zei gespannen: 'Nieuwe lichting gereed voor inspectie, meneer.'

Toen kwam Trapp nonchalant aanslenteren en stond een hele tijd zijn nieuwe kanonniersploeg te bekijken met een afkeer die verbazing wekte wanneer je het nog smeriger uiterlijk van zijn eigen bemanning in ogenschouw nam. Ten slotte duwde hij zijn pet naar achteren, stak zijn handen in zijn zakken en zei vol walging: 'Ze hebben ons wijs gemaakt dat jullie verstandige knapen waren. Speciaal geselecteerd voor dit karwei. Precies de mannen die ik aan boord van een Q-schip nodig had, zeiden ze . . . Maar moet je dat zien! Kom hier eens staan en kijk naar jezelf . . .'

Een ogenblik schoten woorden hem te kort, toen schudde hij van pure weerzin zijn hoofd. '. . . verdomme, jullie zijn SCHOON! Jullie zijn even schoon en proper als het eerste het beste zooitje blauwhemden dat ik jammer genoeg ooit in mijn leven ben tegengekomen . . .'

Ik staarde hem aan en durfde mijn oren nauwelijks te geloven. En datzelfde gold voor de rij net aangekomen maritiem uitschot. Ik zag dat zelfs korporaal Crocker begon te grijnzen, terwijl de rest ineens vergat verveeld te kijken en in plaats daarvan een perplexe blik vertoonde. God alleen wist wat voor soort opgeblazen peppraatje ze hadden verwacht, maar aan de andere kant, ze hadden ook nog nooit kapitein-luitenant-ter-zee Trapp ontmoet.

'Maar vanaf nu,' ging Trapp grimmig verder, 'zorgen jullie ervoor dat jullie een beetje beter bij dit schip passen. Die mooie, keurige uniformen – smijt ze over de muur. En die glimmend gepoetste laarzen – ik wil dat ze er morgenochtend even ruw en vuil uitzien als de rug van een krokodil. O, en dan nog het scheren. Niemand van jullie heeft een baard van meer dan een paar dagen en als jullie denken dat ik aan boord van deze oorlogsbodem een troep naar zeep stinkende, blozend gepoetste tronies duld . . .'

Ik draaide me om. Een tweede blik op die rij gefascineerde, ongelovige gezichten had me er al van overtuigd dat Trapp had bereikt wat geen enkele provoost-geweldiger in een eeuwigheid had kunnen bereiken.

En Zijne Majesteits Charon zou uiteindelijk misschien toch uitvaren met een loyale en efficiënte – zij het erg onverzorgde en stinkende – geschutsbemanning.

De volgende morgen ging ik naar het marinehoofdkwartier om regelingen te treffen voor de bevoorrading van het schip – als er tenminste nog voorraden waren.

De aantrekkelijke en afkeurende vrouwelijke officier derde klas botste tegen me op toen ik een hoek omsloeg. Het was de fijnste botsing die ik ooit had meegemaakt en tot mijn verrassing glimlachte ze zelfs toen ze me herkende.

'Hebt u het gehoord?' vroeg ze. 'Het goede nieuws?'

'Heeft de admiraal een beroerte gehad?' vroeg ik hoopvol.

'Onze tanker. De *Ohio* . . .' Haar ogen schitterden van opwinding. 'Ze zijn weer aan boord gegaan. En *Rye* en *Penn* zijn daarbuiten bij haar. Ze gaan proberen haar binnen te slepen.'

Ik was blij voor haar en voor de rest van het eiland. Maar ik voelde me ook vreselijk vertwijfeld.

Op de een of andere manier leek mijn eigen oorlog daardoor zo futiel. En smerig.

Ik was net terug aan boord toen een intrigerende krat werd afgeleverd door de zwaar geëscorteerde marinevrachtauto.

Het etiket gaf duidelijk te kennen dat de geadresseerde *De Kapitein, s.s. Charon* was. Daaronder had iemand met minder besef van veiligheidsmaatregelen een grote, goed leesbare opdruk aangebracht: GEHEIM MATERIAAL – NIET OPENEN ZONDER VOORAFGAAND BEVEL.

'Maak open,' zei Trapp.

'Dat mag niet,' reageerde ik met een nieuwsgierige blik op het geval. 'Pas als we toestemming krijgen . . .'

Hij wrikte een koevoet onder het verzegelde deksel, leunde erop en de banden sprongen kapot met het geluid van een geweerschot. 'O, dat mag ik best. En het is heel gemakkelijk als je de truc kent.'

De inhoud stroomde over de vloer van zijn hut. Ik keek hem aan en hij reageerde met een vragende frons.

Het grootste deel bestond uit stukken van marine-uniformen. Witte matrozenmutsen, dik wollen oliegoed en een paar jekkers. Ik zag dat er op de jekkers al speciale kentekens waren genaaid, bijna allemaal van de Torpedo Afdeling.

Ik pakte een van de petten op en knipperde verbaasd.

De band met gouden opdruk vermeldde nogal vreemd: Z.M. ONDERZEEBOOTDIENST.

Wonder boven wonder liep die dag nog een andere achterblijver van PEDESTAL binnen. Op eigen kracht voer ze hooghartig naar de ingang van Grand Harbour onder de beschermende paraplu van die onverzettelijke Spitfires en Beaufighters van Malta.

Ze heette de *Brisbane Star.*

Verscheidene dagen was ze opgestoomd met een grote, gapende scheur in de boeg van een torpedotreffer en een kreupele maximumsnelheid van acht knopen, terwijl de Royal Navy naast het vliegdekschip *Eagle* ook nog de kruisers *Manchester* en *Cairo* en de jager *Foresight* had verloren – stuk voor stuk zwaarbewapende, snelle oorlogsbodems.

Voor het eerst sinds ik aan boord van de Charon was gestapt begon ik wat hoop te koesteren, maar ook niet meer dan dat. Enige hoop dat na het fiere voorbeeld van de Brisbane Star en met het piraatachtige genie dat Trapp voor overleven buiten kijf bezat, ik misschien toch wat langer zou blijven leven dan ik voordien voor mogelijk had gehouden.

De horizon achter de Brisbane Star was nog steeds onheilspellend leeg. De groepjes mensen die onafgebroken stonden uit te kijken en te wachten op de wallen van Baracca en Valletta, spraken op gedempte toon.

Maar nog steeds doemde de *Ohio* niet op.

Een volgend vreemd voorwerp werd afgeleverd dat ons nog meer reden gaf voor breedvoerige en nogal dubieuze speculaties.

Dit keer was het een gewoon opblaasbaar rubbervlot. Niet onwelkom aan boord van een vaartuig waarvan mocht worden aangenomen dat het in de nabije toekomst naar de bodem werd gejaagd.

Alleen bleek ook dit een soort vlot te zijn dat heel openlijk tot de uitrusting van bepaalde oorlogsschepen behoorde.

En wel op Zijne Majesteits onderzeeboten.

Eindelijk waren we bijna klaar. Of zo klaar als we ooit zouden zijn. Het dringendste probleem waarmee ik worstelde, was de kanonniers omvormen tot die uiterst doeltreffende eenheid waaraan we zo wanhopig behoefte hadden en wel zo snel mogelijk. De Charon zou geen opwarmperiode krijgen. Als we uitvoeren, ging het regelrecht de oorlog in en uit veiligheidsoverwegingen konden we niet het risico nemen van een terugkeer, wanneer we Malta eenmaal achter ons hadden gelaten.

Het hing helemaal af van de medewerking van de kanonniers. Of was de betovering van de onhygiënische nieuwigheden op Charon al geweken, ondanks Trapp's ruige ontvangst . . .?

Ik liep het dek op. De maan hing als een grote rode ballon boven het eiland. In de buurt van de verschansing zag ik een andere man eroverheen leunen en ik herkende de gedrongen, ontspannen gestalte van korporaal Crocker.

Hij glimlachte toen hij me zag. 'Goedenavond, meneer.'

'Goedenavond, korporaal.' Ik aarzelde. 'Hoe nemen de nieuwe jongens het op? De omgeving en zo?'

'U bedoelt of ze weer dwars zullen gaan liggen?'

Ik haalde mijn schouders op. 'We hebben geen tijd om tegelijk met hen en de moffen te knokken. Morgen nemen we ammunitie in. De volgende dag zouden we in actie kunnen zijn.'

Hij grinnikte en ik zag bij het licht van de maan hoe hij knikte. 'Luister maar, meneer.'

De stemmen kwamen van het voorschip. Zo rauw als de hel en tegelijk klonk er een soort koppige trots in door. Het soort gevoel waaraan iedere matroos sinds Nelson soms wrokkig heeft toegegeven, het gevoel dat zijn schip, hoe onbetekenend en ongerieflijk ze ook mag zijn, nog altijd het fijnste schip van de vloot is.

Alleen zeggen hij en zijn makkers dat niet rechtuit. En ze zingen het evenmin. Net zo min als onze kanonniers het nu zongen . . .

Dit is ons verhaal en dit is ons lied
We zitten verdomme al veel te lang in deze roestbak.
Dus op naar de 'Nelson', de 'Rodney', 'Renown',
Deze rotzak met zijn dunne pijp jaagt ons naar de haaien . . .

'Ze passen zich prima aan, meneer,' zei korporaal Crocker met overtuiging. 'Dat is pure waardering, niets meer en niets minder.'

Pas op het allerlaatste moment namen we de ammunitie in.

Ik weigerde pertinent om iemand van Trapp's oude bemanning in de buurt te laten na wat ik had gezien van hun behandeling van die bom. Hoopvol genoeg leken de marinemensen er helemaal geen bezwaar tegen te hebben en ze stouwden, sjouwden en hesen de hele lading, waaronder vijfenveertig pond zware granaten, zelf de magazijnen in met een lichtelijk hautaine houding van beroepsmatige superioriteit.

De bemanning van de Charon accepteerde de ondergeschikte rol kennelijk met grote nederigheid door met hun benen omhoog in de zon te gaan liggen. Af en toe schoot het hen te binnen dat ze passend geërgerd moesten kijken alsof alleen een sterk besef van discipline hen weerhield hun zwetende kameraden te helpen.

Zoals Gorbals Wullie het stelde tussen twee slokken van in het vooronder gebrouwen bier: 'Och, ik krijg er pijn van in mijn buik als ik jullie marinejongens zo zie ploeteren, terwijl ik geen hand mag uitsteken, omdat ik altijd heel goed luister naar mister Miller.'

Wegens het tekort aan verblijven waren we gedwongen geweest geïmproviseerde kooien voor de geschutsbemanning te timmeren in een gedeelte van het voorruim. De rest van het ruim werd ingenomen door het magazijn van de Bofors. Als kennelijk toonbeeld van weerspannigheid, maakte kanonnier-matroos Clark snel een handige opslagruimte voor zijn armzalige rantsoen sigaretten op de plank die werd gevormd door het NIET ROKEN bord boven zijn kooi.

Korporaal Crocker werd ten slotte echter behoorlijk nijdig bij de ontdekking dat de tekst al snel onleesbaar werd onder de zwarte vegen van uitgeduwde peukjes.

Het onderruim van nummer twee was vertimmerd tot een geïmproviseerd magazijn voor het 12 centimeter geschut, wat ideaal was voor het gebruik, maar het hield ook in dat de bemanning tijdens een actie letterlijk boven op verscheidene tonnen onbeschutte hoogexplosieve granaten zou staan. Hoewel dat eigenlijk een nogal academisch probleem was, want als de Charon op de verkeerde plaats werd getroffen, zou het er geen zier toe doen waar ieder van ons zich op dat moment bevond.

De voltooiing van die operatie betekende ook dat we klaar waren om uit te varen.

Net zo klaar als een astmatische ziekenhuispatiënt. Die ging diepzeeduiken.

De admiraal leek vreemd afwezig toen Trapp en ik voor het laatst bij hem op bezoek gingen. Terwijl de grijze, levendige ogen ons scherp opnamen, wekte hij tegelijk de indruk van afstandelijkheid, van zorgen om andere, ernstiger zaken en zijn hand schoof telkens in de richting van de telefoon. Alsof hij wilde dat die ging rinkelen.

Hij zei mat: ‘Zijn er nog vragen, heren?’

Ik wilde net mompelen: ‘Een duizendtal op zijn minst,’ toen Trapp heel nauwgezet antwoordde: ‘Drie. Nog maar drie kleine problemen, meneer.’

‘En dat zijn?’

‘Ten eerste, is er de kleinigheid van een contract, naast mijn voorschot. Dit is tenslotte een zakelijke regeling, zoals u begrijpt.’

De admiraal glimlachte zwak. ‘Het geld ligt op u te wachten bij de betaalmeester van de vloot, kapitein.’

Hij pakte een document van zijn bureau en overhandigde het aan Trapp. ‘Dit is uw chartercontract met de Britse Admiraliteit en ik weet zeker dat het in orde is. Wenst u . . . eh . . . referenties ten aanzien van onze kredietwaardigheid?’

Trapp schudde plechtig zijn hoofd. Er schenen momenten te zijn waarop zakelijke scherpzinnigheid zijn gevoel voor humor uitwiste. ‘Nee, dank u, meneer. Ik neem aan dat Herr Hitler de Royal Navy een aardig lopend bedrijf vindt, ook zonder dat ik het hem vraag.’

De admiraal wierp weer een bijna hoopvolle blik op de telefoon en knikte toen. ‘Dat hoop ik maar, kapitein. Dat hoop ik oprecht . . .’ Hij gebaarde naar het contract in Trapp’s hand.

'U zult daarin trouwens ontdekken dat de Charon is verzekerd tegen de . . . eh . . . vervangingswaarde.'

'En dat zijn dan weer vijftien ruggen van het geld van de belastingbetaler die in het riool verdwijnen,' dacht ik somber, maar Trapp leek er erg mee ingenomen te zijn. 'Prachtig,' zei hij enorm tevreden. 'Dan hoef ik u dus ook niet meer lastig te vallen met vraag twee.'

'En die was, kapitein?'

'Ammunitie-veiligheidsvoorzieningen . . . die hebben we helemaal niet. Niets om te verhinderen dat een voortijdig ontploffende granaat recht het magazijn in schiet. Geen kleppen om de zaak onder water te zetten. Ook niet erg veel brandslangen, maar . . .' Trapp haalde blij zijn schouders op, '. . . dat is nu niet meer zo belangrijk. Niet als de oude Charon tegen dat soort dingen is verzekerd.'

'O, Christus,' dacht ik, 'hoe diep kun je vallen!'

Ik kreeg een angstwekkend visioen van met olie overdekte overlevende die kotsend boven water probeerden te blijven in een zee vol wrakstukken. Bloedende, verscheurde handen die graaiden naar onze enige reddingsboot, terwijl boven de verstikte, gorgelende kreten Trapp's enorme stem bulderde: 'Maak daar geen krassen op de verf! Verf kost een aardig aantal stuivers, als je dat maar weet . . .'

De hand van de admiraal streelde de telefoon. 'En de derde, kapitein?'

Trapp keek verontschuldigend. 'Er is een krat bij ons afgeleverd. Een geheime krat. Maar hij viel achter uit de vrachtauto en . . .'

'En barstte open. Per ongeluk.' De admiraal knikte meelevend, zich kennelijk bewust van de ongelukken die konden plaatsvinden aan boord van schepen van nieuwsgierige kapiteins.

Ik zei snel: 'Er zaten onderzeebootspullen in, meneer. En we hebben ook nog een opblaasboot gekregen.'

'Ik weet het.' Hij kauwde nadenkend op zijn onderlip en keek toen op. 'OPERATIE STYX is uiterst belangrijk, heren. Het is ook een buitengewoon gevaarlijke en onaangename onderneming – u beseft dat en wij beseffen dat. Een van de grootste gevaren waaraan u blootstaat zal een voortijdige onthulling van het bestaan van de Charon zijn. Het Duitse marinehoofdkwartier zal dergelijke informatie om te beginnen vooral krijgen van overlevenden van de vaartuigen die door jullie worden aangevallen . . .'

Ik keek Trapp aan en hij keek onbewogen terug. Dit was juist het probleem dat we allebei hadden geprobeerd te ontwijken. Tot misschien het moment kwam waarop we een drenkeling lieten leven – of hem doodden om zelf verder te kunnen gaan.

'Zoals jullie al te horen hebben gekregen,' ging de admiraal verder, 'moeten jullie alleen de strijd aanbinden tijdens de uren van duisternis. Bij dageraad moeten jullie uit het gebied zijn en verder opstomen onder dekking van neutraliteit of als een schip van hun eigen bevoorradingsvloot. We hopen dat jullie op die manier van verdenking gevrijwaard blijven . . . maar alleen als het verlies van jullie buit op rekening van iets anders kan worden geschreven. Een spiering waar de vijand achteraan gaat.'

Onwillekeurig ging ik voorover zitten. 'Zoals een onderzeeër. U wilt dus dat ze het zoeken concentreren op een onderzeeër, meneer? En die zullen ze nooit vinden omdat hij niet bestaat.'

'Helemaal juist, Miller. Zoals je weet durven we een echte in die wateren niet te riskeren. Maar voor de *Kriegsmarine* zal het veel aannemelijker zijn dan de waarheid. Dan de Charon.'

Persoonlijk was ik van mening dat alles aannemelijker was dan de Charon.

'Daarom moeten jullie ook aan boord gaan van ieder schip, voordat jullie het tot zinken brengen. Vooral de eerste keren.'

Trapp grinnikte. 'Met een rubberboot, alsof we van een onderzeeër komen. En uitgedost in spullen van de onderzeebootdienst, terwijl de oude Charon goed wordt verborgen door de duisternis . . . Die nikkers zullen overal periscopen zien. En de moffen zullen alles slikken wat ze te horen krijgen. Niets is zo overtuigend als een doodsbange Arabier met uitpuilende ogen.'

Ineens verdween mijn tijdelijke vreugde. Rustig merkte ik

op: 'Alleen zal dat niet altijd werken, meneer. Het is niet altijd pikdonker. Wolken die plotseling scheuren, maanlicht... Sommige schepelingen zullen ontdekken wat de Charon werkelijk is.'

De admiraal leek ons een hele tijd strak aan te kijken. Toen zei hij nauwgezet: 'Dan gaat het om jullie eigen leven. Jullie leven en dat van jullie bemanning... Ik kan alleen maar zeggen dat het helemaal jullie eigen beslissing moet zijn. En wat jullie ook doen, ik zal achter jullie staan.'

Hij wierp weer een blik op de telefoon. Bezorgd. En ik kon niets anders doen dan gespannen naar Trapp kijken en me afvragen wat hij zou doen als dat probleem zich voordeed. Want hoe filosofisch hij de situatie ook leek op te nemen, hij zou binnenkort worden gedwongen weer aan het moordspel mee te doen...

En toen rinkelde de telefoon.

De admiraal graaide de hoorn van de haak voordat ik de tijd kreeg mijn ogen weer op hem te richten.

'Ja?' Gespannen als een zware sleepkabel.

Een ogenblik later: 'Dank je. Ik kom meteen naar beneden.'

We hoorden de klik toen de opbeller ophing, maar een schijnbaar heel lange tijd bewoog of sprak de admiraal niet. Toen legde hij voorzichtig, bijna afwezig de hoorn op de haak en leunde achterover in zijn stoel. 'Wilt u me verontschuldigen, heren. Er zijn andere zaken...'

Trapp knikte me veelbetekenend toe en kwam overeind. 'We hebben ook niets meer, meneer. We zijn klaar om vanavond volgens plan om 21.00 uur uit te varen.'

De admiraal stond ook op en stak zijn hand uit. 'Het lijkt misschien niet veel,' zei hij rustig, 'maar er zijn momenten waarop ik geloof dat God aan de kant van de mensen op dit eiland staat. Misschien nemen jullie ook wel iets van dat onschatbare voordeel met je mee.'

Ik keek hem aan en voor het eerst ontdekte ik dat zijn ogen straalden van trots.

'Dat telefoontje, meneer?'

Hij knikte, pakte zijn pet en zette die stevig op zijn hoofd. Het gouden eikeloof op de klep glinsterde zacht in het licht van de lamp boven de grote kaart. De kaart die nog maar zo kort geleden de namen had bevat van de deelnemers aan een operatie die raadselachtig PEDESTAL heette.

'Ze was Malta's laatste hoop,'mompelde hij. 'De tanker *Ohio* . . . En ze slepen haar op dit moment binnen.'

Ontzettend traag werd ze door het geveegde kanaal gesleept door drie oorlogsschepen die alles in het werk stelden om te voorkomen dat ze afdreef naar de mijnenvelden aan weerszijden. Nauwelijks drijvend met de hoofddekken bijna onder water, stevende dat dappere schip koppig af op de brede toegang tot Grand Harbour. Dodelijk gewond weigerde ze nog altijd om te sterven. Letterlijk opgebonden tussen de jagers *Penn* en *Bramham* om te blijven drijven, bracht de *Ohio* haar nog steeds onmisbare olie en kerosine naar de uiteindelijke bestemming.

Tweemaal verlaten, opengescheurd door bommen, machines en roer onherstelbaar vernield. Ze had een gat van 6 meter aan stuurboord en de dekplaten erboven wezen omhoog als grote gevallen bladeren. Verschansing en ventilators hingen er gemarteld bij, terwijl midscheeps de rafelige littekens van de branden die haar hadden geteisterd zwart afstaken tegen het grijs.

Het skelet van een neergestorte Stuka stak nog voor uit de brug . . .

Ik wierp een nieuwsgierige blik op Trapp, terwijl overal om ons heen het hysterische gejuich van het volk van Malta zelfs de klanken overstemde van het fanfarekorps dat aan het eind van de havendam een hooghartig 'Rule Britannia' ten gehore bracht.

Maar hij zag me niet kijken. Hij staarde naar de kreupele *Ohio* met een bijna afwezige afstandelijkheid alsof dit onderdeel van de oorlog niet in zijn contract was opgenomen. Alsof het de verantwoordelijkheid betrof van een andere firma die minder aan winst dacht.

Bijna. Want nauwelijks zichtbaar lag er ook nog iets anders in die ogen. Een soort spijtige erkenning dat aan bepaalde zaken nu voorgoed een eind was gekomen. Het trieste besef dat deze dappere momenten hem ook ten deel hadden kunnen vallen.

Ooit. Heel lang geleden.

Een paar uur later stuurden we de Charon naar haar oorlogstoneel.

Er was geen fanfarekorps om ons uitgeleide te doen. Er waren zelfs helemaal geen mensen.

Alleen het vaag zichtbare silhouet van de tanker *Ohio* die nu leeg en gebroken op de bodem rustte.

PEDESTAL was in glorie geëindigd. OPERATIE STYX was begonnen.

In vieze, onbetekenende anonimiteit.

Hoofdstuk zes

De mijnenlegger die ons door het mijnenveld had geëscorteerd, verliet ons bij het vertrekpunt. Alleen een romige bloesem van opgeworpen schuim onder haar hek was zichtbaar in de fluweelachtige duisternis toen ze snel terugvoer naar het eiland.

Een kort: 'Veel geluk, Charon,' en we waren alleen. Vanaf nu kon de Royal Navy niet veel meer doen om ons te helpen of te beschermen.

Ik had al een koers uitgezet naar het voorgenomen patrouillegebied. We zouden beginnen buiten de troosteloze zoutmoerassen van Misurata en ons geleidelijk oostwaarts werken door de Golf van Sirte naar de frontlinies en als we zover kwamen zouden we omdraaien om weer terug te stomen langs de Libische kust. En dan weer draaien. Rommels bevoorradingsschepen zouden daar precies hetzelfde doen, tenzij wij ze tegenhielden.

Gorbals Wullie stond aan het roer. Ik zei rustig: 'Koers één-zes-nul.'

Door de duisternis van de stuurhut tuurde hij me argwanend aan. 'Hè?'

In gedachten maakte ik een snelle berekening. Hoeveel geschut we ook voerden, de navigatiemethoden aan boord van de Charon waren kennelijk dezelfde als op de windjammers. 'Zeg maar . . . zuidzuidoost.'

Vanaf de brug snauwde de stem van Trapp scherp: 'Geen denken aan. Breng haar pal oost en houd haar daarop, mister.'

Wullie mopperde: 'Wat moet het nou zijn?'

Gespannen zei ik: 'Oost. Pal oost.'

Hij draaide het roer en het schip hobbelde naar bakboord. 'Je zegt het maar, mister Miller, meneer.'

Ik liep de brug op en keek Trapp aan. 'Deze koers brengt ons dichter bij Kreta, kapitein ...' Ik zweeg abrupt toen een onverkwikkelijke gedachte me door het hoofd schoot. 'Of de Griekse eilanden. Bij God, je gaat toch niet ...'

Zijn tanden blikkerden even in het duister. 'Als je de baas bent op een oorlogsschip en je krijgt een vreemde boot in het vizier, mister, wat probeer je dan om te beginnen te raden?'

Ik fronste. 'Wat haar bestemming is?'

'Juist. En waar ze vandaan komt. Dus als je de commandant van een U-boot bent en je ziet een vrachtvaarder op een rechte koers tussen Malta en het gebied dat de moffen bezet houden, zou je dan niet een paar verdenkingen gaan koesteren?'

'Helemaal juist.'

'Maar als diezelfde stekelkop een schip ziet op een koers tussen, zeg Taranto en Rommels slagvelden. En als die dan ook nog de Italiaanse vlag op de bak voert ...'

Ik grinnikte. Ik begon te begrijpen hoe Trapp zijn zaakjes had kunnen blijven doen ondanks het kleine ongemak van een wereldoorlog. 'Dus stomen we pal oost tot we de bevoorradingsroute van de As snijden en dan wijzigen we koers naar Misurata. En laten we hopen dat de RAF op de hoogte is gebracht, zolang we daarop liggen.'

'Hebben ze ons daarvoor geen herkenningssignaal gegeven, mister? Hoe dan ook,' hij keerde zich naar de verschansing en leunde er op zijn gemak overheen, 'we kunnen ze altijd nog vertellen op te donderen. Met de Bofors.'

'En hoe dan ook,' reageerde ik met een strak gezicht, 'het schip is verzekerd. Is het niet, kapitein?'

'Je leert snel,' grinnikte hij in het donker. 'Je leert erg snel.'

We begonnen met de laatste voorbereidingen.

De paniekploeg was al aangewezen. De meeste mannen die aan boord zouden blijven waren van de marine: de geschutsbemanning onder het adelaarsoog van korporaal Crocker met Trapp en ikzelf op de brug om alles in de gaten te houden en het bevel te geven in actie te komen. Alleen Al Kubiczek plus een stoker in de machinekamer en Gorbals Wullie aan het roer zouden van de oorspronkelijke bemanning van de Charon aan boord blijven. De rest was aangewezen om te gaan dobberen met tweede stuurman Abou Babikian en er was niemand die zo natuurlijk in paniek kon raken als hij.

Acht uur lang drilden Crocker en ikzelf de bemanning van de 12 cm in de oven van ruim nummer twee. Tegen de tijd dat we daarmee klaar waren, was zelfs ik een heel stuk geruster dat de Charon iedere nieuwsgierige neuzer zo nodig een warm welkom kon bereiden.

Maar alleen als . . .

Ik trof Trapp nog steeds op de brug aan. Sinds ik hem acht uur eerder had verlaten, was hij niet beneden geweest. Hoe beter ik de vreemde, extraverte zeeman leerde kennen, des te hoger begon ik hem aan te slaan, ook al ging het niet van harte en gaf ik er openlijk geen blijk van. Ik had een poos geleden al geleerd dat Trapp niets leuker vond dan een felle, frisse discussie voordat een besluit werd genomen – zelfs met de kok over wat de pot de volgende dag zou schaften. Gelukkig voor de kok was hij even koppig als de kapitein en genoot hij met volle teugen van de traditionele, dagelijkse scheldpartij. Alleen was ik de kok niet.

Dus – 'Het staat me niets aan,' zei Trapp voorspelbaar.

Ik zuchtte. 'Maar we moeten een keer schieten, kapitein. Verdomme, we weten niet eens of die verrekte kanonnen wel kunnen vuren als we het niet een keer proberen.'

'Maar hoe kun je weten,' vroeg hij slim, 'dat de een of andere U-boot-moffenschipper op dit moment niet door zijn periscoop naar ons ligt te loeren?' Dat hij niet probeert ons te plaatsen . . . en dan begin jij met kanonnen te schieten die er helemaal niet mogen zijn, zodat we meer op een vuurwerkschuit lijken dan een verrekt Italiaans bevoorradingsschip.'

'En hoe kunt u weten,' reageerde ik nijdig, 'dat deze hele mottige schuit niet uit elkaar zal vallen onder de terugslag van het eerste schot? Als we echt door overjarigheid uit elkaar gaan vallen, dan doe ik dat persoonlijk liever met een redelijke kans op privacy.'

En hoe dan ook, het was erg onwaarschijnlijk dat iemand ons juist op dat moment zou gadeslaan.

Dacht ik. Op dat ogenblik.

'Het staat me nog steeds niet aan, mister.'

Ik keek verveeld op naar Trapp, al op mijn knieën achter de verschansing met de telefoon naar het geschut in mijn hand. Het was de vijfde keer dat we bijna klaar waren geweest en telkens had hij op het laatste moment gemeend iets te ontdekken en zijn vertrouwen verloren. Ik wierp nog eens een blik door de kijkgaten en zag niets anders dan een zacht rollende zee, toen ging mijn blik naar het dek waar de paniekploeg, inmiddels dodelijk verveeld, ongeduldig stond te wachten bij de al buitenboord gedraaide reddingsboot.

'Alstublieft, kapitein? Het duurt maar een paar minuten ... Een denkbeeldige onderzeeër die aan stuurboord opduikt, Babikian die van boord gaat terwijl de kanonniers onderduiken. Ik geef ze een paar richtaanwijzingen, terwijl de U-boot ons zogenaamd nadert en dan ...'

'Ja, ja.' Hij zocht een laatste keer de horizon af. 'En ik dacht nog wel dat het alleen die stomme Arabieren waren die altijd dachten dat ze een periscoop zagen ... Alle hens klaar om het schip te verlaten. Verlaat het SCHIP!'

Tegelijkertijd snauwde ik: 'Geschutsbemanning aantreden!' in de telefoon en luisterde naar het geluid van rennende voeten die bemoedigend kordaat klonken nu de smerige kanonniers van de Charon ineens de bemanning van een oorlogsschip werden.

Trapp brulde geërgerd: 'Schiet een beetje op daar, tweede stuurman!' en toen dook hij naast me om de brug er schijnbaar verlaten uit te laten zien. Gorbals Wullie hurkte achter het roer en riep plotseling: 'Hé, hebben jullie niet iets vergeten?'

Trapp keek me vragend aan, maar ik haalde slechts mijn schouders op. Alles was te goed voorbereid om in dit stadium vergissingen te maken. Ook Wullie haalde filosofisch zijn schouders op. 'Nou best. Ik ... eh ... vroeg me alleen af of jullie de boot niet wilden stilleggen voordat je de reddingsboot liet zakken . . .'

Vijf minuten later lagen we stil te rollen. Trapp snauwde woedend: 'Schiet op, mister!'

Vanaf het achterdek riep een beverige Babikian: 'Gaan we nu, kapitein?'

'O, verrek toch,' blafte Trapp nijdig terug, toen hurkte hij weer naast me en snoof. 'Beslissingen,' mopperde hij, 'Altijd van die verrekte beslissingen.'

Haastig ging ik in de weer met mijn telefoon. 'Oefening . . . Doel – U-boot. Afstand – drieduizend meter en naderend. Richting – nul-twee-vijf relatief. Vaarrichting naar achteren . . .'

Crocker zou de 12 cm al eleveren en draaien, nu nog verscholen achter de wegklapbare rompdelen. De afstand en richting die ik doorgaf zou hij blijven volgen tot op het door mij gekozen moment de platen zouden vallen, het al geladen kanon zou worden afgevuurd en . . .

. . . en daarna kon er van alles gebeuren. Een ding was zeker – tenzij we onze niets vermoedende inspecteurs met de eerste paar schoten machteloos maakten, zou ZM Bewapende Koopvaardijkruiser Charon heel snel worden gereduceerd tot een armzalige ruïne, een slachtpartij van exploderende ammunitie en brandende, gillende mannen.

Maar dit was alleen een oefening. Daarbuiten was geen echt doel. Theoretisch corrigeerde ik: 'Afstand tot doel nu tweeduizend vijfhonderd en naderend. Richting – nul-viernul . . .'

Trapp zei ineens: 'Ik zie wat, mister. Daar aan stuurboord!'

Ik keek hem kwaad en geërgerd aan. Van het achterdek klonk het geratel van katrollen en Babikians hoge stem die gilde: 'Vieren . . .

Ik zei het toch duidelijk, hè? Vieren en niet tegenspreken . . .'

Dat de lui in de reddingsboot gedemoraliseerd bezig waren, deed niet ter zake.

Maar Trap zat nu op zijn knieën en tuurde gespannen door het kijkgat naast me. Ik probeerde geen aandacht aan hem te besteden en volgde de koers van mijn denkbeeldige onderzeeër naar een aannemelijk eindpunt.

'Afstand nu tweeduizend driehonderd en onveranderd. Richting – nul-acht-vijf en bewegend in boegrichting... Klaar om te vuren.'

Trapp snauwde dringend. 'Stoppen, man. Om hemelswil, herroep alles...'

Over de telefoon klonk het blikkerig: 'Op doel. Klaar om de platen te laten vallen, meneer.'

Gorbals Wullie gilde ineens: 'Hé! Moest dit geen oefening zijn? Want ik zie daar iets...'

Trapp draaide zich met een ruk naar me toe met een rood gezicht van opgekropte emoties. 'Het is een onderzeeër,' schreeuwde hij bijna smekend. 'Het is verdomme een hele echte onderzeeër, mister.'

En toen zag ik het ook. Ze dook op als een grote, zwarte walvis met wit schuim dat spetterend en ziedend van haar drukromp stroomde. Alleen lag ze op een heel andere plaats dan mijn denkbeeldige U-boot. Verder naar achteren en ze voer precies de andere kant op... uit het huidige schootsveld van onze 12 cm.

Trapp zei wanhopig: 'Als we die verrekte pompplaten nu laten vallen, terwijl we niet eens op ze richten...'

In pure paniek haalde ik de schakelaar van de telefoon over. 'Stoppen! Stoppen! Stoppen! Crocker hoor je me?'

'Jawel, meneer,' kalm en onverstoorbaar.

'We hebben een echt doel. Een echter onderzeeër. Dit is geen oefening, Crocker. Ik herhaal... dit is *geen* oefening.'

Er heerste even stilte en toen: 'Geen oefening. Uitstekend, meneer.'

Een verre, passend paniekerige kreet van de paniekploeg. 'Alstublieft, meneer. Wat moeten we *nu* doen?'

Er stroomden al mannen uit de commandotoren van de onderzeeër in de verte die vooruit renden naar het slanke, kwaadaardige kanon op het drijfnatte voordek. Ik drukte mijn ogen tegen de oogkappen van mijn gecamoufleerde afstandzoeker. 'Ze gaat een oppervlakteaanval uitvoeren. Ze denken nog steeds dat we echt een makkelijk doel zijn.'

Trapp zat weer achter het kijkgat, maar zijn eerdere verwarring begon te verdwijnen. De oude, berekenende sneer was weer hoorbaar in zijn toon. 'Richt het kanon alleen, mister. Verder doe je niets, hoor je me? Geen enkele mof zal op ons schieten als we deze koers volgen, ook al omdat we de Italiaanse vlag voeren. Voor zover hij weet horen we bij hem.'

De afstandzoeker vergrootte alles buiten proporties. Ik wierp een verkillende blik in de loop van dat enorme kanon op het voordek, toen het meedogenloos in mijn richting draaide. Vervolgens staarde ik vol afschuw en ongeloof naar de mannen erachter en de witte kentekens opzij van de commandotoren.

'Nee, dat weet hij niet. Niet met de vlag die hij voert.'

Ik staarde Trapp aan met een bleek en gespannen gezicht. 'Want dat is geen U-boot daarginds . . . Het is een Britse onderzeeër.'

Heel even keek hij me knipperend aan. Toen zei hij mat: 'Waarom doen ze dan net of ze gaan schieten, mister? Of heeft niemand de moeite genomen ze te vertellen uit de buurt te blijven?'

'Ik weet het verdomme niet . . .' Ik zweeg abrupt toen het besef tot me doordrong. 'Of misschien deed jij het wel niet, Trapp. Heb jij soms de moeite genomen om de lui van operaties in te lichten over een koers die ruim honderd mijl oostelijk ligt van de plaats waar ze denken dat de Charon is?'

Ik wierp weer een blik door de afstandzoeker en zag dat ze het kanon nog steeds aan het draaien waren zonder dat de bemanning een wanhopige haast aan de dag legde. Wat hun betrof waren we gewoon een Italiaanse blokkadebreker die al met opvallende en profetische snelheid was verlaten en nu nog een eenvoudig oppervlaktedoel vormde.

Ik vroeg bitter: 'Hebt u dat gedaan, kapitein? Hebt u ze ingelicht over de wijziging in hun plan?'

De telefoon vroeg dringend: 'Meneer? Verzoek nieuwe vuurorders, meneer . . .'

Ik snauwde: 'Wacht even,' en keek Trapp weer aan. 'Hebt u dat gedaan?'

Hij schoof niet op zijn gemak heen en weer. 'We kunnen nog altijd het signaal geven, mister.'

'Zinloos. Die onderzeeër patrouilleert een heel eind buiten het betreffende gebied. Ze zal niet eens van ons bestaan afweten.'

Trapp wrikte zich om en gluurde weer door het kijkgat. De spieren in mijn rug begonnen zich te spannen in afwachting van wat er ging komen. We hadden niet veel tijd meer over. Toen zwaaide Trapp weer terug.

'Richt het kanon,' snauwde hij vlak. 'Richt het kanon zoals ik je al eerder had opgedragen, mister!'

Ik voelde het bloed bonzen in mijn oren. 'Dat is de Royal Navy daarginds, Trapp. *Onze* marine!'

'Daar weet ik alles van,' brulde hij terug, 'en ze hebben mij een rotklus te doen gegeven, Miller. Het was hun keus, niet de mijne, weet je nog? Dus richt gewoon dat verrekte kanon en maak je klaar om te vuren . . . en dat is een bevel.'

En toen daverde de eerste granaat van de onderzeeër over ons heen als een op hol geslagen locomotief en besefte ik dat het al te laat was, hoe snel Crocker ook mocht zijn. Veel te laat voor wat dan ook. Toch bracht ik de telefoon naar mijn mond en snauwde hopeloos: 'Doel – onderzeeër! Afstand – eenduizend-zevenhonderd en constant. Richting . . .'

Hun tweede granaat ontplofte bijna naast de brug en maar vijfentwintig meter te kort. Ik voelde het hele schip als een schichtig karrepaard kielen onder de schokgolf, vlak voordat we werden doorweekt door een enorme guts geelkleurig zeewater die met donderend geweld overkwam . . .

Gorbals Wullie uit de stuurhut: 'O, jullie rotzakken!'

Trapp in de telefoon naar de machinekamer. Koud als een ijsberg. 'Maak dat je eruit komt, chef. Met je stoker . . . je hebt misschien tien seconden.'

Mijn telefoon. Korporaal Crocker. Nog steeds alsof het niet meer dan een oefening betrof. 'Afstand ingesteld, meneer. Kunt u een richting doorgeven als het gelegen komt?'

Ieder ogenblik nu . . . het einde.

Verdoofd begon ik Crocker de richting door de geven. 'Een-twee-vijf . . . een-twee-nul . . . Afstand nog constant . . . een-een-zeven . . .

Toen de ontploffing kwam, was die op de een of andere manier heel anders dan ik me altijd had voorgesteld. Geen flits, geen pijn . . . alleen een vaag ver gerommel, bijna alsof het helemaal losstond van de Charon en meteen daarop scheen het oculair van de afstandzoeker helemaal wazig en wit te worden, terwijl de Britse zeelui rond dat kanon in de verte leken te worden weggeblazen als bladeren in een enorme storm . . . Trapp zei op vreemde toon: 'Hoe heb je dat gedaan? Zonder de platen te laten zakken?'

Nieuwsgierig keek ik hem met knipperende ogen aan. Hij hoorde daar helemaal niet te zijn. Niemand van ons hoorde er nog te zijn. Toen mompelde Gorbals Wullie in de stuurhut op stomverbaasde toon: 'Moet je dat zien . . . O Jezus, moet je daar eens kijken.'

De nevel van de explosie hing nog steeds als een mistige wolk boven de onderzeeër en dreef dwars over haar zwarte voordek met sissende regenboogvingers toen de warme zon er doorheen brak. Er leken ook geen kanonniers meer rond het stuk geschut te staan, terwijl de lange, slanke loop nu dronken naar de zee wees en het duurde even voordat ik besefte dat het kwam omdat het Britse vaartuig nu slagzij naar bakboord maakte waardoor de gebogen lijn van haar stuurboordtanks afstak tegen de horizon.

Toen barstte heel haar drukromp voor de toren open in een grote oranje lichtflits, terwijl de commandotoren zelf geel-zwarte rook uitbraakte die steeds hoger de stralend blauwe lucht in schoot en we hoorden het gerommel van de tweede explosie naar ons toe rollen over de zee die nu bezaaid lag met wrakstukken.

Aan de andere kant van de lijn snauwde korporaal Crocker eindelijk op geschrokken toon: 'Wel ver . . . Meneer, we zijn gericht op doel en wachten hier beneden op orders . . . Verdomme, bent u daar nog, luitenant?'

'We zijn er nog, Crocker,' zei ik rustig. 'Het laatste doel is vervallen, maar blijf op je post . . . en houd die platen dicht.'

Trapp begon wat verdwaasd overeind te komen. Ik onderdrukte de verlamming van afschuw waarin ik gedompeld ging en greep naar zijn schouder. 'Blijf gebukt,' mompelde ik. 'Om Godswil, blijf in dekking.'

Hij fronste geërgerd. 'Ze is er geweest, makker. God mag weten hoe, maar de arme duivels zijn er geweest.'

Ik kroop haastig terug naar het kijkgat. Er was nu niets meer van haar over dan een grote olievlek aan de oppervlakte en een paar heen en weer rollende, onherkenbare vormen.

'Ze is getorpedeerd,' snauwde ik, terwijl ik de angst weer voelde opkomen. 'En dat betekent dat er daarginds nog een andere onderzeeër naar ons ligt te loeren. Alleen nu moet het een U-boot zijn!'

We lagen daar twintig minuten lang gespannen te wachten. Twintig lange, martelende minuten.

En heel die tijd wisten we dat we werden gadegeslagen door een argwanend, langzaam kruisend glazen prisma. En heel die tijd verwachtten we ook ieder moment van het dek te worden gelicht door de klap van een andere torpedo. De torpedo die de flits en de pijn zou brengen. En het lawaai.

Maar we bleven op onze posten zonder dat er voor dat starende oog in de verte een levende ziel zichtbaar was aan boord van de dobberende, stille Charon. Alleen onze kleine, vuile reddingsboot die doelloos als een waterkever in kringen rondplaste, terwijl de mannen van Babikian ook wachtten. In hun geval misschien op het geratel van een van dichtbij afgevuurde Schmeisser dat zou volgen op het klap van de torpedo.

Tijdens die twintig eindeloze minuten kroop Al Kubiczek weer terug naar zijn geliefde machinekamer, gevolgd door zijn aanmerkelijk minder enthousiaste stoker. En korporaal Crocker hing met zijn kanonniers ongeduldig rond in het zweethok van ruim nummer twee, terwijl de bemanning van de Bofors letterlijk opgesloten zat in hun armzalige houten krat op het kuildek en moest lijden onder de claustrofobische folteringen van de verdoemden.

Tot Trapp na afloop van die twintig minuten zijn sigaret uitdrukte op het dek en agressief zei: 'Nou, ze kunnen verrekken, makker. Ze hebben hun kans gehad en ik moet me aan mijn contract houden.'

Hij gluurde voor de honderdste keer door zijn kijkgat. Ik deed hetzelfde, maar zag alleen een lege, zonovergoten zee. En die enkele zielige hoopjes die nu langzaam uiteen dreven in een steeds wijdere oliecirkel.

'Dan stel ik voor dat we uit het zicht blijven, kapitein,' mompelde ik, terwijl ik bad dat hij niet weer zou gaan discussiëren. Niet deze keer. 'Laat Babikian aan boord komen alsof het schip nog steeds helemaal verlaten is. Dan kunnen we te voorschijn komen.'

Trapp keek me laatdunkend aan. 'Natuurlijk, mister. Al voordat jij begon, probeerde ik je aan je verstand te brengen dat er daarginds een U-boot zat. En nu weet ik verrekte goed dat hij er zit . . . en ik voel in mijn botten dat hij nog niet met ons klaar is.'

Maar dat had ik ook al begrepen. Want de commandant van de onderzeeër was een geduldige, schrandere man.

En wat we in de volgende paar minuten deden, kon beslissen over leven of dood.

Dus zelfs nadat de doodzenuwachtige paniekploeg weer aan boord was gekomen en de reddingsboot was binnengehaald, bleef ik uit het zicht achter de verschansing van de brug en wachtte. Koel dit keer. Met de telefoon in mijn hand.

Inmiddels hing het gedeelte van onze bemanning dat niet op zijn post hoefde te blijven al onzeker over de verschansing en keek bezorgd uit over de zee waarin niets was te zien en waarin ook niets gebeurde waardoor ze weer in actie moesten komen. Tot Trapp in de stuurhut met de telegraaf in de hand ineens scherp riep: 'Hij is er nog steeds, mister. Hij komt van achter opvaren, misschien drie streken opzij van de achtersteven!'

Ik draaide me stijf om en staarde achteruit. Tegelijk greep ik de telefoon wat steviger vast en zei: 'Doel nog ondergedoken, korporaal. Nadert van achteren, over stuurboord.'

Crocker reageerde met: 'Uitstekend, meneer.' Alsof het werk pas op dat moment echt begon.

En toen leek het bewegende golfje ineens een vinger te

krijgen. En de vinger werd een lange, rechte zuil waaronder het water begon te borrelen toen de commandotoren van de onderzeeër boven het water uitrees als een afgeplatte metalen sigaarhuls, gevolgd door de met roestige strepen overdekte drukromp en een golf van bruisend, weglopend water.

U-149 . . . Er kon geen twijfel bestaan over de herkomst van deze tweede opduikende verschijning.

Toen moesten we somber gestemd een exacte nabootsing gadeslaan van de oppervlakteprocedure van onze vorige bezoeker. Matrozen zwermden over de brug in een soepel rennende rij en haastten zich naar de bewaping op het voordek terwijl anderen zich in een vlekkeloos gerepeteerde actie verzamelden rond het venijnige snelvuurkanon achter de toren.

Trapp mompelde gespannen: 'Daar gaan we weer . . . Open het vuur als je zover bent, mister.'

Ik keek misselijk naar hem op. 'Dat gaat niet, verdomme! Ze ligt nog te ver naar achteren en buiten het schootsbereik van ons kanon. Bovendien houdt hij ons mooi voor zijn boeg . . . Ik durf te wedden dat hij ook nog een pakketje in zijn torpedokamer voor ons heeft.'

Trapp zei: 'Ik begin er zo langzamerhand schoon genoeg van te krijgen.'

Vlak voordat er een golf van versterkte ruis uit de richting van de U-boot kwam en een metaalachtige stem over het water tussen de twee schepen brulde: '*Guten Morgen, Kapitän! In welchem Jahrhundert hat dieses Schiff gelebt* . . .?'

En toen barstte de intercom uitbundig los in een, ruw, elektronisch echoënd gelach.

Trapp wapperde met zijn handen naar me. 'Wat zegt hij? Wat zegt hij verdomme?'

De opluchting die me overspoelde was zoeter dan alles wat ik voordien ooit had gevoeld. 'Niets aan de hand, kapitein. Ze koesteren zelfs geen verdenking . . . Houd je gewoon van de domme en hoop erop dat niemand van die lui Italiaans spreekt.'

'Maar wat zegt die verrekte stekelkop dan?'

Ik durfde hem niet aan te kijken. 'Hij vraagt . . . eh . . . uit welke eeuw dit schip komt.' Haastig voegde ik eraan toe:

'Maar het is een grap, om hemelswil. Gewoon een vriendelijke opmerking met Teutoonse humor.'

Trapp snauwde. 'Draai dat kanon van je een beetje naar achteren dan zal ik die ellendeling lachend de plomp injagen . . .'

'*Achtung, Achtung, Kapitän! Womit kann ich Sie dienen*?'

Scherper dit keer. En zonder enige humor. Ik snauwde nerveus: 'Om Godswil, zeg iets. We kunnen hem met geen mogelijkheid raken zolang we stil liggen . . . zelfs als we er zeker van waren dat het verrekte kanon kon schieten.'

Ik zag hoe zijn vuisten zich kwaad balden onder de rand van de verschansing, toen brulde hij gespannen: '*Italiano . . . Nicht sprechen . . . eh . . .*?'

'*Deutsch*,' fluisterde ik dringend.

'. . . Dutch,' besloot Trapp moeizaam.

Er heerste even stilte op de U-boot. Ik gluurde naar buiten en zag de bemanning nog steeds bij het geschut staan, maar kennelijk genoten ze meer van de frisse lucht dan van de noodzaak van zuiver formele veiligheidsvoorschriften. 'Alsjeblieft, God,' dacht ik verlangend, 'maak dat ze nog een beetje verder naar voren komen en naar de hel met eerste uitproberen van het kanon . . .'

Maar vervolgens weergalmden geschreeuwde bevelen over het water en de Duitse matrozen begonnen naar achteren te rennen en klauterden de verticale ladders van de commandotoren op. Tegelijk werd op de brug een hand in saluut geheven en de luidspreker kraakte voor het laatst.

'*Unterseeboot Eins Vier Neun zu ihren Diensten. Kommen Sie wieder . . . Glück und auf Wiedersehen.*'

'U-boot 149 tot uw dienst. Kom nog eens terug. Veel geluk en . . .'

'Ik weet het, ik weet het,' snauwde Trapp. 'Ik ben niet helemaal achterlijk.'

Plotseling schoot ze vooruit met een wit schuimende hekgolf. Toen begon de slanke vorm met een gebulder van samengeperste lucht weer onder het oppervlak te glijden en binnen enkele seconden duidde alleen een kolkende turbulentie in het water de plek aan waar ze had gelegen.

Een lang ogenblik heerste er een bijna lijfelijk voelbare stilte op de dekken van de Charon. Ik begon onbedwingbaar te rillen en voelde me helemaal leeg. Toen mompelde Trapp: 'Denk je niet dat het de moeite waard zou zijn om te gaan kijken waar onze eigen onderzeeër naar de haaien ging?'

Ik staarde naar de plaats waar de olievlek al bijna was opgegaan in de lege zee. 'Nee,' zei ik rustig. 'Dat is zinloos. En onze kameraden liggen misschien nog op de loer.'

Toen pakte ik de telefoon op. 'Geschutsbemanningen, einde gevechtsposten. Alle hens naar de thee, korporaal.'

Alles was weer normaal aan boord van ZM Charon. Of even normaal als maar mogelijk was.

Het schip begon te huiveren onder de druk van haar langzaam rondwentelende schroef toen Trapp de telegraaf op 'volle kracht vooruit' schoof. Vervolgens keek hij me plechtig aan. 'En heb je genoten van je keurige oefening, mister?'

'Oefening . . .?'

Ik begon te grijnzen tegen die onverbeterlijke gezagvoerder. 'Aan boord van dit schip, kapitein, hebben we geen tijd voor oefeningen. We hebben het veel te druk met het oplossen van noodgevallen!'

Hoofdstuk zeven

Ons eerste vliegtuig zagen we de volgende morgen vlak na het ontbijt – of het mengsel van lauwe pap en geblakerde toast dat Trapp's lievelingsvijand, de kok, eufemistisch ontbijt noemde.

Het was Babikian die het het eerst hoorde. Ik stond in de luwte van de brug met een half oor te luisteren naar Trapp die zoals gewoonlijk zijn twijfel kenbaar maakte of we ons wel zouden wagen aan het proeven van 'gebakken aardappelen en gehakt' of 'gehakt en verrekte gebakken aardappelen'.

De kok had net in een uitbarsting van stijgende Griekse woede geschreeuwd: 'Toen ik nog hoofdkeukenchefkok was van het Hotel Majestique in Saloniki . . .'

'Chefkok . . .?' blafte Trapp ongelovig. '*Chefkok*? Jij was niet meer dan tweede assistent afwasser, verdomme. En dat was nergens anders dan in het van kakkerlakken vergeven slaaphok van Georgie Kyriakopoulos een straat verderop . . .!'

Toen leunde de tweede stuurman zenuwachtig over het achtereind van de brug en zei bezorgd: 'Alstublieft, kapitein? Ik geloof dat er een vliegtuig op ons afkomt.'

Ik startte als een olympische hardloper. 'Dekploeg lummelposten innemen. Boforsbemanning, op jullie POST!'

Gedurende misschien een halve minuut was het tafereel aan boord van de Charon er een van opperste chaos. Sommige mannen probeerden zich een weg naar boven te banen door een vloedgolf van anderen die vloekend beneden uit het zicht dekking wilden zoeken.

Trapp brulde een triomfantelijk afscheidssalvo naar de woedende kok. '. . . en dat was voordat je de zak kreeg omdat je te vies was.' Toen raasde hij als een jonge olifant de brugladder op, begroette de tweede stuurman met zijn gebruikelijke 'Donder op!' en kwam glijdend naast me tot stilstand.

'Waar, mister?'

'Twee streken over de stuurboordboeg. Ik kan hem nog niet identificeren.'

Ik boog over de verschansing om het toneel beneden in ogenschouw te nemen. De lummelploeg – zo genoemd omdat hun eerste taak bij een luchtverkenning erin bestond een indruk van een normale kleine bemanning aan dek te geven – deed nu precies wat er van ze werd verwacht, ondanks de zware ademhaling en rood aangelopen gezichten die je van nabij kon waarnemen.

Maar in het geval dat ze een verkeerde indruk wekten, dan bevonden ze zich ook vlak in de buurt van de verborgen zware machinegeweren onder de namaak groentekisten. Omdat de verdedigingslinie waartoe we onze laatste toevlucht moesten nemen hoofdzakelijk bestond uit een Gorbals Wullie met zelfmoordneigingen, een schrikachtige tweede stuurman Babikian, een lethargische Griekse stoker en een halsstarrige scheepskok uit de tent van Georgie Kyriakopoulos, had ik mijn sterke bedenkingen over de doeltreffendheid van onze secundaire bewapening.

Maar je moest toegeven dat ze zeer overtuigend rondlummelden wat ook verwacht mocht worden van bemanningsleden van de Charon.

Het vliegtuig kwam grommend naderbij, tot het tweemotorige silhouet de lenzen van mijn kijker vulde. 'Dornier,' mompelde ik. 'Verkenningsvliegtuig.'

Trapp grinnikte geestdriftig. 'Prachtig. Gooi de Bofors open, dan zullen we hen eens een opdonder geven voor de verandering. Ik keek hem ongerust aan. Hoe dichter we in de buurt van de vijand kwamen, des te minder neutraal leek Trapp te worden. Of het moest zijn dat hij steeds meer werd meegesleept door een overoptimische inschatting van de echte vuurkracht van de Charon. Daarom had ik aanvankelijk ook een ervaren marineofficier als commandant willen hebben, iemand die de problemen kon inschatten en daarnaar kon handelen, niet iemand die er voluit tegenaan wilde gaan als hij ook maar een glimp van een swastika opving uit een of andere megalomane overtuiging dat zaken zaken waren en dat hij zich aan een contract had te houden.

Ten strijde varen onder kapitein-luitenant-ter-zee Edward Trapp beloofde in feite in steeds sterkere mate een gevaarlijke nachtmerrie te worden.

'Nou?'

Ik schudde mezelf wakker. Trapp keek me op een vreemde, enigszins spottende manier aan.

Ik zei mat: 'We kunnen het niet riskeren op hem te schieten, kapitein. Om te beginnen kan de Bofors niet worden gericht voordat die krat is verwijderd. Dat geeft iedere piloot tijd in overvloed om de benen te nemen. En zelfs als we het geluk hebben hem te grazen te nemen, dan zou hij nog altijd onze positie en beschrijving over de radio hebben doorgegeven. De volgende U-boot zouden we niet eens te zien krijgen.'

Het vliegtuig kwam gestaag en onstuitbaar dichterbij. Ook zonder kijker was het nu te identificeren.

Maar Trapp sloeg het hongerig gade. 'Ik weet het niet. Daar vliegt een paar duizend pop aan oorlogsinspanning van de moffen . . .'

'O, verdomme! Wat u ook denkt, we zijn geen rottige antiluchtdoelkruiser . . .' Toen aarzelde ik en voegde er sluw aan toe: 'Ga uw gang. Alleen als we hem de eerste keer niet raken en de echte opzet van de Charon komt aan het licht, dan pleegt u wel contractbreuk, denk daaraan. Voor het ingaan tegen bevelen.'

Uit de bezorgde frons begreep ik dat ik zijn achillespees had gevonden. 'Contractbreuk, mister?'

'Geen offensieve actie bij daglicht. Dat wil zeggen niet schieten op Duitsers die ons nemen voor wat we lijken te zijn.'

Hij keek met een boze, spijtige blik naar de Dornier, kwam tot een beslissing en boog zich over de verschansing. 'Lummel eens fatsoenlijk rond. En blijf niet zo rondhangen bij die machinegeweren alsof het sinterklaascadeautjes zijn . . . Waar is die grote vlag?'

Babikian rende naar achteren en kwam terug met een arm

vol stof. Ze spreidden het uit over het luik van ruim nummer twee en de Charon stoomde verder met de Italiaanse vlag als een niet te missen signaal voor iedere waarnemer uit de lucht.

De eerste keer kwam het vliegtuig vrij hoog over. We sloegen hem gespannen gade toen hij een bijna lome bocht draaide en op vijftien meter boven het oppervlak terug kwam om ons op een halve mijl buiten bakboord te passeren waarbij de zwarte kruisen op de slanke romp duidelijk zichtbaar waren. Misschien nietsvermoedend, maar nog steeds voorzichtig. Ik had het gevoel dat die piloot het eind van de oorlog waarschijnlijk wel zou beleven.

Of had iets zijn twijfel gewekt? Was er iets niet helemaal in de haak?

Na zijn derde draai kwam hij vlak boven masthoogte recht op ons af. Terwijl ik naar het langgerekte silhouet keek dat steeds groter werd met de twee propellers die doorzichtige schijven vormden in het zonlicht, voelde ik me ineens vreselijk naakt en werd de vrees dat Trapp gelijk had gehad en ik me had vergist steeds sterker.

Ik zag wel dat de bomdeuren van de Dornier nog waren gesloten. Maar ze hadden ook snelvuurkanonnen en machinegeweren aan boord die brug en dekken van de Charon in een oogwenk in een bloedbad konden veranderen. Ik greep de telefoon naar de Bofors met mijn ene hand en begon met de andere te wuiven.

Bijna smekend.

Trapp begon ook te zwaaien en de anderen deden precies hetzelfde alsof ons leven ervan afhing – wat bij nader inzien waarschijnlijk ook het geval was. Wat Italiaanse zeelui ook mochten denken van hun bondgenoten, ze zouden verdomd blij zijn als ze hen zagen in wateren waar hun bezoekers even goed van Britse komaf konden zijn.

Vijfhonderd meter . . . vierhonderd . . . Het dubbele machinegeweer in de neus was nu duidelijk zichtbaar tegen de glimmende perspex koepel . . . driehonderd . . .

Gorbals Wullie zwaaide hysterisch opgewonden, terwijl hij tierde: ‘Kom op met jullie vierkante koppen. Kom naar beneden, dan zal ik jullie eens goed te grazen nemen. Slappe moffen, slappe moffen . . .'

Trapp bulderde woedend: 'Lachen, stomkoppen. Lachen, alsof ze jullie je geld komen brengen . . .'

. . . tweehonderd meter . . . honderd meter . . .

Alsjeblieft, God, laat ze niets geks zien . . .

Het enorme toestel begon op het laatste moment af te draaien, waarbij de vleugeltip aan onze kant naar beneden zakte, de luchtstroom van de propellers aan onze haren plukte en de zwarte rook uit de dunne pijp van de Charon uiteen werd gereten.

Een korte blik in de cockpit met bleke gezichten onder vlieghelmen die op ons neerkeken, een gebalde vuist die groetend werd opgestoken en de Dornier vloog dreunend verder langs de streep van ons kielzog. De luchtverplaatsing deed de Italiaanse vlag op het ruim even gefrustreerd opbollen en weg was het.

We keken het toestel zwijgend na tot het vervaagde boven de nevelige horizon. Trapp slaakte een bijna teleurgestelde zucht een draaide zich om naar de verschansing.

'En nog iets anders,' schreeuwde hij tegen de kok. 'Die roereieren waar je gisteren een puinhoop van hebt gemaakt, waren verdomme net rubber . . .'

En zo bereikten we dankzij geluk en evenzeer dankzij een juiste inschatting de door de As-mogendheden bezette kust van Noord-Afrika.

We hadden nog steeds ons geschut niet afgevuurd. We hadden zelfs onze rompplaten niet laten vallen en uitgeprobeerd.

Maar we hadden een heleboel ervaring. In de theorie van het optreden als gecamoufleerd oorlogsschip.

Die nacht gingen we voor het eerst aan land en namen nieuwe voorraden en vers water in.

En we bunkerden kolen. Heel gewoon. In een onopvallende, zandige kreek, midden in het door de vijand bezette gebied.

We waren op de donkere, onherbergzame kust vlak ten

oosten van de zoutmoerassen aangevaren en hadden geankerd in vier vadem. Toen waren Trapp en Al Kubiczek met omwikkelde riemen stil naar de kust geroeid. De achterbakse manier waarop dat kennelijk moest gebeuren deed het bloed in mijn aderen stollen, maar anderhalf uur van zenuwslopende spanning later waren ze luidruchtig en nogal vrolijk terug komen roeien, waarbij een van de riemen protesterend piepte en knarste in een drooggelopen dol.

Daarna had Trapp de Charon rammelend en ratelend met alcoholische onverschilligheid recht naar die vreemde kust gevaren om haar op volle kracht achteruit tegen een vervallen stenen kade te meren met een dreun die in Caïro te horen moest zijn.

Op de kade stonden al achter elkaar drie antieke, krakende Ford vrachtauto's te wachten van ongeveer dezelfde jaargang als de Charon – en voor mijn bevooroordeelde ogen bijna even zeewaardig. Twee waren barstensvol geladen met vierde soort maar niettemin bruikbare kolen, terwijl de derde bijna door de assen zakte onder het gewicht van kisten met de Wehrmacht Adelaar en opdrukken die je het water in de mond brachten, zoals *Ochsenschwanzragout*, *Geräucherte Rinderzunge* en *Klops*.

Of zoals Trapp vrolijk grinnikend opmerkte: 'Bikkesement, mister. Moffenvreten. We weten niet wat erin zit tot we ze open maken, maar het maakt het eten verrekte opwindend.'

Er was ook een groep mannen die ons vanuit de schaduwen onbewogen gadesloegen. Grote mannen met felle ogen en donkere adelaarsachtige trekken, die Schmeisser machinepistolen achteloos over hun in zwarte boernoes gehulde schouders hadden hangen. Mannen uit de woestijn die door hun zwijgzame aanwezigheid in dit dreigende, ongelooflijke oord me bitter slecht op mijn gemak deden voelen . . .

Dat was natuurlijk de reden waarom de admiraal Trapp zo erg nodig had gehad net als de onopvallende, kameleonachtige Charon die zo goed versmolt met een achtergrond waar het plaatselijke machinepark toch al vijftig jaar achterliep. Want geen enkele officier van de Royal Navy – trouwens van geen enkele marine – kon wedijveren met de grondige kennis die Trapp bezat van deze verlaten, halfvergeten landingspunten langs de Libanese kust.

En dan was nog geen rekening gehouden met de halsafsnijders, kameeldieven en andere laaghartige misdadige kennissen die Trapp zo nijver had opgedaan onder de gevaarlijke vertegenwoordigers van de plaatselijke Arabische Mafia. Na die eerste nacht was ik er stellig van overtuigd dat als we een goed onderhouden Tiger tank met woestijncamouflage of een *rotte* van slechts weinig gebruikte Me 109's bestelden, Trapp's bedoeïenenmakkers die met evenveel plezier zouden hebben geleverd – met de lijken van de oorspronkelijke eigenaren als mogelijk extra.

Dit alles wekte de indruk dat Rommels hoofdprobleem, voor zover het Trapp's haakneuzige Arabische handelsconnecties betrof, niet zozeer was gelegen in het laten vechten van zijn Afrika Korps, als wel in het voorkomen dat het werd gestolen voordat het daaraan toekwam.

Of zoals hij hees fluisterde: 'Houd je ogen voortdurend op het schip gericht, mister. Die diefachtige Ali Baba's kennen geen principes. Zijn geen eerlijke zakenlui.'

Daarna kon ik alleen maar bidden dat het vaste inkomen dat ze ontvingen voor het bevoorraden van de Charon, aantrekkelijker was dan de prijs die ze bij de Duitsers konden bedingen voor een eenmalige uitverkoop . . .

En de volgende avond werd de zeegaande afdeling van de NV Trapp's Oorlogsfirma geopend.

Toen we in actie kwamen.

Het doel was klein, lag heel diep en was langzaam genoeg om zelfs door de Charon te worden verrast.

We zagen haar voor het eerst aan de zeezijde waar ze afstak tegen de lichtere lijn van de horizon. Trapp met zijn flair voor overleven had besloten om van dicht onder de kust op jacht te gaan, zodat het silhouet van de Charon niet zichtbaar zou zijn tegen het ondoordringbare zwart van het land. Dit had het bijkomende voordeel dat alle andere schepen gemakkelijker te zien waren.

Ikzelf was maar al te blij met iedere mogelijkheid die verijdelde dat we werden herkend als oppervlaktevaartuig. Die verkillende gedachten over wat Trapp misschien zou doen als we te maken kregen met mogelijk gevaarlijke overlevenden, kon ik nog maar moeilijk van me af schudden. En het ergste bij die kwellende onzekerheid was dat ik evenmin zeker kon zijn van wat ik zou doen als het moment van de waarheid eindelijk aanbrak.

Maar dat was een probleem dat ons vannacht bespaard zou blijven. Daarvoor was het te donker. Het was niet eens nodig ons geschut te camoufleren tijdens het besluipen van de vijandelijke kustvaarder. We lieten gewoon de platen van de 12 cm stil zakken en haalde de krat rond de Bofors weg, zodat de bemanningen voor het eerst sinds ons vertrek uit Malta tijdens de hele nadering op de vijand konden blijven richten.

Langzaam kwamen we dichterbij en de spanning aan boord van de Charon werd een bijna tastbaar element in de koude nachtlucht. Doordat we recht op de vijand aanvoeren, zouden we het grote kanon pas kunnen richten wanneer Trapp op een evenwijdige koers ging liggen, maar de slanke loop van de Bofors volgde die schaduwachtige, niets vermoedende stoomboot voortdurend.

Door de verrekijkers waren geen radio-antennes zichtbaar. Dus was het ook niet nodig die met ons openingssalvo tot luciferhoutjes te vermalen.

Stil. Dodelijk stil, met alleen het ruisen van het water onder de rechtstandige boeg van de Charon en het gedempte stampen van de zwoegende machine die ons fluisterend ten strijde voerde. Op het voordek was nauwelijks iets te zien buiten de spookachtig witte onbrandbare schouderkappen van de kanonniers en soms een zacht glanzen van een bewegingloze stalen helm in verstrooid maanlicht . . .

Trapp, die bedrieglijk ontspannen tegen de verschansing leunde, hield alles in het oog en mompelde alleen heel korte koersorders voor Joseph Zonder-Naam, die aan het roer stond. Ik wierp een nieuwsgierige blik op hem, maar er was geen enkele emotie zichtbaar op dat ondoorgrondelijke, verweerde gezicht, niets duidde op de gedachten die door zijn hoofd moesten gaan, omdat hij nu werd gedwongen mee te doen aan het vernietigen en doden dat hij heel zijn leven zorgvuldig had vermeden.

Dan was er de nerveuze Babikian naast zijn machinegeweer op het achterdek. Een wapen dat hij alleen had leren afvuren door het lezen van het handboek en het luisteren naar wat Crocker en ik hem hadden verteld.

En korporaal Arthur Crocker zelf met zijn buitenissige marinedetachement. Tot nu toe waarschijnlijk de grootste verrassing voor mij en de Royal Navy. Een ploeg matrozen die zelfs de oorspronkelijke bemanning van de Charon sloeg in onhandelbaarheid – tot er een karwei moest worden opgeknapt. Het merendeel ervan zat buiten mijn gezichtsveld in de open gevangenis van ruim nummer twee en vroeg zich waarschijnlijk af of hun verrekte kanon wel zou vuren als het nodig was.

De dikke, monsterlijk slechte kok die nog altijd in zijn vuile schort bij zijn wapen stond. En Al Kubiczek die met zijn zwetende, vloekende stokers letterlijk opgesloten zat in een stalen doodskist met vliesdunne wanden . . . Gorbals Wullie, stil en vreemd bedachtzaam, die er belachelijk en onvoorstelbaar schoon uitzag onder de pet en in het uniform van een torpedomaker van een van Zijne Majesteits onderzeeërs. Met een stengun onbeholpen in zijn handen stond hij te wachten naast de al opgeblazen rubberboot.

Maar lang hoefden we niet meer te wachten. Het andere schip voer nog steeds op een koers die de onze sneed . . .

Het plan was haar om te beginnen alleen met de Bofors te bestoken omdat het onwaarschijnlijk was dat ze draadloos om hulp zou vragen. We wilden alleen dat ze zou bijdraaien tot we aan boord waren gegaan. En dan terug naar de Charon, terwijl die arme stumpers daarginds zouden maken dat ze wegkwamen als ze dat konden en wij haar tot zinken zouden brengen met onze 12 cm. Als *wij* dat konden!

Dan ten slotte zorgen dat we als de donder hier verdwenen met al onze acht knopen en maar bidden dat er geen vijandelijk patrouillevaartuig in de buurt zou zijn . . . dat ons op dit moment misschien al argwanend volgde met haar kanonnen geladen en gericht.

En de volgende morgen – als er nog een morgen zou komen – zou er een Tunesische vlag over het ruim zijn gespannen of eentje van Vichy Frankrijk of een Italiaanse en zou onze paniekploeg wachten en onze lummelploeg rondlummelen als de hel. En de hele tijd zou de *Luftwaffe* razend zoeken naar *das Verdammte Britische Unterseeboot.*

Maar ook dat was allemaal theorie. Zoals de hele operatie van de Charon theorie was geweest.

Tot nu toe . . .

Plotseling riep Trapp brommend: 'Roer twintig bakboord . . . Midscheeps. Recht zo die gaat . . . Recht zo die gaat, jongen.'

Ik keek berekenend naar het vijandelijke schip dat nu bijna vlak naast ons voer, nog steeds in zalige onwetendheid van onze aanwezigheid. Nu we waren gedraaid, wist ik dat Crocker zijn 12 cm al gericht zou hebben op de vaag zichtbare brug van de andere kustvaarder. De afstand was niet moeilijk te schatten. We zaten er bovenop.

Dan snauwde Trapp op vlakke, ongeëmotioneerde toon: 'Vuur openen als je zover bent, mister.'

De telefoon gebruikte ik niet. Heimelijkheid was verder zinloos.

Ik haalde een keer diep adem en brulde: 'Bofors. Twaalf ronden . . . OPEN VUUR!'

Pom . . . pom . . . pom . . . pom! Pom . . . pom . . . pom . . . pom . . .!

De stilte van de nacht werd verscheurd door een obscene, verlammende razernij. Onze zenuwen werden gebeukt door die kenmerkende vierkwartsmaat, flitsen van een milliseconde uit de loop van de eenponder weerkaatsten op iedere roestige plaat en op elk onrustig starend gezicht aan boord van de Charon . . . Een flikkerend, Chaplinachtig beeld van de matroos op het laadplatform die de automatische lader voedde met granaten. De gebogen schouders van de richter en de schutter . . .

Stilte.

En weer duisternis. Terwijl in een oogwenk de Charon eindelijk een oorlogsschip was geworden.

En het vijandelijke vaartuig was slachtoffer geworden. Rode, weinig zeggende vonken schoten even langs de zwarte lijn van haar dek van voor- tot achtersteven. Dan niets meer. Geen explosie, geen vuur, geen panische kreet om hulp uit onze meeluisterende radio . . .

Trapp snauwde gespannen: 'Vuur nog een keer, mister. Geef hem de volle laag.'

Toen hoorden we plotseling in de nieuwe stilte het fluitende gebulder van afblazende stoom en het andere schip begon traag in onze richting te draaien, terwijl tegelijk de nauwelijks zichtbare, lichtende boeggolf helemaal verdween.

Ik zei dankbaar en tegelijk ook een beetje verrast: 'Dat hoeft niet meer. Ze stopt al.'

Trapp keek me aan en een ogenblik lang haakten onze ogen in elkaar. Toen draaide hij zich om en greep grimmig de hendel van de telegraaf vast.

'Machine stop.'

Ik voelde dat de Charon langzamer ging varen tot we op een afstand van ongeveer honderd meter zij aan zij met de vijand bijgedraaid lagen. De Bofors wees nog steeds naar haar brug en ik wist dat de 12 cm op precies hetzelfde punt zou zijn gericht. Nog steeds geen enkel teken van leven op het andere schip. Geen geschreeuw, geen licht, zelfs niet het piepen van davits om aan te geven dat ze het schip verlieten. Ik pakte de telefoon op en sprak weinig op mijn gemak met Crocker.

'We gaan nu. Alles in orde, daar beneden?'

Zijn stem klonk zelfverzekerd. 'Jawel, meneer.'

'Jij hebt de vuurcontrole. Denk eraan, als er iets mis gaat, pomp je haar vol. Besteed geen aandacht aan ons, daar is geen tijd voor.'

Dat was geen bravoure van mijn kant. Als er iets mis ging, dan zouden wij van de enterploeg toch bijna zeker dood zijn. Een open rubberboot is een prachtig doelwit voor zelfs het lichtste vuurwapen. Onze enige verzekering zou bestaan uit de onzichtbare dreiging van de Charon die ons dekte – en de hoop dat de angst van de bemanningen van deze blikken kustvaarders groter zou zijn dan hun trouw aan hun huidige opdrachtgevers.

Tenzij we natuurlijk een Arabische Trapp tegenkwamen . . . of aan boord van een *ersatz* troepenschip van het Afrika Korps probeerden te gaan. Maar waarschijnlijk vuurden ze dan inmiddels terug met alles wat ze hadden.

Trapp mopperde geërgerd: 'Maak wat voort, mister.'

Ik wierp een laatste bezorgde blik op het andere schip en haalde toen mijn schouders op. 'Ja, best . . .'

Ik gleed de brugladder af. Hij verscheen boven aan de ladder en keek op me neer.

'Twintig minuten. Zorg dat je binnen twintig minuten terug bent of geef ons een seintje als je meer tijd nodig hebt.'

Ik knikte en liep naar de schaduwgestalten die de boot al in het water lieten zakken. We gingen met ons vijven – Gorbals Wullie, kanonnier Clark, de grote matroos eerste klas Mulholland die zo'n droog gevoel voor humor had getoond bij zijn eerste blik op de Charon en een Griekse stoker die Polly heette en die messen kon werpen en vloeiend Arabisch sprak. En ikzelf natuurlijk. God dankend dat ik in ieder geval vier van de hardste en meest doortrapte schurken bij me had die ooit in het uniform van de Royal Navy waren gestoken.

Ik wilde net over de verschansing stappen toen Trapp riep: 'Veel geluk, mister. En doe niks waardoor je van de koude kermis thuis komt.'

Ik grinnikte terug en hoopte dat niemand in het donker mijn handen kon zien beven.

'Ik zal eraan denken, kapitein.'

En dat meende ik van harte. Iedere lettergreep die uit mijn droge keel kwam.

Het onaangename naakte gevoel werd steeds sterker naarmate we dichter naar dat vreemd stille schip toe roeiden. Zelfs Gorbals Wullie aan de riemen bleef zijn nek maar draaien om er bezorgde blikken op te werpen, terwijl Clark en Mulholland gehurkt in de boeg zaten met de stenguns schietklaar en op de lijn van haar verschansing gericht.

We bonsden vlak voor de zacht tikkende koelpijp van de machine tegen de roestige romp, ons bewust van het gedempte kloppen van de nog altijd langzaam draaiende machinerieën.

Polly de Griek wierp me een vragende blik toe. 'Wilt u dat ik ze roep, mister?'

Ik schudde mijn hoofd. 'We gaan aan dek zolang het nog kan. Hier beneden zitten we veel te open.'

Hij kwam wankelend overeind op de schuivende bodemplanken en zwaaide zijn arm naar achteren. Ik hoorde de enterhaak luid kletterend op het stalen dek terechtkomen. Toen haalde de Griek de lijn binnen en trok. Hij bleef stevig zitten.

Wullie mopperde somber: 'Nou, het staat me niks aan. Ze kunnen toch niet allemaal kapot zijn?'

Mulholland hield zijn ogen en de luchtgekoelde loop van zijn stengun voortdurend op de verschansing boven hem gericht. 'Denk je niet dat er een man of twaalf aan boord zijn geweest, maat – één voor elke granaat die we hebben afgevuurd? Ik vind het nog een wonder dat die lamzakken aan de Bofors deze verrekte schuit hebben geraakt.'

Ik snauwde gespannen: 'Stop met dat gezwam. Ik klim naar boven, dan jij Mulholland. Dan Clark, Wullie en Polly.'

Ik wierp een laatste, onmetelijk verlangende blik in de richting van de Charon die nu volstrekt onzichtbaar was tegen de inktzwarte achtergrond van de kust en klom toen onbeholpen langs het touw naar boven. Toen mijn ogen boven het dek uitkwamen zocht ik misselijk van spanning meteen naar het geringste teken van beweging. Zoals ik nu hing kon ik onmogelijk wegduiken of mezelf beschermen. Ik zou niets kunnen uitrichten tegen een forse trap in mijn gezicht of een rustig, keurig gericht schot door mijn bezwete voorhoofd.

Maar de dekken van dat vijandelijke spookschip wàren totaal verlaten. Geen enkele andere beweging dan het fladderen van een stukje papier onder een luikbint en het monotone *klak* ... *klak* ... *klak* ... van een vlaggelijn die in het ritme van de trage slingering van de romp tegen de mast zwaaide.

Ik klauterde beverig over de verschansing en liet me dankbaar op een knie vallen, en rukte met trillende vingers de stengun van mijn schouder. Gehaast rukte ik de grendel naar achteren en bleef toen wachten met ogen die angstig naar iedere donkere en geheimzinnige schaduw op het kuildek tuurden.

'Schiet op, Mulholland. Schiet op ver . . .'

Een gekreun van de verschansing toen de forse matroos zwaar naast me neerkwam en zenuwachtig zijn stengun omhoog bracht. Kanonnier Clark was de volgende en hij boog snel weer over de verschansing om de vanglijn te grijpen en die te verleggen, terwijl Wullie ook half klimmend, half vallend aan boord kwam en allesbehalve stil 'verdomme!' vloekte.

Clark mopperde: 'Als ik een verrekte aap had willen worden, dan was ik wel bij de commando's gegaan . . .' en onwillekeurig moest ik inwendig glimlachen, hoe onrustig mijn buik ook aanvoelde.

Geleidelijk werd de schade duidelijk die ons korte salvo met de Bofors had aangericht. Boven ons hing de vierkante, lelijke stuurhut – bijna net zo'n antiek hokje als op de Charon – dronken opzij, versplinterd en met nieuwe, wit glanzende gaten om aan te geven waar de eenponds granaten de hut uiteen hadden gereten. Wie daar ook de wacht had gehad, bedacht ik grimmig, hij zou zeker niet meer in de buurt zijn om ons aan boord te verwelkomen.

Het langzaam rondwentelende silhouet van een schoorsteenpijp uit hetzelfde tijdperk als die van de Charon, maar nu voorover hellend met een snijrand als van een grove blikopener waar hij was weggeschoten en de nauwelijks zichtbare rook die in schril contrast bijna verticaal oprees in de stille nachtlucht.

Een hoop versplinterde planken die over het luikhoofd waren geblazen onder een gescheurd canvas dekkleed. Een losgeslagen ventilator staarde ons stom aan als het dode oog van een spuigat. Een ooit verticale stalen ladder liep nu van de voorplecht recht over de verschansing de zee in.

Ik kwam rustig overeind. 'Ze moeten ergens aan boord zijn. Er moeten er een paar zijn, verdomme.'

Omzichtig verspreidden we ons en liepen in een rij naar de verblijven op het achterdek. Nog steeds geen beweging en alleen het tikken van de koelpijp, het sissen van de stoom en het regelmatige ge*klak* van de vlaggelijn verstoorden de ongelooflijke stilte.

Tot ineens . . .

'*God*!'

Ik draaide met een ruk om, de vinger verstijfd aan de trekker van schrik . . .

De dikke man zat met zijn rug tegen de opstaande rand van het luikhoofd, de benen gemakkelijk voor zich uit gespreid en de handen keurig gevouwen over de met bloed overgoten buik. De lange spitse pet van het Afrika Korps stond nog recht boven de grote, starre ogen die ons met nietsziende verbazing aanstaarden. De strepen van een Duitse *Wehrmacht Feldwebel* waren duidelijk zichtbaar op de gebleekte kaki mouwen.

Gorbals Wullie keek hem met een nogal geschokte blik aan en stapte toen voorzichtig naar voren om de dikke man met de loop van zijn stengun te porren. De dode soldaat viel slap opzij en bleef ons nog steeds met die afwezige, verbaasde blik liggen aanstaren, terwijl een groot deel van zijn binnenste glibberend vanonder zijn gevouwen handen op het dek gleed.

Ik mompelde gespannen: 'Granaatsplinter. Waarschijnlijk een wacht – om de bemanning onder de duim te houden. Wat dus wil zeggen dat het Libiërs zijn.'

Wullie grijnsde vol branie om aan te geven dat hij zich had hersteld. 'Ik was helemaal niet bang, weet je dat. Er is meer voor nodig dan een dode mof om Gorbals Wullie aan het schrikken te brengen, dat is zeker . . .'

'*Hier*!'

Ik liep snel naar de kreet toe en bleef abrupt staan om de hoek van het stuurboord-gangboord. Mulholland en Clark stonden daar al, de benen gespreid en de stenguns vast gericht op de groep mannen die bewegingloos tegen de verschansing stonden. Ze waren met hun negenen. Sommigen gekleed in de losse, witte boernoes van de traditionele Arabier, twee in vuile stokersoveralls en een – kennelijk een soort officier – droeg een jekker en een pyjamabroek.

Bijna allemaal zagen ze er doodsbang uit. Toch was er

iets . . . de groep straalde iets uit. Een onrust die niet helemaal leek te passen . . .

'Spreekt er iemand Engels?'

Een van de Arabieren – een grote man met de kap van zijn boernoes naar voren getrokken om zijn gezicht te verbergen – draaide zijn hoofd om en wierp een felle blik op de rest van de groep. Behalve dat werd er gezwegen.

Polly de Griek kwam naast me staan en ik ving het hoopvolle glanzen van een mes op. Kwaad snauwde ik: 'Stop dat weg, verdomme! Vertel ze dat ze zijn betrapt op het tegenwerken van de geallieerde zaak en dat onze onderzeeër daarom hun schip tot zinken moet brengen . . . duidelijk?'

Polly haalde met een enigszins teleurgestelde blik zijn schouders op en stootte toen een paar keelachtige Arabische klanken uit, maar afgezien van een paar geschrokken gezichten, leken ze vreemd rustig en gewillig, bijna apatisch. Ik begon me af te vragen hoe de Duitsers er in 's hemelsnaam in waren geslaagd een normaal breedsprakig en tegenstribbelend ras zoveel passieve aanvaarding in te boezemen.

Wullie was er niet gelukkig mee. 'Het staat mij ook niets aan, mister Miller. Er is iets niet in de haak met die kerels.'

Ik fronste weinig op mijn gemak. 'Ik weet het. Polly, vraag ze hoeveel Duitse soldaten aan boord waren toen ze uitvoeren . . .'

Het blauwige glanzen van staal dat naar me toe zwaaide vanonder de boernoes van de grote Arabier viel samen met een bijna explosief verspreiden van de rest van de plotseling heel actieve groep. Mulholland, al ronddraaiende, brulde dringend: 'Kijk uit voor die grote rot . . .'

Een ijselijke indruk van de loop van de Schmeisser die me als het oog van een cycloop aanstaarde en daarbij de angstige, overweldigend kwade overtuiging dat Arabieren verdomme GEEN LANG BLOND HAAR HEBBEN . . .

De ogenblikkelijke, schokkende en ratelende kakofonie van machinepistolen die op korte afstand werden afgevuurd, beukte mijn trommelvliezen en weergalmde in iedere hoek van het gangboord. Vuurschichten uit lopen scheurden de

duisternis uiteen in kaleidoscopische, versteende beelden . . .
En toen een lange, bodemloze stilte.
Tot.
'Twee, mister . . .' De stem van de Griek klonk erg voldaan. 'Ik denk twee Duitse soldaten aan boord van dit schip, misschien?'
Ik keek knipperend en bevend naar de grote Arabier die nu achterover voor me over de verschansing hing. De witte boernoes viel in zacht golvende plooien van zijn schouders. De bovenste helft van het geknakte lichaam kon ik niet zien, wilde ik ook niet zien, maar de smetteloos geperste kaki broek en de Wehrmacht-woestijnlaarzen vertelden me alles wat ik weten moest. Dat en het Schmeisser machinepistool aan mijn voeten.
En daarmee was ook het mysterie van de zwijgende, weerspannige matrozen opgelost.
Gedurende een ogenblik van verbijstering dacht ik nog steeds dat het Polly was die met zo'n woeste, onbeheerste moordlust had gevuurd. Dertig kogels van vlakbij op één en hetzelfde doelwit. Koelbloedig de vinger aan de trekker gehouden tot het hele magazijn leeg was.
Toen vroeg Clark ongelovig: 'Had jij nog nooit eerder een van die dingen afgevuurd, Jock?'
En Gorbals Wullie, nog gehuld in langzaam wegdrijvende wolken kruitdamp, mompelde beverig: 'Jezus, ik wist niet eens dat het een machinepistool was . . . ikzelf ben meer een man van het scheermes.'

Acht minuten later waren we terug in de boot, terwijl de Arabieren met grote bereidwilligheid en eindelijk ongeremd kwetterend hun eigen boot te water lieten.
Ik riep dringend: 'Wullie. Waar zit je verdomme?'
'Hier ben ik al, meneer' Hij boog over de verschansing en gaf een grote canvas zak aan. Ik nam hem argwanend aan. 'Wat zit daarin?'
Hij kwam zwaar naast me neer en grijnsde schaapachtig. 'Mijn boodschappenlijstje, mister Miller. Voor de kapitein.'
Ik keek erin. Zelfs in het duister kon ik bestek zien glanzen

en ik moest weer denken aan wat Trapp een hele tijd geleden tegen een zekere admiraal had geopperd. Ten aanzien van extra voordeeltjes . . .

'Bestek,' mompelde ik grimmig. 'En wat nog meer?'

'Een paar hele mooie zilveren servetringen. En een van die sextant-dingen om mee te navigeren.'

Hij grijnsde weer en haalde zijn schouders op. 'Ik ben op de brug wezen kijken. Die schipper zal hem niet meer nodig hebben.'

Ik snauwde kil: 'Nou . . . o, verdomme, duw die verrekte boot af, Clark.'

Maar het duurde even om er gewend aan te raken.

Piraat zijn, bedoel ik.

Niet veel later zei Trapp in de spreekbuis: 'Kom naar boven chef. De stuur is er stellig van overtuigd dat we even goed onszelf tot zinken kunnen brengen als die Arabier, wanneer we dat kanonnetje van hem afvuren.'

Ik keek hem in de duisternis van de stuurhut wrokkig aan. Ik zweette nog steeds als reactie op mijn te nauwe contact met de dood aan boord van de kustvaarder, terwijl de inspannende terugtocht naar de Charon de rolkraag van mijn witte trui helemaal had doorweekt. En dat ondanks de kilte van de Noordafrikaanse nacht.

'Dat is geen stellige overtuiging,' mopperde ik kwaad. 'Je hebt, denk ik, alleen geen idee van de terugstoot van die 12 cm. En als deze seniele romp er niet tegen kan, gaan we plompverloren recht naar de bodem.'

'Ze is heel degelijk,' reageerde Trapp luchtig. 'Sterk genoeg om bij Lloyds in klasse A-1 Plus te worden ingedeeld. Hoe dan ook, ga je gang, mister. Ik wil veertig mijl verderop zijn voordat het licht wordt en je hebt mij nooit horen beweren dat de oude Charon vleugels heeft.'

Met een hand greep ik de verschansing beet en omklemde met de andere de telefoon. 'Klaar, korporaal?'

'Als u dat ook bent, meneer.'

Diep ademhalen en dat was al zeker de vijftiende keer die nacht.

'Doel – bakboord . . . Eén schot . . . VÚÚÚÚR!'

De explosie bijna pal onder ons klonk alsof de granaat naar binnen sloeg in plaats van eruit ging. Een keiharde, oorverdovende terugslag die het dek onder mijn voeten letterlijk deed golven toen de geluidsgolf zich met supersonische snelheid een weg naar buiten baande. De Charon leek plotseling te krimpen, terwijl ze in datzelfde onderdeel van een seconde in felle woedde heftig schudde.

Ik voelde haar naar stuurboord kielen onder de schok van de terugslag toen de granaat werd weggeslingerd als een lap scheurend canvas. Ieder oppervlak aan boord, verticaal of horizontaal, leek te vervagen onder een losgeslagen laag roestdeeltjes, een verrotte stag knapte met een angstaanjagende *twang* op hetzelfde moment dat in de stuurhut de klok en de barometer van het schot vielen. Een ruit viel in rinkelende, schitterende gruzelementen, terwijl in de machinekamer het geraas van een gebarsten stoompijp een volgende bijdrage leverde aan de herrie. Vier vaten smeerolie die aan het hakkebord waren vastgebonden bonkten waanzinnig tegen hun teugels en rolden toen in een keurig rechte lijn majestueus door de verbogen stuurboordverschansing recht de zee in.

Ik registreerde met bijna afwezige verbazing de flits van de inslag, precies op de waterlijn van de kustvaarder in de verte, terwijl ik tegelijk druk bezig was mijn geschokte zintuigen wat tot bedaren te brengen. Een snelle blik toen een vloekende, half onzichtbare gestalte in een vaag wit stokerspak de stoom indook die nu uit de machinekamer golfde en toen Gorbals Wullie, eindelijk tot op het bot geschokt: 'Jeeezus!'

Er hing nu een complete nevel van roest, vuil en stof van een duizendtal aanlegplaatsen die opwelde tot kniehoogte, terwijl hoestende en proestende mannen struikelend naar steun zochten. Ik riep koortsachtig: 'Crocker! Is alles in orde daar beneden, Crocker . . .?'

De telefoon stotterde twijfelachtig. Toen: 'Geloof het wel . . . kan op het moment geen barst zien, maar het kanon is er nog. Voor zover ik kan nagaan, meneer.'

Dit keer haalde ik niet diep adem. Ik durfde het niet. 'Laden als je zover bent, korporaal.'

Trapp kwam aanslenteren. Hij sloeg nonchalant het rode laagje van zich af dat hem van hoofd tot voeten bedekte en glimlachte geringschattend.

'Wat had ik je gezegd, stuur?'

Hij straalde trots. 'Je merkt nauwelijks dat we een kanon aan boord hebben, nietwaar? Behalve dan aan dat beetje stof hier en daar . . .'

En zo ging het door. Vijf weken lang voerden we onze privé-oorlog. Soms lagen we voor anker op een van Trapp's geheime plaatsen tijdens de lange verzengende dagen. Als we wat minder geluk hadden omdat we te ver van een schuilplaats verwijderd waren, stoomden we gewoon verder met een groot vertoon van toewijding aan de oorlogsinspanning van de As-mogendheden onder de beschermende paraplu van de laag overvliegende *Luftwaffe*, die werd toegezwaaid door de lummelploeg. Ik denk dat we in die tussentijd allemaal een heel stuk ouder werden.

We brachten schepen tot zinken. Meer kustvaarders, bijna evenbeelden van onszelf, dhows die tot de spuigaten waren geladen met wapens en Wehrmachtvoedsel en zelfs kaïken, waaruit pas goed bleek dat het Afrika Korps het onderste uit de logistieke kan probeerde te halen.

Het werd bijna een routineklus. Bij enkele gingen we aan boord om de doodsbange zeelui ervan te overtuigen dat de lage donkere schaduw aan de landzijde een Britse onderzeeër was. Andere – meestal de schepen waarvan we vermoedden dat ze een radio aan boord hadden – brachten we gewoon tot zinken zonder waarschuwing.

We doodden een heleboel koopvaardijmatrozen in die vijf weken, hoewel waarschijnlijk niet meer dan het aantal dat bij een conventionele aanpak zou zijn gesneuveld. En ongeacht of het Arabieren, Duitsers, Italianen of zelfs Vichy Fransen waren, ze behoorden tot de vijand, omdat ze die nachtelijke route bevoeren.

Dat bleef ik mezelf tenminste wijsmaken.

Want er was ook nog die steeds groeiende verzameling goedkoop zilverwerk in Trapp's hut en een paar andere dingen van weinig waarde die de bemanning van de Charon pikte op schepen die al met de dood waren getekend voor de loop van ons 12 cm kanon. En dat leek er een smerige oorlog van te maken. Nog smeriger dat hij in werkelijkheid was.

Eigenlijk bijna een handelsonderneming.

Zeker geen patriottische kruistocht zonder winstoogmerk voor de geallieerde zaak. Niet door de zelfstandige en nog steeds onthutsend onvoorspelbare kapitein-luitenant-ter-zee Trapp, de doe-het-zelf leverancier van oorlogsschepen en boekanier zonder weerga.

Maar net als bij andere zakelijke ondernemingen moest op zekere dag de afrekening komen. Dat beseften we allemaal. Zelfs Trapp met zijn overgevoelige neus voor gevaar en zijn bijna griezelige gave voor overleven moet het hebben verwacht.

Dat de accountants – in de gedaante van een grijze oorlogsbodem van de As – ten slotte zouden besluiten de boeken van de Charon te controleren . . .

Hoofdstuk acht

De ironie wilde dat het een Italiaan was. Wat ze een VAS-boot noemden . . . *Vedette Anti-Sommergibile.* Een zeer doeltreffende onderzeebootjager en waarschijnlijk ingezet op het Libische oorlogstoneel voor precies dat doel – opspeuren en vernietigen van onze spookvis.

Wat het eigenlijk nog veel meer tot een grimmige grap maakte. Want toen ze ons naderden en het onderwerp van vijf weken vruchteloos zoeken onbeschaamd door hun vizier voer, beseften ze nog altijd niet dat we dat inderdaad waren.

Tenminste niet in het begin.

Maar toen we haar ontdekten, een laag snel silhouet dat op ons af kwam met de onontkoombare 19 knopen van haar Fiat machines, wisten we meteen dat voor de Charon het ogenblik van de waarheid eindelijk was aangebroken – een ogenblik van waarheid dat 27 meter lang was met twee 45 cm torpedobuizen, iets minder angstwekkende 20 mm machinegeweren en dertig dieptebommen op haar achterdek.

Tactisch gesproken betekende het dat we het Italiaanse oorlogsschip waarschijnlijk partij konden geven wanneer we boord aan boord lagen en die gevaarlijke torpedo's tijdelijk niet te gebruiken waren. Vooropgesteld dat we haar konden verrassen voordat ze een wanhopig 'vijandelijk contact' alarm kon uitzenden naar de *Luftwaffe.*

Maar op grotere afstand, met de boeg naar ons toe waardoor ze bijna een onmogelijk doelwit werd en tegelijk haar torpedobuizen vuurklaar hield, was de dreiging van die naderbij komende VAS-boot in één woord dodelijk.

Wat inhield dat wij – om een andere bondige en veelzeggende term te gebruiken – dood waren!

Hoe dan ook en welke koers we ook zouden aanhouden, onze snel naderende bezoeker was zonder enige twijfel vastbesloten de Charon aan een diepgaand onderzoek te onderwerpen dat bijna zeker onze minder in het oog vallende aanpassingen aan het licht zou brengen . . .

Trapp liet zijn kijker zakken en snauwde: 'Oorlogsschip, mister!'

Ik zei: 'O, Heer!'

Toen begonnen we haastig de routinehandelingen uit te voeren voor het ontvangen van bezoekers. We hadden het talloze keren geoefend, maar tot op heden was het nooit echt geweest.

'Vlag,' gromde Trapp met zijn hoofd in de vlaggenkist. 'Welke vlag denk je dat we moeten voeren?'

'Libisch,' gilde ik. Tegelijk probeerde ik wanhopig de telefoondraden te ontwarren zodat ik niet per ongeluk de chef-machinist opdracht kon geven om te vuren, en het 12 cm kanon om de machines stil te leggen. 'De lummelploeg heeft ook al Arabische spullen aan.'

Niet dat het zoveel verschil maakte. Gorbals Wullie die nu permanent gepromoveerd was tot de schutter van een machinegeweer op het voordek, zag er niet veel vuiler uit dan normaal, ook al was zijn magere, spitse gezicht opzettelijk gevlekt met schoensmeer. Maar zoals steeds wanneer binnen enkele seconden een crisis dreigde uit te breken, stopte Trapp met wroeten door de lading textiel en keek me koppig aan.

'Waarom niet Italiaans?' vroeg hij slim. 'Omdat zij ook Italianen zijn, maakt het ze misschien minder argwanend.'

Ik kneep even mijn ogen dicht en telde tot vijf. 'Spreekt u Italiaans, kapitein?' vroeg ik op kalme, beheerste toon.

'Nee.'

'Ik ook niet. Denkt u niet dat ze het nogal vreemd zullen vinden als ze een Italiaans schip paaien waarop niemand een woord Ita . . .'

Ik had mijn doel bereikt. Op de moeilijke manier, zoals gebruikelijk.

'Lummel eens een beetje fatsoenlijk rond,' brulde Trapp

tegen onze salonarabieren. 'Probeer te lijken op van die echte verrekte nikkers en verwacht niet van me dat ik al het denkwerk voor jullie doe!'

De telefoon naar het kanon kraakte. '12 cm gereed, meneer. Geladen met een pantsergranaat.' Ik tuurde gehaast door het kijkgat. De afstand was nog ongeveer twee mijl, maar de VAS-boot kwam snel dichterbij met een witte schuimkraag onder de V-vormige boeg. En door de kijker kon ik al gestalten onderscheiden rond de cilinder van haar torpedobuizen.

'Begrepen,' zei ik met een droge mond van spanning. 'En . . . Arthur.'

'Meneer?'

'Dit is een grote vis. En zelfs als ze bijdraait, zal ze er als een schicht vandoor gaan bij het eerste teken dat er iets mis is . . . Je krijgt maar één kans om er donders zeker van te zijn dat ze dat niet doet.'

Uit de telefoon klonk met veel bravoure: 'Dan blijft het bij één granaat. Uitstekend, meneer. Geeft u het seintje maar, meneer.'

Ik dacht: 'Goddank dat we Crocker hebben.' Met veel gevoel.

Maar net toen mijn zenuwen echt op spanning begonnen te komen bij het zien van die snel naderende Nemesis in de verte, kwam Trapp uit de stuurhut lopen onder een enorme, wapperende Arabische hoofddoek om in volle glorie voor mij te poseren.

'Dit heb ik bewaard voor een speciale gelegenheid, mister. Staat me goed, vind je ook niet?'

En eindelijk werd het me te veel. Ik keek hem woest aan vanuit mijn bekrompen hoekje van de brug en snauwde: 'Nou is het genoeg! Nou is het verdomme wel genoeg, Trapp! We staan op het punt de strijd aan te gaan met een oorlogsschip dat ons uit het water kan blazen voordat we zelfs begonnen zijn deze roerluie kloteschuit te draaien en jij . . . jij struint hier rond als een debutante in haar eerste baljurk.'

Maar hij zei niets, tenminste niet meteen. Alleen zijn grijns verdween plotseling en hij keek me wat verbaasd aan.

Ik gilde tot het uiterste getergd: 'Godallemachtig man, is er dan niemand aan boord van dit verrekte schip die het iets kan schelen?'

En toen pas zei Trapp heel kalm: 'Schelen, mister . . . wat zou me moeten schelen? Koning en Vaderland, misschien? En vrijheid en dat soort onzin?'

Ik voelde mijn handen beven door de uitbarsting. 'Er zijn ergere dingen, Trapp.'

'Dat weet ik, stuur. Ik weet er alles van. Ik heb er verdomme bijna dertig rottige jaren mee geleefd.' Hij leek even te aarzelen en toen ging hij verder: 'Weet je mister, misschien betekent vrijheid voor iedere man iets anders. Neem jezelf nu. Als jouw oorlog voorbij is, ga je terug naar je grote nieuwe schip met je leuke, gezellige, regelmatige reizen. Je krijgt iedere maand je loon en je eigen officiersstoel in de kajuit voor het ontbijt nadat je van vier tot acht wacht hebt gelopen in een grote, gerieflijke, helemaal met glas afgesloten brug.'

Ik gaf geen antwoord. Misschien omdat ik wist dat hij gelijk had. Aangenomen natuurlijk dat ik lang genoeg zou blijven leven en de Italiaanse marine zou zelfs die kleine mogelijkheid in de komende vijf minuten misschien om zeep helpen.

Maar Trapp ging door alsof hij nog vijf uur de tijd had of zelfs vijf dagen.

'Maar mijn jongens en ik en de oude Charon zelf, wij hebben niks om naar uit te kijken als dit allemaal voorbij is. Behalve dan weer op de loop gaan en ons weer verschuilen voor elk schip met een grijze pijp en een verrekt kanon. Want mensen vechten oorlogen uit om te beschermen wat ze hebben, mister . . . en wij met ons allen hebben alles al verloren wat we hadden. Met inbegrip van onze trots en ons zelfrespect en het soort vrijheid waardoor een man voorbij een politiepost kan lopen zonder een draaierig gevoel in zijn buik . . .'

Hij wierp een verbitterde blik op het oorlogsschip in de verte en op dat ogenblik dacht ik dezelfde gelatenheid in die grijze ogen te ontwaren die ik ook op die eerste avond had gezien toen we uitvoeren. Teder, bijna liefhebbend, legde hij een verweerde hand op het getekende teak van de verschansing van de brug van de Charon.

'Maar als je zegt dat het ons niet kan schelen, heb je het mis, mister. Alleen zijn jouw waarden anders dan de onze en wij maken ons niet zo bezorgd of er wel een morgen komt. Wanneer je er trouwens over nadenkt, zal die waarschijnlijk toch nauwelijks de moeite waard zijn. Maar als die morgen komt, dan zullen we voor deze uitgeleefde oude tobbe moeten zorgen door te smokkelen, te plunderen en zelfs door andermans oorlogen uit te vechten om aan het geld te komen dat haar drijvende houdt . . . want wat je ook van haar mag denken, ze is de enige wereld voor mij en Al en Babikian en Gorbals Wullie en de rest van het zooitje, zij is het enige dat ons iets kan schelen.'

Voor wat een heel lange tijd leek, keken we elkaar aan en misschien voor het eerst was er sprake van een begrip tussen ons dat er voordien nooit was geweest. En toen knipperde de kapitein met zijn ogen en snoof abrupt, voordat hij zijn bekende uitbarsting van ergernis ten beste gaf.

'Nou, doe je werk, mister. We hebben een karwei te klaren en geen enkele spagettischuit zal een spaak steken in het contract dat Edward Trapp met de hoge heren van de Admiraliteit heeft.'

Maar om de een of andere reden vond ik zijn opvliegendheid niet erg meer. Op een vreemde manier was die geruststellend.

Ik gluurde haastig door het kijkgat en zag dat de VAS-boot nog maar een halve mijl weg was en nog steeds snel naderbij kwam. Tijd om het kanon te richten, dat zou bepalen of Trapp's morgen nog wel voor iemand van ons zou aanbreken.

Ik stelde de telefoon in werking en zei kort: 'Afstand – Eénduizend, éénhonderd meter en afnemend. Richting – Eén-nul-negen relatief . . .'

Ik was me nauwelijks bewust van Trapp's stem die chagrijnig klaagde: 'Het probleem met jou is dat je op die verrekte kok gaat lijken, stuur. Altijd dat verrekte geruzie . . .'

Grimmig sloegen we het kleine oorlogsschip gade dat van achteruit op ons inliep, iets stuurboord van ons kielzog maar wel nog steeds op een snijdende koers waardoor die lelijke, dreigende buizen recht op de achtersteven van de Charon bleven gericht.

Ik kon de lummelploeg op het dek niet zien, maar ik wist dat ze nu in navolging van Trapp als gekken stonden te zwaaien. Net als alle brave Libische zeelui die erop belust waren bij de As-mogendheden in een goed blaadje te komen.

Intussen bleef ik gestaag de teruglopende afstand en richting doorgeven aan Crocker, ook al besefte ik weinig op mijn gemak dat we nog altijd volkomen weerloos waren omdat de 12 cm niet ver genoeg naar achter kon draaien om op dat verder zo verleidelijke doelwit te worden gericht. Het was een herhaling van ons avontuur met die vriendelijke U-boot.

Nu dichtbij genoeg om de bemanning goed te onderscheiden in de keurige witte uniformen boven de grillige camouflagekleuren op de romp. Een verzameling hoofden die in onze richting waren gedraaid boven de brugschermen, torpedomakers die naast de buizen stonden te wachten – zo te zien niet al te gespannen – terwijl de kanonniers gemakkelijk en bijna nonchalant met de stompe lopen van de dubbele 20 mm kanonnen ons van voor- tot achtersteven bestreken.

Tot nu toe maakte het allemaal deel uit van een dagelijkse routine. Nieuwsgierigheid waarschijnlijk gepaard aan een licht ongeloof bij het zien van de bokkende en rollende verschijning die de Charon bood. Maar nog geen argwaan . . . En voortdurend werd de afstand en de kritische hoek kleiner. Nog iets verder en ze zou van koers moeten veranderen, langszij moeten komen om een botsing met onze roestige achtersteven te vermijden.

'Kom op,' fluisterde ik gespannen. 'Kom op, kom op . . .'

Maar plotseling zakte de boeg van de VAS-boot ergerlijk genoeg naar beneden, toen het gerinkel van haar telegraaf duidelijk over het water hoorbaar was en vaart minderde om zich aan te passen bij ons moeizaam geploeter. Nu bleek alleen uit het af en toe doorsneden schuim onder de voorover hellende boeg dat ze gelijk met ons opvoer, nog steeds beschermd door de dode hoek van de Charon.

'Ach . . . verdomme,' snauwde ik. Trapp hield op met zijn uitnodigende wuiven. 'Wat dacht je ervan, mister . . . ik zou haar een paar streken naar stuurboord kunnen draaien. Dan zou jouw kanon de ruimte krijgen.'

Ik schudde dringend mijn hoofd en hoopte dat hij niet ging redetwisten. Deze keer niet. 'Nee. Zodra ze ziet dat we dwars komen, zal ze terugvallen en ons eens goed beginnen te bekijken.'

De onvermijdelijke luidspreker kwam achter ons krakend tot leven. '*Capitano! Come si chiama questo battello* . . .'

'*Battle*?' fronste Trapp woest. 'Daagt hij ons uit? Dan heb ik zelf ook nog wel een paar ideetjes.'

'*Battello*,' verbeterde ik hees. 'Boot, geloof ik. Ze vragen waarschijnlijk naar onze waar. Laat Polly de Griek een paar salvo's Arabisch ratelen, terwijl de lui van Babikian de paniekboot naar buiten draaien – ik kan geen barst doen als ze ons niet iets verder inhalen.'

'Hoeveel heb je nodig, mister? Misschien kan de oude Charon nog een paar streken uithalen waar ze niet van terug hebben.'

'Ruim tien streken naar stuurboord met de kop, dan hebben we een vrij schootsveld, maar om Godswil . . .'

Maar ik was te laat. Trapp siste scherp over zijn schouder: 'Hou je vast, stuur,' en beende resoluut naar de stuurhut. Ik klemde me wanhopig vast aan de telefoonhoorn en gilde: 'Crocker! Crocker, ben je daar?'

'Meneer.'

'Houd je klaar bij de platen en wacht op het teken. Ik zal je doorgeven wanneer je een paar graden ruimte hebt, dan komt het op jou neer.'

'Uitstekend, meneer . . . Afstand ingesteld op één duizend meter en we zijn er klaar voor.'

Trapp gebruikte nu de oude spreekbuis in de stuurhut, even onafhankelijk als vroeger. 'Dus als ik je een seintje geef, chef, wil ik dat je op die rem van je trapt alsof we tegen een stenen muur botsen.'

'*Attenzione! Attenzione* . . .!' O, *verdomme*! Eén officier op de brug van de VAS hing nu over de verschansing van de brug met de microfoon aan zijn mond. Een matroos in een wit uniform met een wapperende kraag gleed snel van haar bakboordladder af naar de torpedomakers . . . er was niets gezapigs meer aan onze verdraaid gevaarlijke achtervolger.

Een plotselinge, zenuwslopende *klang* van de telegraaf. Trapp rukte hem naar 'Stop!' Onmiddellijk stierf het trillen van het dek weg toen Kubiczek beneden de kleppen dichtdraaide en meteen zwaaide Trapp de uitgeslagen koperen hendel terug naar 'Volle kracht achteruit'.

'Hard stuurboord.'

Joseph Zonder-Naam wentelde het stuurrad bedreven naar rechts met een frons van concentratie op zijn zwarte gezicht en een paar zweetdruppeltjes op zijn gerimpelde voorhoofd. 'Hard stuurboord . . . Roer hard naar stuurboord, kapitein, meneer!'

Het sissen van stoom van beneden gevolgd door het gerommel van zuigers toen de schroef van de Charon de andere kant op begon te draaien. De dunne schoorsteenpijp braakte een massa roet uit die als een uitroepteken boven de brug hing vlak voordat het hele schip krampachtig begon te schudden toen de grote schroef harder achteruit begon te wentelen. Uit mijn evenwicht gebracht, viel ik naar voren. Ook het Italiaanse schip werd erdoor verrast. Een botsing tegen een stenen muur was een heel passende vergelijking.

Trapp was er weer. Hij stond daar als een standbeeld met zijn ogen star op de boeg gericht die ieder moment kon wegdraaien. 'Houd je klaar, mister. Ze zal dadelijk verrekte snel rondkomen.'

Witte petten op de brug van de VAS kwamen plotseling in beweging. Een hoofd boog zich over de spreekbuis, terwijl de luidspreker een laatste klagelijk gekletter uitspuwde toen de microfoon achteloos werd neergegooid.

De boeg van de Charon zwaaide steeds sneller toen de gecombineerde druk van roer en schroef haar krakend naar stuurboord dwong terwijl ze nog steeds langzaam vooruit schoof. De maximum schootshoek werd steeds dichter genaderd, terwijl ik bijna automatisch dreunde: 'Nog acht graden, Crocker . . . zeven . . . zes . . .'

Een ver, vaag bekend geratel achteruit, terwijl iemand als een maniak begon te hameren tegen het pantserstaal van de brug . . . O, God, ze hebben het vuur op ons geopend . . . Glas van de stuurhutruiten versplinterde . . . Naar onder, Trapp . . . TRAAAAAAPP!

Een vluchtige indruk van lichamen die ineengedoken onder het stuurrad zaten toen de innerlijke woede begon over te koken. Zonder ergens acht op te slaan werkte ik me overeind. Ik was me slechts vaag bewust van de fluitende kogels die over ons voordek streken . . . Iedereen dook plat naar het roestige dek, behalve één – Gorbals Wullie, bij God – onder het gillen van woedende Keltische vloeken rukte hij de camouflage van zijn machinegeweer . . . 'De buizen, Wullie,' brulde ik. 'Pak de mannen aan de torpedobuizen.'

Een diep, machtig gebulder toen de Italiaan vol gas gaf en met de boeg hoog uit het water naar voren sprong, terwijl het water in haar kielzog begon te kolken.

Naar voren! Ze voer recht voor de loop van ons kanon langs . . .

Zwart van woede en schoenpoets, schokte Wullie onder de terugslag . . . matrozen op het aanstormende oorlogsschip wentelden en vielen op haar achterdek. Eén man hing slap over de olievaten in het dieptebommenrek langs haar bakboord . . .

. . . Drie graden . . . Twee . . . Eén . . .

'*Platen*, Crocker . . . Open VÚÚÚÚR!'

Bijna gelijktijdig een klap onder me. Staal op staal. De Charon die eindelijk haar tanden liet zien. Alleen een schokkende herinnering voor het leven voor die Italiaanse schipper nu de romp openging om de onmogelijke Britse kanonniers te onthullen die grimmig gebogen zaten boven open vizieren. Een geolied mechanisch oog met een doorsnee van precies 12 cm dat hem recht aanstaarde . . .

De daverende klap die inmiddels zo vertrouwd in de oren klonk. De Charon die trilde in al haar voegen en letterlijk opzij werd gezet. Roest, stof, dezelfde dunne laag van ouderdom die los werd geslagen en op de keel sloeg . . . en dan de inslag, twee explosies die bijna als één klonken op zo'n korte afstand.

Ons eerste salvo sloeg recht onder haar brug in, een felle flits die de hele bovenbouw verticaal leek op te tillen – en nog steeds die mannen met hun witte petten die vol ongeloof op hun plaats genageld stonden – toen bloeide de flits open tot een zwart-rode ballon die de mannen, de mast en de antennes en alles in de buurt van haar midscheeps opslokte en deed verschrompelen. Nog steeds op volle kracht, maar nu zonder besturing begon ze opzij te glijden, een op hol geslagen komeet met een krankzinnige staart van stukken, brokken en rook.

Wanhopig draaide ik me om. Ik tuurde naar de stuurhut en zocht naar Trapp.

Het gebulder van Crocker: 'Anti-pantser... Eén granaat... Laden!'

Gorbals Wullie die nog steeds als een gek vuurde met de dodelijke nauwkeurigheid van een man die eindelijk zijn echte talent heeft ontdekt. 'Slappe rotzakken... Slappe rotzakken...' Nog altijd niet erg origineel...

'*Vuur*!'

'*Boem*!'

Nog meer stof, nog meer stukken die van het schip vielen – ons schip.

Dan een angstwekkende, plotselinge, oogverblindende flits buiten boord en de schokgolven van een enorme explosie die over het water op ons afrolden. In doodsangst draaide ik mij om, net op tijd om de reusachtige paddestoel te zien die het einde verkondigde van de VAS-boot voordat een tweede ontploffing onder water de zee zelf ineen leek te doen schrompelen, leek te doen samentrekken om dan weer uiteen te barsten in een razende, glinsterende, hoog opspattende pluim. En nog een... en nog een...

Dat betekende dat ons tweede salvo echt roos had getroffen. Misschien een torpedolading, misschien een kettingreactie in haar magazijn. Vervolgens de dieptebommen die al op scherp stonden en langzaam naar beneden zonken in gezelschap van de gemangelde, uiteengeslagen romp tot de ingestelde diepte was bereikt...

Ik pakte de telefoon en mompelde op vlakke, versufte toon: 'Staak het vuren, korporaal... Staak vuren, staak vuren.'

Maar dat was eigenlijk al niet meer nodig. Er was niets meer om op te schieten.

En toen voelde ik beweging achter me. Vanuit de stuurhut.

Langzaam, met een misselijk gevoel van angst, draaide ik me weer om.

Joseph Zonder-Naam knipperde me vanuit de donkere schaduwen twijfelachtig toe met zijn witte ogen, terwijl hij zich voorzichtig helemaal betastte. Een tweede gestalte met een buitenissige, zwierige Arabische hoofdtooi kwam op handen en knieën overeind, waardoor glassplinters van zijn schouders gleden.

'Wat had ik je gezegd, mister?'

Trapp keek met een grijns van verrukking naar me op. 'Had ik het je niet gezegd? Behandel haar met zachtheid en de oude Charon draait met haar kont als een ballerina bij een orgie, stuur . . .'

En zo ging onze heimelijke oorlog verder.

We kwamen er nooit achter of de dode Italiaanse kapitein nog een bericht had kunnen verzenden voordat de Charon hem uitschakelde, maar met zijn gebruikelijke tegenzin om iets te verspillen, benutte Trapp dit voorval om de mythe van een Britse onderzeeër op een nogal gruwelijke wijze te voeden.

Tussen het wrakhout van de VAS-boot hadden we een ongeschonden lijk opgevist – een jonge Italiaanse matroos die was gedood door de kracht van de explosie. Onder Trapp's kille aanwijzingen kleedden we de jongen uit en staken hem vervolgens in het uniform van een matroos van de Britse onderzeebootdienst. Toen bonden we een reddingsvest om de slappe schouders – het type dat een geschutsbemanning droeg bij een oppervlakte-aanval – en lieten het lichaam weer voorzichtig in zee glijden.

En ten slotte doorzeefde Gorbals Wullie het rollende, opgekrulde lijk met kogels uit zijn machinegeweer, waarbij hij bijzondere aandacht besteedde aan hoofd en gezicht . . .

We brachten meer vijandelijke bevoorradingsschepen tot zinken, maar geleidelijk werden het er steeds minder. Tegen eind oktober werden de zeeroutes van de As-mogendheden zo fel aangevallen door de gevechtseenheden op Malta – die daar in eerste instantie toe in staat waren gesteld door de opoffering en de moed van OPERATIE PEDESTAL – dat Rommels logistieke ondersteuning was teruggebracht tot een druppel en die druppel werd dan nog meestal aangevoerd door de *Luftwaffe*.

Toen kwam El Alamein en op de tweede november de bloedigste tankslag van de hele oorlog. Tel el Aqqaqir. De pantsereenheden van het Afrika Korps werden vermorzeld en Rommel begon zich terug te trekken. Hij viel terug op Mersa Matruh, Sidi Barrani, Sollum, Bardia, Tobroek . . . het front schoof steeds verder naar het westen.

En de Charon trok zich in dezelfde richting terug. Of trok op, afhankelijk van de koers die we op dat moment toevallig voorlagen.

Intussen werd Trapp's verzameling lelijke, tweedehands spullen met ieder schip dat we enterden, leegroofden en dan koel tot zinken brachten steeds groter. En ook al begreep ik nu waarom hij zo werd geobsedeerd door de behoefte 'Het pensioenfonds van de oude dame aan te vullen voor als het piratenseizoen voorbij is . . .' zoals hij het nonchalant stelde, kon ik het steeds sterker wordende gevoel dat Trapp's inhaligheid op een dag zelfs zijn talent voor overleving zou overtreffen niet van me afzetten.

En daarbij kwam het nog onthutsender gevoel dat als hij stopte met overleven dat ook voor de rest van ons zou gelden.

Maar met wonderbaarlijk geluk bleef de Charon met haar antieke kanon en haar buitenissige bemanning van de ene net gemiste ontmoeting met de *Kriegsmarine* naar de andere koersen.

Alleen konden die *Kriegsmarine* en de *Luftwaffe* niet veel tijd verspillen aan een mallotige Arabische boot als de onze. Want ze hadden het veel te druk met hun jacht op een Britse onderzeeër die kennelijk willekeurig kon oplossen als een aspirine in een glas water.

Tot er – onvermijdelijk – iets verkeerd ging.

En mijn nachtmerrie plofte als een zeepbel uiteen om de angstaanjagende werkelijkheid te worden.

Ze was groot, veel groter dan alles wat we tot nu toe hadden aangevallen. Zelfs door de duisternis die de regen nog dichter maakte, kon ik zien dat ze een oceaanstomer van misschien drieduizend ton was. Duidelijk geen kustvaarder die in de nacht van de ene kreek naar de volgende sloop, maar een van de weinige vijandelijke vrachtvaarders die erin was geslaagd helemaal van Italië over te steken zonder de Maltese strijdkrachten te ontmoeten.

En nu was ze waarschijnlijk op weg naar huis. Vol verwachting koerste ze noordoost, weg uit Benghasi, geëvacueerd voordat de met wrakken bezaaide haven ook in handen viel van het oprukkende Achtste Leger, dat de uitgeputte, door het zand uitgedroogde troepen van Rommel op de hielen zat.

Maar dit was een doelwit waarmee we ons geen geintjes konden veroorloven. Zonder enige twijfel had ze een zender aan boord die het Duitse ontvangststation in Gabes doof kon schreeuwen en één veelzeggende kreet om hulp en iedere tot in het merg gefrustreerde jager van de *Kriegsmarine* langs de Noordafrikaanse kust zou op ons af komen. En – ineens – zouden ze gaan zoeken naar een onderzeeër met een roestige romp, een dunne pijp en een grote krat op het voordek . . .

Ons eerste onaangekondigde salvo trof haar recht op de brug. Waarschijnlijk waren alleen een wachtloper en een roerganger gedood, want bijna meteen begon ze naar ons toe te draaien, terwijl ze zwaar op de felle winterse zee stampte en hoge golven opwierp die schuimend werden voortgeblazen door de straffe westerstorm en in een lichtende nevel terugsloegen over haar voordek.

'Laden . . . OP DOEL . . . VUUR.'

'Laden . . . Schiet – verdomme – OP DOEL . . . VUUUUR!'

Ik voelde de nevel in mijn gezicht sproeien toen de Charon letterlijk stil kwam te liggen in de kolkende zee. Trapp stond met een onbewogen gezicht naast me. Het zoute water stroomde van zijn granieten trekken en vormde kleine plasjes op zijn zwarte oliegoed die als honderden felle diamanten schitterden in de milliseconde die iedere flits uit de loop duurde.

Mijn telefoon weer. Dringender nu. 'Richt op de waterlijn en de machinekamer, korporaal. Ze ligt nog altijd niet stil.'

Plotseling vuur aan boord van het donkere vrachtschip. Misselijkmakend. Eerst een geel-oranje gloed in het pikdonkere silhouet van haar verwrongen bovendekken. De gloed doofde en flakkerde iets helderder weer op. Nu werden afzonderlijke vuurtongen zichtbaar die omhoog kropen en tot grotere omvang werden aangewakkerd door de wind van haar eigen snelheid. Een schip dat zichzelf opbrandde.

'Kom op, Crocker. Laat die kanonniers daar beneden opschieten!'

Weer een lastige golf die onder onze boeg sloeg, schuimend uit het duister op ons af kwam en de Charon zwaar naar bakboord verzette . . . Het weer werd nu snel slechter. Als één zware zee door de open platen van ruim nummer twee naar binnen zou slaan, konden we het vergeten. Hoog tijd om de actie af te breken en er als de bliksem vandoor te gaan.

Het op hol geslagen schip werd groter en groter, terwijl ze nog steeds op ons afkwam op een koers die bijna negentig graden op de oorspronkelijke vaarrichting lag. Jezus! Het was letterlijk een aanvaringskoers, tenzij we haar konden stoppen of ontwijken.

Plotseling.

Trapp rende naar de deur van de stuurhut. 'Hard bakboord!'

Alles gebeurde tegelijkertijd. Angstaanjagend. Behalve één ding – 'Crocker. Wat is er verdomme aan de hand met dat verrekte kanon daar beneden . . .?'

De Charon maakte dertig graden slagzij en uit de kajuit klonk het geraas van losgeslagen aardewerk . . . Trapp, die naar de spreekbuis sprong: 'Chef! Geef me alles wat je hebt ver . . .'

Het andere vrachtschip kwam nog steeds op ons af. Het witte schuim onder de scherpe boeg was nu duidelijk zichtbaar bij de bulderende vlammen die een wit licht op de golftoppen wierpen . . . 'Crocker, hoor je me? *Crocker* . . .'

Eindelijk. Ademloos. 'Meneer. We hebben een golf binnengekregen. Het is hier net een verrekt aquarium en er komt nog steeds meer over . . .'

Ik keek op en mijn ogen spanden zich in om de duisternis te doorboren.

Het doelwit kwam nog steeds op ons af, maar dat gold ook voor de golven.

'Sluit het kanon af. Sluit de rompplaten en kom als de gesmeerde bliksem naar boven, korporaal . . . Bofors – open *vuur*!'

Pom . . . pom . . . pom . . . pom.

Flitsen die helder afstaken tegen de gloed van de vlammen. Schaduwachtige schuimpluimen onder de boeg van het doelwit toen de Charon krampachtig rolde waardoor de loop van het snelvuurkanon mee naar beneden werd getrokken. Kruitdamp die naar achter over de brug dreef, samengebald door de opstekende storm. Een overkomende zee die bulderend over het kuildek sloeg waardoor de bemanning van de Bofors tot het middel in het water kwam te staan . . . Christus, de oude tobbe was nog nauwelijks in staat de kop rond te krijgen en dat andere schip was nu zo dichtbij dat haar verdomde boeg bijna boven onze brug uittorende . . .

Dan opluchting, zelfs bij de onverstoorbare Trapp.

'Ze stopt, mister . . . de vaart gaat er eindelijk uit.'

Ik sloot mijn ogen en begon te beven: 'Staak het vuren!'

Geen boeggolf meer bij het brandende schip, alleen kolkend, oranje gekleurd schuim dat kwaad tegen haar romp aansloeg toen ze rollend stil kwam te liggen op nog geen tweehonderd meter over onze stuurboordboeg. Veel te dicht bij naar mijn zin, maar . . .

Ik bleef aan de grond genageld staan bij het zien van Trapp's gelaat.

Elke lijn, elke rimpel was duidelijk zichtbaar op dat grimmige, natte gezicht. Even duidelijk als bij een acteur in het licht van een schijnwerper. En de gloed van het laaiende vrachtschip weerkaatste met dezelfde onaardse en verraderlijke helderheid op iedere lijn, elke stag en plaat van de Charon.

Het onthulde precies wat we zijn – een oppervlakteraider. En geen enkele toeschouwer binnen een mijl in de omtrek kon dat ontgaan.

Dat moest nog duidelijker zijn voor die hollende vijandige

gedaanten die op het bootdek nog geen kabellengte verderop zwart stonden afgetekend tegen de kronkelende vlammen . . .

'Stop machine,' riep Trapp kortaf. En heel kil.

Ik stond naast hem op de brug van de Charon, terwijl de wind in onverhulde frustratie aan ons oliegoed rukte. En keek naar die enkele onbeschadigde reddingsboot die nu afgeladen vol zat met ineengedoken, angstige zeelui en langzaam naar de graaiende golven zakte tot ze met piepende en ratelende blokken de vallen lieten vieren en het overvolle vaartuig wanhopig uit de buurt van het reddeloze schip trokken.

Hoopvol mompelde ik: 'Ze hebben het schip verlaten, kapitein. En het vuur zal mijlen in de omgeving elke patrouilleboot aantrekken, ook al is het weer voor vliegtuigen te slecht. Ik stel voor dat we als de donder maken dat we hier wegkomen.'

Maar hij gaf geen antwoord. Een minuut lang niet. Ongerust wierp ik een blik op zijn handen. Ze lagen op de verschansing en omklemden het teak zo hard dat de knokkels wit leken in het dansende licht van de vuurgloed.

Toen draaide hij zich om naar de stuurhut en snauwde gespannen: 'Langzaam vooruit. Stuurboord tien . . . op die reddingsboot af, jongen.'

Ik zag dat de ogen van Joseph Zonder-Naam ons roze en flikkerend aanstaarden, dan herhaalde hij aarzelend: 'Stuurboord tien . . . Roer tien streken over stuurboord, kapitein.'

Ik probeerde de afschuw te onderdrukken die in me opwelde, omdat ik wist wat hij van plan was. 'Dat kun je verdomme niet doen! Niet in koelen bloede . . . niet op zo'n manier.'

Trapp keek me niet eens aan. 'We wisten allebei dat het er van moest komen, mister. Zelfs de admiraal wist dat . . . en toch gaf hij me dat contract.'

'*Contract*!' Met een bevende hand wees ik buiten boord. 'Naar de hel met je verrekte contract, Trapp. Dat zijn mannen daarginds, Trapp, geen eenheden waarmee je een of andere walgelijke efficiency-bonus kunt verdienen . . . Zeelui verdomme! Net als jij en ik, om Gods wil . . .'

Ik probeerde mijn woede in de hand te houden en zei bijna smekend: 'Luister, de vrachtboot is er geweest. De boeg verdwijnt al bijna onder water. We hebben tijd genoeg om een heel eind uit de buurt te zijn als het licht wordt . . .'

'En wat dan?' Hij draaide zich zo woest naar me toe dat ik onwillekeurig een stap terug zette. 'Nou ik zal het je vertellen, mister. Zodra die overlevenden aan land stappen, zijn wij een getekend schip – dus moet ik de hele onderneming afblazen. Terugstomen naar Malta met een contract dat ik zelf heb opgezegd en geen stukje bewijs van al die keren dat ik een goed schip heb zien zinken . . . zelfs niet genoeg kapitaal om de Charon ergens te verbergen tot die verrekte oorlog van jullie is afgelopen. Want handel met haar drijven kan ik nu wel vergeten. De moffen zullen overal naar haar op de loer liggen.'

Er klonk een gerommel over het water en ik voelde meer dan ik zag hoe de boeg van het stervende schip dieper in het water dook. 'Dus je gaat die mannen doden. In koelen bloede. Alleen maar om met dit schip van jou zaken te kunnen blijven doen.'

Hij keek me strak aan. 'Ik heb mannen gedood vanaf de eerste dag dat de marine me hierheen stuurde, mister. Dus wat maakt het voor verschil om het van dichtbij te doen met een machinegeweer?'

Gedurende een schijnbaar heel lange tijd staarde ik hem aan. Toen voelde ik neerslachtig mijn schouders naar voren zakken. 'Als je daarop het antwoord niet kent, Trapp, dan hadden ze je misschien beter een SS-uniform kunnen geven. Samen met dat waardeloze contract van jou.'

'Of me doodschieten! Want dat hadden ze even goed kunnen doen toen ze dreigden me te beroven van de Charon, Miller. Ik heb je het al eerder verteld, ze is alles wat ik heb . . .'

Plotseling klonk uit het brandende schip het gedonder van gemartelde schotten die onder de druk bezweken. Ik draaide me net op tijd om en zag hoe de vlammen koortsachtig en hysterisch naar de toppen van de masten klauwden, nog helderder en onthullender dan eerst. Dan de korte indruk van de reddingsboot, nog geen zeventig meter voor onze langzaam naderende boeg, met de ineengedoken, pathetisch tegen elkaar gedrukte lichamen die zwart afgetekend stonden tegen de brandende zee.

Vlak voordat het vrachtschip kapseisde. Monsterlijk. Sneller, steeds sneller kantelde ze in bulderende, sissende stervensnood opzij. Hoog opspuitende stoom en rook en . . .

. . . en toen ging het licht uit.

Alleen nog de duisternis en de groene gloed van ons kompashuis en af en toe een schuimkop die voorbij ijlde. En de afschuw voor wat er komen ging.

Trapp riep effen uit de duisternis. 'Machine stop. Recht zo die gaat . . . Ik heb dat zoeklicht nodig, mister. Stuurboordbrug.'

Ik voelde de nagels in de palmen van mijn gebalde vuisten dringen. 'Ik richt dat zoeklicht niet, Trapp. Dat is een contract waaraan ik me niet gehouden voel.'

Even heerste er een ongewoon berustende stilte. 'Ik weet nog dat ik dat ook een keer heb gedaan – ik voelde me ergens niet aan gehouden omdat ik er geen toekomst in zag. Maar die luxe kan ik me geen tweede keer veroorloven, mister . . . *Babikian* ! Tweede stuurman op de brug.'

Ik zei verbitterd: 'Wat een gemene rotzak ben je, Trapp. Hij is de enige slappeling op dit hele schip en hij zal precies doen wat je hem zegt. Alleen, wie heb je op het oog om de trekker over te halen . . . Wullie? Joseph Zonder-Naam? Al Kubiczek? Misschien zul je tot de ontdekking komen dat ze toch niet zo happig zijn op . . .'

'*Ikzelf.*'

De stem was als een zweepslag. 'Ikzelf, Miller. Want ik ben van plan hoe dan ook te overleven. En overleven is het enige, verdomme het enige, waarin ik verrekte goed ben geweest in mijn hele ellendige leven . . .'

En toen was hij verdwenen en gleed de ladder af naar het voordek. En het machinegeweer. Babikian kwam naast me staan en zelfs in het donker was de ongelukkige uitdrukking op zijn bruine, vrouwelijke trekken zichtbaar. Ik zag hem aarzelend de grepen van het zoeklicht vastpakken, terwijl hij opzettelijk mijn ogen vermeed. Toen wendde ik me af. Het was zinloos om tegen hem iets te zeggen.

De Charon lag nu gestopt en stampte log onder het geweld van de korte zeeën die tegen haar romp braken. De reddingsboot lag misschien twintig meter verderop, een vage, rondwentelende vorm, alleen zichtbaar tegen het omgevende schuim. Ik dacht misselijk aan de angst van die onzichtbare zeelui die hulpeloos ineengedoken zaten en zwijgend naar de dreigende massa van de Charon keken en zich afvroegen waarom we daar nog steeds lagen te wachten . . .

Er klonk een felle, verhitte woordenwisseling op het kuildek toen de camouflage van het machinegeweer werd getrokken. Een kleine gestalte maakte zich los uit de groep en liep weg. Een Schots accent: 'Je moet doen wat je niet laten kunt, maar ik doe niet mee . . . Die kerels hebben niets om mee terug te vechten.'

Ik zag het doffe glanzen van geolied metaal toen Trapp kil probeerde de loop te draaien. Er klonk weer gemompel uit de groep andere bemanningsleden, maar dat werd afgesneden door een ijzige *klik* toen de mitrailleur werd gespannen. Een wanhopige Kubiczek: 'Om hemelswil, Trapp. Jij bent toch geen vent om . . .'

Een hoge, angstige kreet uit de duisternis. Vol van een vreselijk, langzaam dagend besef. '*Kapitän . . . Bitte? Was ist los . . . Wer ist da . . .?*'

Trapp's forse gestalte die plotseling vooroverboog. Ik begon naar de ladder te rennen, niet in staat het nog langer te verduren. '*Traaaaapp!*'

Een woeste order van beneden. 'Zoeklicht.'

Ik gilde hysterisch: 'Nee, Babikian! Niet als je ooit nog . . .'

'*Licht*, VERDOMME!'

De tweede stuurman kromp ineen alsof hij een klap had gehad. Een gekwelde, bevende snik – en toen doorboorde een felle, schitterende straal de duisternis en streek in krankzinnige bogen over de rollende golven van de omringende zee. De witte, starende gezichten in een stampende, overvolle reddingsboot werden even bestreken en ontkwamen toen niet meer aan de felle lichtstraal.

Het machinegeweer begon schor te ratelen en overstemde de ongelovige kreten daarbuiten. Schuimfonteinen spoten omhoog toen het pad van de kogels het pathetische doelwit steeds dichter naderde bij iedere onzekere correctie die Trapp aanbracht.

En toen, met een zekerheid die me altijd zou bijblijven, zag ik eindelijk wie de overlevenden van die gezonken vrachtboot echt waren. Die slanke, kleine gestalten zwart van de rook die zich aan elkaar vastgrepen met de doodsangst die alleen in een nachtmerrie voorkomt... maar heel slank. En heel erg klein...

Ik brulde onbeheerst: 'Stop Trapp! Het zijn kinderen. Vrouwen en *kinderen*!'

Steeds dichterbij. Veertjes werden uit de zee gescheurd.

Toen hield het vuren op. Abrupt. Vlak voordat het salvo de boot echt had bereikt. Alleen het steunen van de wind en het zachte slaan van de golven tegen de roestige boorden van de Charon was nog hoorbaar. En de snikkende, onvoorstelbaar geschokte geluiden uit een reddingsboot die waarschijnlijk vol Duitse gezinnen zat. Evacués die bijna waren gestorven omdat ze toevallig Trapp's winstgevende oorlogszaken doorkruisten.

Iemand – ik dacht dat het Kubiczek was – snauwde: 'Doe dat verdomde licht daarboven uit.'

Vlak voordat Babikian de schakelaar overhaalde, ving ik een glimp op van Trapp's gelaatsuitdrukking toen hij zwaar de ladder op kwam klauteren. Het was het gezicht van een man die net wakker was geworden uit een akelige droom. Verdwaasd, verbijsterd, bijna afwezig.

Toen liet het zoeklicht die drijvende, onbeschadigde reddingsboot over aan zijn eigen ellende. Tot ze halverwege de volgende dag de kust bereikte. En de Duitse marine eindelijk de waarheid te horen kreeg over hun spookonderzeeër.

Plotseling klonk uit de welkome duisternis de stem van de kapitein.

'Laten we naar huis gaan, stuur,' zei hij.

Heel rustig.

Daarna leek Trapp te zijn veranderd. Enige tijd tenminste. Heel de rest van die wilde nacht toen we met onze moeizame, stampende acht knopen wegstoomden uit de onmiddellijke omgeving van het gezonken schip, straalde hij apathie uit.

Niet dat hij minder kordaat was in zijn benadering van een probleem. Zijn idee van naar huis gaan strookte bij voorbeeld helemaal niet met dat van een ander onder die omstandigheden. Want de meeste schippers zouden het voor de hand liggende hebben gedaan en een noordelijke koers naar Malta zijn gaan voorliggen. Niet Trapp. Hij richtte de gedeukte boeg van de Charon recht naar het westen, de plaats waar we met de grootste waarschijnlijkheid de vijand zouden tegenkomen.

Alleen vertoonde hij niet zijn gebruikelijke, irritante jongensgrijns toen ik hem erop wees dat ik niet erg gecharmeerd was van het idee zelfmoord te plegen. Om de donder niet.

Hij haalde zijn schouders op alsof het hem niet meer kon schelen en zei mat: 'Ga dan je gang maar, stuur. Maar als ik een mof was die deze schuit zocht, dan zou ik op mijn kaart een rechte lijn trekken tussen de plek waar we die boot tot zinken hebben gebracht en de dichtstbijzijnde Britse wateren – Malta dus. En dan zou ik elke stoppelharige *Luftwaffe*-piloot langs die koers de lucht in sturen met een buik vol bommen.'

En natuurlijk had hij weer gelijk. Dit was een duidelijk voorbeeld van de snelste weg die via de langste route liep. Ik besefte dat op het moment dat hij het zei. En we waren nog steeds volmaakt veilig tot die reddingsboot de Libische kust bereikte.

In zekere zin maakte dat het nog ironischer, de Duitse marine kreeg ons uiteindelijk nog geen vier uur later te pakken. En ook nog zuiver bij toeval.

Of misschien had ik erop verdacht moeten zijn. Misschien had Trapp in het overlevingsspel moedwillig zijn recht op de stoel van de winnaar opgegeven.

Op het moment dat hij zijn vinger van de trekker van dat machinegeweer haalde.

Hoofdstuk negen

Maar het was van het begin af aan een verrekt rottige dag geweest.

Om te beginnen dat schip dat we tot zinken brachten. Toen die episode met het machinegeweer. En daarbij dan nog het ellendige weer. En Gorbals Wullie die in de boeien werd geslagen . . .

Wullie . . .? Nou ja, misschien vroeg hij om moeilijkheden met dat geliefde scheermes van hem, maar we voelden de spanning inmiddels allemaal en kanonnier-matroos Clark was zelfs in normale tijden niet de gemakkelijkste man om mee op te schieten.

Aan de andere kant denk ik dat de verandering in Trapp er ook iets mee te maken had. Misschien was hij nog niet helemaal vergeten dat de kleine man uit Glasgow hem in de steek had gelaten tijdens die geschiedenis met de overlevenden. Hoe dan ook, Gorbals Wullie was de eerste die op ZM gewapende koopvaardijkruiser Charon onder zwaar arrest werd geplaatst.

Het begon na het ontbijt. Het soort ontbijt waarmee de kok een permanente plaats in de ijzers naast Wullie verdiende. Volgens het blik kregen we voor het Afrika Korps bestemde *Kalbskotelette* opgediend en volgens mijn twijfelachtige Duits moesten dat kalfskoteletten zijn, maar wat het ook mocht wezen, ik was er verdomd zeker van dat het niet mocht worden gekookt.

En toen had de bemanning, kanonniers en de oorspronkelijke zeelui van de Charon, in een sombere, moedeloze groep naast de luikschotten van ruim nummer twee rondgehangen, terwijl de regen in een niet aflatende nevel op hen neerviel. Ik stond daar op de brug en wenste dat Trapp iets zou zeggen in plaats van gebogen en afwezig zwijgend in de luwte van de stuurhut te blijven staan.

Tot er plotseling een kreet van pijn opklonk van het dek en ik naar de verschansing rende om kanonnier-matroos Clark achteruit te zien struikelen terwijl een felrode stroom zich vermengde met het water dat zijn trui doorweekte en het grootste deel van zijn rechteroor nog op de plek lag waar hij oorspronkelijk had gestaan.

Gorbals Wullie die gilde van krankzinnige woede werd intussen in bedwang gehouden door matroos Mulholland en twee van de Griekse zeelui, die allemaal angstvallig probeerden uit de buurt te blijven van het rondflitsende en maar al te bekende mes.

'Ik doe je wat, stomme marinezak,' huilde Wullie. 'Ik zal je in kleine mootjes snijden, rotzak. Dus Manchester United is de beste voetbalploeg, hè? En Celtic is een zooitje . . .'

'God!' mompelde een geschokte Clark die langzaam doodbloedde. 'Ik zei alleen dat Celtic totaal geen kans zou maken in een fatsoenlijke competitie. Niet in een echte Engelse divisie . . .'

'Ik vermoord hem verdomme. Ik snijd die slappe zak in . . .'

Daarop trof Mulholland Wullie met grote nauwkeurigheid – en een heel grote vuist. Vervolgens trok de razende Schot zich terug in een half bewusteloze toestand en bond Al Kubiczek een met olie doordrenkte prop afvalwatten op de plek waar Clarks oor had gezeten en bromde vol walging: 'Jullie verrekte Britten! Verdomme, als jullie niet tegen die verrekte moffen kunnen vechten, gaan jullie maar tegen elkaar vechten.'

Ik draaide me om en keek naar Trapp. Hij had zich nog steeds niet verroerd in zijn hoek, dus zei ik aarzelend: 'Wullie heeft het oor van kanonnier Clark eraf gesneden, kapitein.'

Trapp snoof somber. 'Welk oor?'

'Stuurboord . . . O, om hemelswil, wat ga je eraan doen?'

'Ik weet het niet. Haal de eerstehulpkist uit mijn hut en gooi hem dan in het cachot.'

'Wie – Clark?'

‘Wullie. Die kerel is toch veel te weerspannig. Heeft geen respect voor gezag . . .’

‘Hoor dat,’ bedacht ik moe. ‘De pot verwijt de ketel dat hij zwart ziet.’ Ik wierp weer een blik over de verschansing en zag dat de chef de nu van pijn jankende kanonnier in de houdgreep hield, terwijl korporaal Crocker de plaats waar het oor had gezeten depte met een in jodium gedrenkte dot watten en dat waarschijnlijk niet zonder genoegen.

Wullie mompelde nog half bewusteloos wazig: ‘Waar is mijn mes . . . Ik voel me naakt zonder mijn mes . . .’

‘We hebben niet eens een cachot,’ zei ik vermoeid. De krankzinnige omgeving van de Charon, haar bemanning met zelfmoordneigingen en haar temperamentvolle schipper maakten dat ik me ongeveer aan het eind van mijn latijn voelde. ‘Trouwens, als je Wullie opsluit en we worden getroffen door een torpedo, dan heeft hij geen schijn van kans.’

‘Als we worden getroffen door een torpedo, hebben we geen van allen een schijn van kans . . . Sluit hem op in het verfhok vooronder en houd op met kibbelen.’

Ik ademde diep in en haalde mijn schouders op. Als hij voorheen moeilijk was geweest, nu was hij volkomen onmogelijk. ‘Uitstekend, meneer,’ zei ik kortaf en draaide me naar de ladder.

Onnavolgbaar als altijd riep Trapp me na: ‘Wat schaft de pot vanavond?’

‘Ik weet het echt niet,’ snauwde ik verbitterd, ‘maar wat het ook is, jouw verrekte kok zal het wel weer koken.’

Twee uur later zagen we haar. Op een afstand van nog geen twee mijl en zelfs dan nog nauwelijks te onderscheiden door de regenvlagen.

Maar een ding was onheilspellend duidelijk, zelfs in die eerste verwarrende seconden: die lage grijze vorm aan stuurboord was een oneindig gevaarlijker tegenstander dan lang geleden de verdwenen VAS-boot was geweest. En ze was even Duits als de lok van Adolf Hitler.

‘Schnellboot,’ stootte ik uit. ‘Dubbele 55 cm torpedobuizen en ruim veertig knopen . . . veertig knopen, verdomme! Zelfs als ze half zo snel was hoefden we nog niet te hopen op een treffer met het kanon.'

Trapp kwam voor het eerst sinds uren uit zijn hoek. Ik lag al plat op het dek, met mijn oog voor het kijkgat en de telefoon in mijn hand, te luisteren naar de nu bekende geluiden van rennende voeten van de geschutsbemanning die de gevechtsposten innam.

'Wat heeft ze nog meer,' vroeg hij bijna ongeïnteresseerd. En toen ik die toon in zijn stem hoorde, begonnen mijn zenuwen op te spelen. 'O Heer, laat hem alsjeblieft niet volgzaam worden. Niet nu. Niet nu we alle Machiavellische vindingrijkheid nodig hebben die alleen een achterbakse samenzweerder als Trapp kan ophoesten . . .'

'Ik weet het niet. Een 37 mm vooruit. Dubbele twintigers over de hele lengte als verrekte rabarberstengels. Maar het zijn die buizen waarover ik me zorgen maak. En haar snelheid.'

Trapp zuchtte alsof hij met een kind praatte. 'Het doet er niet toe hoe snel ze is, nietwaar. Niet als we haar lang genoeg kunnen laten stoppen om een salvo in haar kluispijp te leggen. Welke vlag voeren we op het moment?'

'Libisch.'

'Waarschijnlijk even goed als iedere andere. Denk je dat ze al van ons op de hoogte is?'

De telefoon rapporteerde kort: '12 cm schietklaar, meneer.'

'Begrepen. Wacht, Crocker . . .' Ik wierp haastig een blik op het regengordijn. '. . . Met een beetje geluk – nee. De zichtbaarheid is waardeloos. Heel onwaarschijnlijk dat de boot al is gevonden.'

Trapp krabde nadenkend op zijn hoofd, maar de felheid en agressiviteit die kenmerkend waren geweest voor onze vorige ontmoetingen met de vijand ontbraken nog steeds. Ik richtte de kijker op de S-boot. Terwijl ik nog scherpstelde, begon ze al onze kant uit te draaien. De boeg kwam geleidelijk omhoog tot die onmiskenbaar was gericht op het punt waar ik neerknielde, of zo leek het in ieder geval.

Gedurende een misselijkmakend moment staarde in naar de twee uitsparingen opzij van de boeg van de Duitse boot en wachtte op het eerste teken van samengeperste lucht dat zou duiden op een torpedosalvo, maar ze kwam alleen steeds dichterbij. Het enige teken van vijandige bedoelingen bleek alleen uit de matrozen die naar voren renden om het zware 20 mm machinegeweer in de verzonken geschutsbak te bemannen.

Beverig mompelde ik: 'Ze weten nog niets van ons. In dat geval waren we nu al dood geweest.'

Toen verstijfde ik. Misschien kregen we een door de hemel geschonken kans om haar te treffen, terwijl ze nog naar ons op weg was. Een klein doelwit misschien, maar omdat de naderingshoek de komende minuten zodanig was dat ze bijna dwars op ons en ons kanon af kwam, was de zijdelingse verplaatsing van het Duitse oorlogsschip bijna te verwaarlozen. Ze zigzagde niet eens, wat nog eens onderstreepte dat ze totaal geen verdenking koesterde. En Crocker had al bewezen een uiterst dodelijk schutter te zijn.

Ik snauwde dringend: 'Crocker. S-boot, komt recht op ons af . . . wat dacht je ervan?'

Geen aarzeling, alleen een grimmige bevestiging. 'Geef de richting door en zeg maar wanneer het kan, meneer. Ik zal de afstand vooraf instellen op vijftienhonderd meter en u geeft een schreeuw vlak voordat de rotzak er is.'

'Akkoord.' Ik keek Trapp vragend aan. 'Het zou wel eens onze beste kans kunnen zijn, kapitein. Misschien de enige.'

Hij keek nog even ongeïnteresseerd om zich heen als toen even geleden Clark van zijn oor was gescheiden. De naderende *Schnellboot* was nog anderhalve mijl verwijderd en die afstand werd snel minder. We hadden nog maar een minuut om een besluit te nemen.

'Kom op, Trapp,' zweette ik. 'Kom *op*!'

Hij haalde zijn schouders op. 'Ga je gang maar, als je denkt een kans te maken, mister. Niet dat het veel verschil maakt . . .'

'Afstand – tweeduizend negenhonderd en afnemend,' riep ik zonder aandacht te besteden aan de rest van Trapp's sombere filosofie. 'Richting – nul-negen-vijf en constant.'

Heel even dacht ik schuldig aan Gorbals Wullie die nu opgesloten zat in de dichte stalen kist van het verfhok in het vooronder en zalig onwetend was van wat er gebeurde. Tot het me trof dat als we dan toch het onderspit moesten delven, een verblindende flits zonder enige waarschuwing vooraf de plezierigste dood was, dus vergat ik onze beledigde Celtic-aanhanger en concentreerde me op het komende karwei.

'Afstand – tweeduizend, vijfhonderd ...'

Nog steeds recht op ons af, eerder geïntrigeerd dan argwanend. Misschien had ik het al die tijd mis gehad met Trapp's goddelijke recht op overleven. Misschien bezaten we het allemaal. Of misschien was het eenvoudig van toepassing op de Charon. En God alleen wist dat ze zo oud was, dat ze het recht moest hebben op enige bijzondere bescherming.

'Tweeduizend meter ... Klaar staan bij de platen, Crocker.'

'We staan klaar. Afstand ingesteld op eenduizend, vijfhonderd, meneer.'

Alstublieft, nu niet afdraaien, *Herr Kapitän* ... Rustig ... Recht zo die gaat ... prima ...

Zweet druppelde over mijn slaap en prikte meedogenloos maar ik durfde mijn ogen niet weg te nemen van de afstandzoeker ... Ze kwam nog steeds als een lam naar de slachter met de boeg hoog genoeg om de gedeukte, zwart geschilderde kielplaten te zien die scherp afstaken tegen de witte nevel die opzij werd geworpen als een trommelend, opspuitend kussen.

'Achttienhonderd ... Zeventien ... Richting nog altijd nul-negen-vijf ...'

Trapp bracht zijn verrekijker naar zijn ogen. Waar moest hij verdomme nu naar kijken? En waarom die plotselinge belangstelling, terwijl hij zichzelf toch zo goed als buitenspel had gezet ...?

Maak je klaar, Crocker, beste jongen ...

'Zestienhonderd meter. Platen ...'

'*Stop, mister*!'

Verdomme!

Ik drukte de knop van de telefoon in voordat mijn tot het uiterste gespannen geest tijd had de situatie opnieuw te beoordelen. 'Stoppen, stoppen, stoppen!'

Woedend draaide ik me om op het dek in de wetenschap dat we al te laat waren. Geen tijd om opnieuw in te stellen en de S-boot naderde nog altijd met een snelheid waarmee ze op elk

moment een snelle, onmogelijk te volgen bocht kon draaien.
'Wat is er verdomme nu weer?' blafte ik geschrokken, bevend van teleurstelling en bijna niet te beheersen woede.

Trapp keek grijnzend op me neer. De oude Trapp, de onmogelijke Trapp. De intrigerende huurling zonder enige schaamte.

'Ik kreeg net een idee, stuur,' straalde hij met voorbijzien aan het feit dat de Duitse marine ons inmiddels met een salvo uit een Schmeisser kon raken. 'Ik weet hoe ik het pensioenfonds van de Charon kan vergroten . . .'

'We veroveren dat oorlogsscheepje daarginds. En dan verkopen we haar. Aan de Royal Navy.'

'We veroveren haar, zegt hij,' mompelde ik steeds weer in mezelf, terwijl de 35 meter lange, potentieel vijandige, zwaarbewapende *Schnellboot* steeds maar om onze nog altijd monter voortstomende Charon raasde.

'*Veroveren* . . . Dat daar?'

Maar ik was nog altijd verdoofd door de schok en het vernietigende effect van een tot het uiterste gespannen zenuwstelsel dat grof wordt kortgesloten tot een frustrerend nietsdoen. Afgezien daarvan verwachtte ik half dat de S-boot er ieder moment vandoor zou gaan, wanneer een algemene waarschuwing werd uitgezonden naar alle eenheden van de *Kriegsmarine* betreffende een bepaald verdacht Q-schip dat in het gebied opereerde.

Om nog maar te zwijgen over de plotselinge ontdekking dat ik diende onder de enige commandant van de Koninklijke – of welke marine dan ook – wiens tactische en strategische benadering van een komende strijd puur werd bepaald door de hoogte van de kapitaalsinvestering en de waarschijnlijke verkoopwaarde van de vijand die hij op het punt stond te bevechten.

En toen ging de S-boot in kiellinie met ons varen en was de situatie normaal voor zover het ons element van verrassing betrof. Ze lagen veel te ver naar achteren om ze met iets groters dan hamers en beitels te bestoken.

Bijna onmiddellijk de tweede normale benadering. De

luidspreker. '*Achtung, Kapitän . . . In welcher Hafen legt Ihr Schiff an?*'

Trapp zwaaide dringend met zijn hand naar mij en zag er nog even belachelijk uit als altijd in die verrekte, stomme Arabische hoofdtooi van hem. 'Wat zegt die stoppelkop?'

Ik schudde koppig mijn hoofd. 'Het is verdomme jouw idee, Trapp. Waarom vraag je hem niet of hij Engels spreekt?'

Ik bedoelde het eigenlijk niet zo, maar het was nu mijn beurt om dwars te liggen. Hij haalde echter alleen filosofisch zijn schouders op en voordat ik hem kon tegenhouden, brulde hij: 'Nicht sprechen Dutch, Efendi . . . maar ik sprik een bitje Engles misschien.'

Bij een doffe blik achteruit kon ik de Duitse commandant op de gestroomlijnde brug van de S-boot zien. Hij leek zich om te draaien en met een gebaar in de richting van de Charon iets tegen de matroos naast hem te zeggen. Flarden van gelach dreven over het water en voor de vijftiende keer wenste ik dat ze wat verder naar voren zouden komen. Op de plek waar ze nu lagen, vormden ze een even onmogelijk doelwit als wanneer ze op de Noordzee hadden gepatrouilleerd. Toen kraakte de luidspreker in vlekkeloos Oxford Engels.

'Wat is uw bestemming, kapitein?'

Trapp keek fronsend op me neer. 'Wat dacht je van Derna?'

Ik schudde nerveus en heftig mijn hoofd. 'Nee, om Gods wil. Derna ligt naar het oosten – wij koersen west!'

'Aha,' zei Trapp, duidelijk onder de indruk. Toen verhief hij zijn stem weer.

'Tripoli, Efendi . . . als Allah het wil.'

De Duitse commandant bracht zijn verrekijker omhoog en richtte die op onze boeg, waar de naam Charon om een voor de hand liggende reden lang geleden was verwijderd. Toen geërgerd: 'Geef de naam van uw schip en de seinletters door, kapitein.'

'Dat is het wel,' gromde ik hopeloos. 'Ze hoeven niet meer te doen dan ons met de radio te controleren en . . .'

Maar Trapp ratelde een onbegrijpelijk, vaag Arabisch klinkend antwoord af dat hij besloot met: 'Maar ik niet sprik de

Engles letters, Efendi. Mij simpele kennis niet geven mij dat kunnen.'

Bij een blik naar beneden zag ik Babikian en de rest van de paniekploeg niet helemaal zonder goede reden rondhangen bij de reddingsboot. Ik werkte me op mijn ellebogen naar de ladder en fluisterde hees: 'Om Gods wil, maak jullie klaar voor een fatsoenlijke vertoning . . . als we zoveel tijd krijgen.'

Toen werd er van de *Schnellboot* met een metalige klank gesnauwd: 'Je internationale codevlaggen. Hijs ze onmiddellijk . . . *Verstehen*?'

Intussen bleef de welvende boeg van dat slanke, roofzuchtige oorlogsschip precies op een lijn met ons hek. Nog altijd gereed om bij de minste verdenking op hol te slaan.

Trapp boog diep als een figuur uit een driestuiversopera en dook toen de stuurhut in. 'Olie,' gromde hij tegen Babikian toen hij voorbij de ladder kwam. 'Breng me een blik oude olie en snel.'

De codevlaggen van de Charon waren hoe dan ook toch al niet te ontcijferen, maar tegen de tijd dat Trapp klaar was met zijn doopwerk, zagen ze er eerder uit als boterhammen met zwarte stroop. Hij hees ze en liep toen weer de brug op, van top tot teen de klunzige, nerveuze en verontschuldigende Arabische schipper.

'Daar zitten ze mee, hè?' knipoogde hij tegelijkertijd.

Tot.

'Bijdraaien! Stop uw schip onmiddellijk en hang een ladder uit, kapitein.'

Ik keek kwaad en hatelijk omhoog naar Trapp. 'Wie zat waarmee?'

De niet erg succesvolle tacticus zei pruilend: 'Goed, mister. Als het dan zo moet, zullen we de oude truc van hard naar stuurboord en volle kracht achteruit nog eens uit de kast halen . . .'

'*Nee*!' fluisterde ik fel. 'Zodra ze zien dat je dwars komt te liggen, zullen ze precies hetzelfde doen als die Italiaan en als de bliksem weg proberen te komen . . . alleen zijn deze S-boten met staande start sneller vertrokken dan wij de platen kunnen laten zakken.'

'Wat dan?' Vol wrokkige teleurstelling.

'Je zult ze in de luren moeten leggen, zodat ze op eigen kracht langszij komen en nergens op bedacht zijn.'

Van achteren klonk nu een scherp commando. Kil efficiënt. '*Achtung Geschützbedienung* . . .'

Toen de luidspreker weer: 'Stop uw schip onmiddellijk . . . *Schnell*! Of ik laat het vuur openen.'

'Doe het,' siste ik, maar met een verongelijkte blik aarzelde Trapp nog steeds.

'FEUER!'

Het eerste salvo van de 20 mm op het voordek was kort, fel en raak. Het grootste gedeelte van het dak van de stuurhut boven Trapp's hoofd sprong ineens de lucht in en viel toen versplinterd weer terug.

'Wel verdomme,' zei hij met voor het eerst een ontsteld gezicht. Toen dook hij naar de telegraaf zonder dat hij hoefde toneel te spelen. Ik werkte me weer snel op mijn ellebogen naar de ladder en zwaaide naar de bleke paniekploeg. 'Ga zo snel mogelijk van boord en denk er om Gods wil aan dat jullie Arabieren zijn. Kijk gewoon doodsbang en geef geen antwoord als die moffen jullie aanroepen . . .'

Toen kwam Trapp als een grote dikke slak langs me heen kruipen, op weg naar de kijkgaten op de stuurboordbrug. Ik volgde hem en greep de telefoon beet.

'Crocker. Hetzelfde doel. Je hebt misschien een halve minuut om je eerste salvo in haar te pompen . . .'

'Herroep dat, mister!'

Ik verstijfde en een nare gedachte schoot door mijn hoofd. Meteen voegde Trapp er met onbuigzame vastbeslotenheid aan toe: 'We gaan dat moffenschip veroveren. Dat had ik je toch al verteld, maat? Dus geef door dat ze zich beheersen, want ik laat het prijsgeld van de Charon niet verspillen door een matroos die zijn vinger te los om de trekker heeft . . .'

Ik vertelde hem heel duidelijk en redelijk: 'Je bent gek, Trapp. Een compleet geschifte geldwolf met zelfmoordneigingen . . .'

En zo ging het door tot de paniekploeg met veel geknars en gepiep van slecht onderhouden, verroeste blokken tot beneden het dek was gezakt en de hele boot met schrikbarende rukken en schokken naar het water schoot tot er een misselijkmakende plons hoorbaar was. Even later verscheen Babikian met zijn bemanning wonderlijk genoeg weer en met zwaaiende riemen alsof ze een kleed klopten, volgden ze een koers naar nergens. De kok zat in de boeg en leek zich aan een grote handwerktas vast te klemmen.

Inmiddels was ik buiten adem en kon geen krachttermen meer bedenken, zodat ik slapjes eindigde met: '. . . verrotte, misplaatste, teringlijer van een klootzak die ik ooit in mijn hele verrekte leven tegen het lijf ben gelopen!'

'En ik zal de laatste zijn om te ontkennen dat je misschien wel gelijk hebt, mister,' gaf Trapp grootmoedig toe. 'Maar nu vertel je Crocker dat hij zijn vinger bij de trekker vandaan moet houden en verder niets.'

En de manier waarop hij dat zei, maakte me volstrekt duidelijk dat ik over een paar minuten de mede-eigenaar zou zijn van een tweedehands Duitse *Schnellboot* in prima staat plus ruim twintig matrozen van de *Kriegsmarine.*

Of dood.

Maar toen maakte de vijand zijn eerste fout. In plaats van zijn geschut op de schijnbaar verlaten Charon gericht te houden, richtten ze bijna voor de grap op Babikians boot. Bijna voor de grap. Alleen zag ik eigenlijk niemand van onze paniekploeg er al te hard om lachen.

Een paar minuten lang leek er niets te gebeuren. De Charon rolde onaangenaam op de korte zeeën, terwijl het grootste deel van haar bemanning zich vastklemde aan de bokkende notedop van een reddingsboot en angstig in de lopen van de machinegeweren van de S-boot staarde. Intussen wachtten Trapp en ik in gespannen stilte op de brug.

Er werd kennelijk een nogal ontdane discussie gevoerd tussen de twee in smetteloze uniformen gestoken officieren met hun witte petten over onze nogal overhaaste vlucht. Toen liep een van hen plotseling naar de brugladder en snauwde een bevel.

Meteen renden verscheidene matrozen naar een kast en

begonnen een leeggelopen rubbervlot tevoorschijn te trekken, terwijl anderen de machinepistolen pakten die door een bootsman werden uitgedeeld. 'Ze gaan ons enteren,' zei ik zonder hoop.

En toen klonk het gerinkel van een brugtelegraaf en heel langzaam begon het vijandelijke schip naar voren te komen. Recht in ons schootsveld.

'Ze zijn erin getrapt,' glom Trapp van genoegen. 'Een motorboot met een waarde van een ton en ze zijn erin getrapt.'

'Crocker,' snauwde ik. 'Houd je gereed maar niet vuren. Ik zeg het nog eens . . . Niet vuren tot ik het bevel geef. Begrepen?'

Een heel korte aarzeling en toen: 'Begrepen, meneer. Niet vuren.'

Kolkend water onder de achtersteven van de S-boot en ze stopte weer. Vlak naast ons op een afstand van minder dan vijftig meter.

'*Nu*, mister!' brulde Trapp.

'PLATEN!'

Er klonk een oorverdovend geraas toen de romp van de Charon wijd open gaapte. Elk gezicht aan boord van het Duitse schip draaide verstijfd van schrik in onze richting . . . en Trapp blafte zo hard hij kon: '*Achtung*, stelletje stumpers! Eén beweging en jullie krijgen een lekkere pil.'

'Cagney!' dacht ik ongelovig. 'Precies James Cagney, om Gods wil.'

Maar of die *Kriegsmarine*-commandant Trapp's filmtaaltje nu begreep of niet, één ding kon hij zeker niet over het hoofd zien en dat was de loop van ons kanon die op die afstand de indruk moest wekken van de opening van een spoorwegtunnel.

Een tunnel waaruit ieder moment een exprestrein tevoorschijn kon komen.

Op beide schepen bewoog niemand. Geen spiertje. Terwijl de bemanningsleden van de Charon in de reddingsboot even stijf als marmeren beelden onder de lopen van de 20 mm van de S-boot zaten. Alleen het gekraak van een dol als een golf een stijf vastgehouden riem optilde, verbrak af en toe de stilte.

En daartussendoor klonk het ingehouden gerommel van de machtige uitlaat van de Duitser die wedijverde met het ritmische bonken van onze eigen vrijdraaiende machine beneden.

Tot de lange, geüniformeerde gestalte op de open brug van de *Schnellboot* eindelijk bewoog en na met een opmerkelijk koele en schattende blik de situatie te hebben opgenomen, de microfoon van de geluidsinstallatie pakte.

Heel zakelijk riep hij: 'Een patstelling, zou ik zeggen, kapitein. Misschien zouden we elkaar nu de hand moeten schudden en een einde moeten maken aan de confrontatie, hè?'

Trapp keek me fronsend aan, eindelijk enigszins uit het veld geslagen. Toen boog hij over de verschansing en maakte een toeter van zijn handen. 'Je moet een geintje maken, Hermann . . . Ik kan je met één salvo veranderen in een open roeiboot en dat weet je donders goed.'

Ik kwam moeizaam overeind. Het leek vrij zinloos om me nog langer te verbergen. Maar ik klemde de hoorn van de telefoon vast alsof mijn leven ervan afhing. En dat deed het ook. Die Duitse commandant was geen tegenstander die twee keer een fout zou maken.

De luidspreker bevestigde mijn mening. 'Daar ben ik het mee eens, kapitein. Maar ik wil u ook verzekeren dat voordat u dat kunt doen, mijn uitstekende schutters iedere man in de reddingsboot gedood zullen hebben. Geconcentreerd vuur, begrijpt u? Zelfs de druk van een dode vinger is daarvoor voldoende.'

Babikian snikte bevend: '*Alstublieft*, kapitein . . .'

Trapp besteedde totaal geen aandacht aan hem. Ik mompelde dringend: 'Hij heeft gelijk, kapitein. Die 20 mm mitrailleurs zijn dodelijk. Een salvo van vijf seconden en er blijft daar niets anders over dan een bloederig gat in het water . . .'

Maar Trapp haalde alleen zijn schouders op en maakte weer een trechter van zijn handen. 'Mij best . . . Schiet die rotzakken maar overhoop. Ik ben ze zoveel achterstallig loon schuldig dat je me daarmee alleen een plezier doet. Ik zal je nog eens wat vertellen, mister . . . ik zou je daarvoor zo dankbaar zijn, dat ik niet eens terug zal schieten.'

Dit keer was iedereen echt onder de indruk – vooral Babikian en zijn gezelschap in de reddingsboot. De Duitsers zagen er evenmin erg blij uit, maar ook dat was begrijpelijk. In vergelijking met Trapp's keiharde houding zou zelfs Heinrich Himmler hebben kunnen doorgaan voor een officier van het Leger des Heils.

Ik staarde hem alleen maar aan.

'Psychologie, mister,' beantwoordde hij mijn onuitgesproken vraag. 'Die reddingsboot is de enige troef die ze in handen hebben . . . en als ze denken dat die me niets kan schelen, gooien ze hun kaarten misschien op tafel.'

Maar er tekende zich nog iets anders op zijn gezicht af. Een blik van . . . fanatisme, bijna. Of was het gewoon ordinaire hebzucht? Ik fluisterde misselijk: 'Alleen je bluft niet, is het wel, Trapp? Je bent volkomen bereid die arme donders op te offeren. Zolang hun dood je maar winst oplevert.'

Hij trok laatdunkend een wenkbrauw op. 'Hoe kom je daarbij, mister? De dood van de tweede stuurman en de rest zal mijn geen cent rijker maken.'

'Op de manier waarop jouw hersens werken wel,' sneerde ik, ook al probeerde ik om er geen geloof aan te hechten. 'Want zoals je zelf zei, heeft de Duitse kapitein dan geen troeven meer over en hoe dan ook krijg jij toch de S-boot in handen.'

'Ik zeg je dat het bluf is, stuur. We zijn niet zakelijk aan het onderhandelen, dit is gewoon een spelletje poker . . .'

Toen kwam de luidspreker voor de laatste keer krakend tot leven.

'Heel goed! Ik buig voor uw meedogenloosheid, kapitein. Mag ik een wapenstilstandsgesprek voorstellen?'

Trapp's ogen verrieden niets. Toen verscheen de oude schaamteloze grijns. 'Zie je wel, mister? Gewoon een spelletje blufpoker, meer niet. Net wat ik zei.'

Hij draaide zich om naar de verschansing. 'Welkom aan boord, *Kapitän.* Maar voordat u op bezoek komt, mag ik misschien voorstellen dat die torpedomakers een eind uit de buurt van de afvuurknoppen blijven en dat u ervoor zorgt dat de rest van uw geschut lief en vreedzaam op de lucht is gericht.'

Hij leunde gemakkelijk tegen de verschansing in een hoek

van de brug en bekeek de *Schnellboot* met het kennersoog van een verkoper.

Ik op mijn beurt bleef hem een hele tijd aanstaren.

Want onwillekeurig bleef ik me afvragen hoever hij echt had willen gaan.

En ook hoeveel mijn persoontje precies waard was op de verlies- en winstrekening van de Charon.

Als verhandelbare creditpost.

Trapp besloot ineens formeel te doen, dus wachtten we in zijn hut ter grootte van een lucifersdoosje tot de commandant van de S-boot binnengebracht zou worden.

'Nou, denk eraan dat je me "meneer" noemt,' zei hij, terwijl hij haastig een stapel zes maanden oude tijdschriften van een stoel op het dek schoof. 'We hebben namelijk te maken met een Admiraliteitszaak.'

Ik keek hem kwaad aan. Ik was de reddingsboot nog niet vergeten. 'Voor zover het u betreft, is het toch altijd een "zaak"? *Meneer*!'

Toen was er beweging bij de deur en de lange Duitser van de brug van de *Schnellboot* stapte voorbij Joseph Zonder-Naam en over het luikhoofd. Hij zette zijn pet af en stak die met vlekkeloze correctheid onder zijn arm, maar uit de nadenkende blik in zijn ogen kon ik opmaken dat hij onze korte en ongetwijfeld belangwekkende woordenwisseling had gehoord.

Ik zag dat hij ook een snelle schattende blik wierp op de dozen met bestek en andere buit die tegen het schot stonden opgestapeld. Toen leek hij vaag te glimlachen, waaruit we mochten opmaken dat er achter deze Duitser meer stak dan alleen een knap Teutoons gezicht.

'Duttmann!' zei hij kort, '*Korvettenkapitän* Max Duttmann!'

Trapp leek behoorlijk onder de indruk. 'Dat is behoorlijk hoog in jullie marine, nietwaar?'

'Hij is kapitein-luitenant-ter-zee,' zei ik mat. 'Dezelfde rang die u wordt verondersteld te bekleden.'

'Aha,' knikte Trapp. Hij schoof met zijn voet een stoel bij.

'Ga zitten, kapitein. Het gaat een lange reis worden terug naar Malta.'

Duttmann glimlachte weer bijna onmerkbaar.

'Bent u van plan aan de oppervlakte te varen, kapitein ... of ondergedoken?'

Een ogenblik staarden we allebei de Duitse officier verbijsterd aan. Toen begon Trapp te grijnzen. 'Je bent snel van begrip, mister. Dat moet ik je nageven.'

'Maar niet snel genoeg,' voegde ik er betekenisvol aan toe.

Duttmann wierp me een koele blik toe. 'Als ik dat was geweest, dan zoudt u nu allebei dood zijn. Net als de rest van uw bemanning ...'

'Miller,' zei ik. 'Luitenant Miller, Royal Navy!'

De Duitser knikte hoffelijk en maakte vervolgens een wrang verontschuldigend gebaar in de richting van de dozen met buitgemaakt tafelzilver achter Trapp. 'Ik kan alleen maar achteraf aanspraak maken op wijsheid, heren. Hoewel ik moet toegeven dat ik altijd mijn bedenkingen heb gehad over de theorie van een geheimzinnige duikboot die niemand ooit echt had gezien. Bovendien lijkt het wat buitenissig dat de bemanning van een gewoon Brits oorlogsschip zo'n hartstocht aan de dag legt voor het verzamelen van ... eh ... souvenirs van de schepen die ze tot zinken brengt.'

Trapp haalde zijn schouders op. 'We zijn niet zo gewoon. En daarom bent u nu krijgsgevangene en niet dood.'

Duttmann fronste. 'U hoopt dus op prijsgeld, kapitein?'

'Laten we zeggen dat ik het zonde vindt om kapitaal te verspillen. Goed, ik heb mijn koers naar huis al uitgezet. U blijft hier aan boord met het grootste deel van uw bemanning, terwijl mijn eerste officier uw schip overneemt.'

Maar de Duitser was nog niet uitgevraagd.

'Dan bent u waarschijnlijk van plan met iets meer uit deze oorlog te komen. Iets meer dan ... eh ... de dankbaarheid van uw land?'

Trapp keek hem aan. 'Als je dat maar weet,' snauwde hij.

'Als je dat maar weet!' dacht ik gevoelvol.

Duttmann glimlachte vaag en op dat moment besefte ik waarom ik me bij hem zo slecht op mijn gemak had gevoeld.

Want in de ogen van de lange Duitser lag precies dezelfde blik die ik zo vaak in die van kapitein-luitenant-ter-zee Edward Trapp had gezien.

Berekenend. De blik van een piraat. Van een huurling.

'Hoe zou u het in dat geval vinden om een paar miljoen *Reichsmark* op uw rekening te schrijven, kapitein?' vroeg onze gast heel terloops.

'Zeg, ruwweg, anderhalf miljoen pond Sterling . . .'

'Jezus!' mompelde Trapp misschien al voor de tiende keer. 'Anderhalf miljoen . . . *Jezus*!'

Ik leunde tegen de verschansing van de brug en keek toe terwijl hij met gebogen hoofd en een frons van verbijsterd ongeloof op zijn gezicht heen en weer beende. Toen zei hij nogmaals 'Jezus!' en ik draaide me berustend om en staarde naar de *Schnellboot* die nog steeds ongemakkelijk lag te rollen onder het oog van ons kanon, terwijl haar moedeloze bemanning lusteloos op dek zat met de handen stijf achter het hoofd gevouwen.

Intussen hield matroos Mulholland – met een glas bier in de ene en een stengun in de andere hand – een oogje op de opmerkelijke *Korvettenkapitän* Max Duttmann.

Plotseling bleef Trapp staan en keek me doordringend aan. 'Wat denk jij ervan?'

'Dat heb ik al gezegd. Ik denk dat je stapelgek bent.'

Maar ik verspilde niet veel overtuigingskracht aan die eenvoudige opmerking. Hij zou toch zijn eigen gang gaan. 'O, dat weet ik best,' zei Trapp niet in het minst beledigd. 'Maar ik heb het over die stoppelkop . . . denk je dat hij te vertrouwen is?'

Ik beet nadenkend op mijn lip. Dat was geen gemakkelijke vraag. Onwillekeurig bekroop me een diep respect voor de lange Duitser en nu ik Trapp kende, kon ik me voorstellen dat sommige mannen heel goede redenen hadden om de oorlog de rug toe te keren.

'Volgens mij is hij voorspelbaar,' zei ik schouderophalend. 'Als het om geld gaat, denk ik dat Duttmann voorspelbaar is. Net als jij.'

Trapp grijnsde onbeschaamd. 'Je denkt dat hij met plezier

persoonlijk gewin boven trouw aan het glorieuze Derde Rijk stelt?'

'Zoiets. Nog afgezien van het feit dat hij nu toch zo goed als geen bijdrage meer kan leveren aan de Duitse oorlogsinspanning.'

'En jijzelf?'

Ik aarzelde en voelde een roekeloosheid waarvan ik me nooit eerder bewust was geweest. Misschien had ik lang genoeg in het gezelschap van Trapp verkeerd om enigszins door hem te zijn aangestoken . . . en mijn onenigheid met de admiraal van een hele tijd geleden was ik eigenlijk ook nooit vergeten – die keer dat ik de zondebok mocht spelen en op de Charon was geplaatst.

'Ik weet nog niet genoeg van Duttmanns voorstel. Daarna zal ik het je vertellen.'

Hij keek me enkele ogenblikken strak aan en knikte toen vrolijk. 'Laten we dan eens gaan praten over een pensioen. Maar anderhalf miljoen . . .'

'Het Afrika Korps is bezig zich over de hele linie terug te trekken, heren. Aan hun aanwezigheid op dit oorlogstoneel is eigenlijk een eind gekomen. Feitelijk gelooft een aantal Duitsers al dat het Derde Rijk zelf gedoemd is onder te gaan . . . en tot die mensen behoor ik ook.'

Ik sloeg hem scherp gade. Als hij er echt zo over dacht, dan maakte dat de al te gemakkelijke overgave van de S-boot misschien begrijpelijker.

Maar toch vroeg ik: 'Hoe komt het dat u er zoveel van weet, Duttmann? Ze hebben nog steeds een groot stuk van Noord Afrika in handen en u zult geen toegang hebben tot de geheime inzichten van uw oppercommando.'

'Nee, maar u zult wel beseffen dat zelfs relatief ondergeschikte officieren soms opdrachten moeten uitvoeren die door hun aard leiden tot duidelijke conclusies.'

'En uw conclusie is . . .?'

'Dat nu een noodplan in werking wordt gezet om Rommel en zijn staf te evacueren . . . verscheidene boten van mijn eigen flottielje zijn al betrokken bij de escorte van belangrijke verschepingen naar het Europese oorlogstoneel.'

Trapp schoof geërgerd heen en weer. 'En dat geld, Max?' zei hij met vasthoudende toewijding.

'Geen geld, kapitein. Goud. Verscheidene tonnen baar goud.'

Trapp wilde weer 'Jezus' zeggen, dus kwam ik haastig tussenbeide. 'Waar vandaan?'

Duttmann haalde zijn schouders op. 'Zoals u al aangaf, luitenant, heb ik geen toegang tot de geheimen van de *Wehrmacht.* Maar waarschijnlijk is het in het begin met het Korps meegestuurd om te helpen bij het overhalen van onze Arabische gastheren naar de Duitse zaak. Maar ik zou me ook kunnen voorstellen dat een aantal bankkluizen langs de route van de terugtocht nu open staat en geheel leeg is. Geen enkel leger laat een machtig wapen graag in handen van de vijand vallen.'

'Wapen?' vroeg Trapp met een verbaasde blik.

'In dit geval een vernietigend wapen, kapitein. Genoeg goud om twee *Pantzer* divisies uit te rusten . . . torpedobootjagers te bouwen . . . een hele *Staffel* jagers in de lucht te brengen . . .'

Trapp viel hem grimmig in de rede. 'En daarmee zullen ze het ook bewaken, mister.'

De Duitser haalde zijn schouders op. 'Niet zeker. Waarschijnlijk een compagnie infanterie met een gepantserd escorte.'

Ik werd bekropen door een vage argwaan, een heel onaangenaam gevoel. 'En hoe krijgen we het in handen, Duttmann? Beginnen we met één schip een *Blitzkrieg* tegen het Duitse leger?'

Hij glimlachte stil. 'Nee. We zullen er gewoon om moeten vragen.'

Trapp kwam met een ruk overeind. 'En dan geven ze het ons zeker zomaar,' snauwde hij woedend. 'Waarschijnlijk helpen ze ons ook nog bij het aan boord brengen als ze toch bezig zijn.'

Duttmann knikte kalm. 'Inderdaad, kapitein. De operatie start morgenmiddag om 16.00 uur.'

Ik zei heel duidelijk. 'Je bent een lepe rotzak, nietwaar, Duttmann? Je probeert tijd te winnen in de hoop dat een van je vriendjes komt opdagen om jou te redden. Alleen ben je niet slim . . .'

Toen ging mijn mond dicht. Met een klap.

Want ineens begreep ik dat *Korvettenkapitän* Max Duttmann ieder woord meende . . .

Weer terug op de brug van de Charon. De bemanningsleden van de S-boot zagen er op hun dek nu uit als een stel verzopen katten, terwijl onze eigen mannen er niet veel beter aan toe waren. Met uitzondering van Crocker. Over de telefoon verzekerde hij me heel vrolijk dat hij maar al te graag de hele dag een kanon op Duitsers gericht hield. Vooral als het zo'n miserabel zooitje was.

Trapp verviel weer in zijn hypnose. 'Jezus!' mompelde hij. 'Anderhalf miljoen . . .'

Ik snauwde geërgerd: 'Om Gods wil!' en hij keek gekwetst.

'Het is een heleboel geld, anderhalf milj . . .'

'Het is ook zelfmoord, Trapp. Doe mee met Duttmann en je zet jezelf buiten spel. Iedere marine zal achter je aan komen. De *Kriegsmarine* omdat ze je bloed wel kunnen drinken en de Royal Navy omdat je toevallig een contract met hen hebt . . .'

'Nee, dat heb ik niet,' zei hij met grote stelligheid. 'Ik heb het eigenhandig meteen verscheurd na dat geval met die boot vol kinderen. We waren op thuisreis, weet je nog wel?'

Ik knikte onwillig. Daarin had hij gelijk, maar of de admiraal er ook zo over zou denken was nog maar de vraag.

'Hoe dan ook,' ging Trapp verder met een enthousiasme dat alleen door hebzucht kon worden opgeroepen, 'als wij dat goud te pakken krijgen, kan Hitler het niet uitgeven, hè? En om met Duttmann te spreken, dat komt op hetzelfde neer als het tot zinken brengen van een flottielje torpedobootjagers of het neerschieten van een heel eskader Messerschmitts, nietwaar?'

Ik fronste. Als het over financiële aangelegenheden ging, hadden Trapp's ideeën de eigenaardige gewoonte heel logisch te klinken. Bovendien leed het geen twijfel dat de krankzinnige omgeving van de Charon mijn eigen verstand begon aan te tasten.

Maar het klonk nog altijd veel te simpel.

En dat betekende waarschijnlijk dat in de op zijn kop gezette wereld van de Charon de hele operatie in duigen zou vallen.

'Mijn treffen met u, heren,' zei Duttmann wrang, 'was zuiver toevallig. U zult zich misschien herinneren dat ik u heb verteld dat mijn *Schnellboot*-flottielje gedeeltelijk is aangewezen als escorte bij het verschepen van belangrijk materieel naar Duitsland?'

'Inderdaad,' mompelde Trapp gefascineerd.

'Welnu, mijn huidige missie bestaat uit het ontmoeten en escorteren van een Italiaanse vrachtvaarder van een rendezvous op zee naar een punt op de Libische kust. En dat rendezvous moet plaatsvinden om 06.00 uur morgenochtend.'

'Waarom kwam je dan achter ons aan, Duttmann? Als je een ander karwei had op te knappen?'

Hij glimlachte wat spottend. 'Ik was nieuwsgierig. Jullie zagen er een beetje . . . eh . . .'

'Apart uit?' Ik knikte. Het klonk logisch.

'En wat gebeurt er als jij en die Italiaan op die plaats aankomen?'

'Daar zal het leger staan wachten. Ze zullen het goud bij zich hebben. Om te verschepen naar Taranto, heb ik begrepen.'

Ik haalde mijn schouders op. 'En wat dan nog?'

Dit keer glimlachte Duttmann heel breed. Het was dezelfde jongensachtige grijns waarmee Trapp zijn bittere en dodelijke pillen altijd toediende.

'Stel dat onze Italiaanse vrienden werden . . . opgehouden,' zei hij omzichtig. 'En dit schip – de Charon – zou in plaats daarvan liggen wachten om die lading aan boord te nemen?'

Ik staarde hem aan. Toen staarde ik Trapp aan. En Trapp zat daar gewoon ons beiden aan te staren, terwijl op zijn gezicht een brede, trage grijns opbloeide.

'*Korvettenkapitän* . . .' zei ik zwaar te moede, '. . . u bent nog krankzinniger dan hij. Denkt u echt dat dit gebroken oude wrak ongestoord kan opstomen langs het halve Duitse leger? En verwacht u echt dat ze haar zullen aanzien voor een Italiaanse vrachtvaarder, alleen omdat we *Leonardo da Vinci* of zoiets op onze boeg schilderen en een Italiaanse vlag voeren?'

Duttmann bleef glimlachen, alleen dit keer een beetje wrang. 'Ik geloof, luitenant, dat de Duitse marine en de *Luftwaffe* dat nu al enkele maanden doen. Ik ben er zelf ook ingetrapt, weet u nog wel?'

Ik zakte achterover in mijn stoel en schudde ongelovig mijn hoofd. 'Maar het goud, verdomme! De man die het bevel voert over dat gepantserde konvooi zal het toch niet zomaar overhandigen zonder te controleren of we zijn voor wie we ons uitgeven?'

Trapp sloeg van pure verrukking zijn armen om zich heen. Natuurlijk. Dit was zijn droom die bewaarheid werd. Duttmann haalde alleen zijn schouders op.

'Als u deel uitmaakte van het Afrika Korps en stond te wachten op een Italiaans schip en dat arriveerde precies op schema op een uiterst geheim rendez-vous . . .'

'. . . en het werd ook nog geëscorteerd door een onmiskenbaar Duits oorlogsschip, zou jij dan nog twijfel koesteren, mister?'

Ik keek Trapp knipperend aan en huiverde. Het leek ineens erg koud daarboven op de brug.

'Het is belachelijk!' zei ik voor de tiende keer. 'Het hele verrekte plan is onmogelijk, misdadig krankzinnig en zonder mankeren gedoemd te mislukken.'

'Maar wat denk je er echt van?' vroeg hij bemoedigend.

'O, het is het proberen waard,' mompelde ik.

Zwakjes.

Hoofdstuk tien

Tegen de volgende ochtend was het weer opgeklaard met een enkele breker die het oppervlak van de zee deed rimpelen.

Ik stond naast Duttmann op de open brug van de *Schnellboot* en genoot van de opwinding die de razende vaart over de dauwheldere Middellandse Zee bood, me alleen bewust van het dek dat roffelde onder mijn voeten en de wind die me in het gezicht joeg, van het diepe, kloppende gebulder van de diesels die ons met hun vijfenzeventighonderd paardekrachten voortdreven met een snelheid van tweeënveertig knopen.

Af en toe wierp ik onwillekeurig een blik op de rood met witte vlag die zo strak stond als een plank en waarin de zwarte swastika me arrogant herinnerde aan mijn huidige omstandigheden: een internationale, geheel privé gesloten overeenkomst met een doel waartegen zelfs de oorspronkelijke opzet van ZM Charon verbleekte.

Als we tenminste konden vertrouwen op het woord van een man die een vijandelijk uniform droeg . . .

Ik wierp een steelse blik op Duttmann naast me. Met zijn hoge pet leek hij het toonbeeld van een Nazi – blond, knap en met die berekenende zelfverzekerdheid die aan fanatisme grenzende toewijding deed vermoeden . . . maar aan wie of wat?

Wilde de Duitse S-bootcommandant er echt uitstappen of speelde hij een ingewikkeld spel met Trapp als zijn opponent?

Het overlevingsspel.

Waarin Trapp al niet meer meetelde bij de top.

Hij zag me kijken en glimlachte. 'Nog steeds twijfels, luitenant Miller? Of ik al dan niet te vertrouwen ben?'

Ik haalde mijn schouders op. 'Tot we die Italiaanse vrachtvaarder in het vizier krijgen. Dan zal ik het weten.'

'Maar je maakt je zorgen, hè?'

Ik draaide me om en keek nadrukkelijk naar matroos Mulholland die aan het andere eind van de brug stond en met gespreide benen gemakkelijk de stoten opving, terwijl zijn stengun nonchalant gericht bleef op Duttmanns rug . . . en naar de dik omzwachtelde kanonnier-matroos Clark die de paar leden van de bemanning van de S-boot onder schot hield die Trapp voor de openingsfase van OPERATIE PANZERHEIST aan boord had gelaten. De meeste Duitsers waren torpedomakers . . .

En ik liet de kolf van mijn eigen stengun iets gemakkelijker in mijn gebogen arm rusten en zei rustig: 'Nee, *Korvettenkapitän* . . . als iemand zich zorgen moet maken, zou u dat behoren te zijn.'

We kregen het schip even na zes uur in zicht. Aanvankelijk een verre vlek aan de horizon die snel aangroeide tot het silhouet van een onmiskenbaar ongewapende en nogal kleine vrachtboot en ten slotte, toen we er bulderend op af voeren, een vaartuig dat de Italiaanse vlag voerde.

'Tevreden, luitenant?' vroeg Duttmann.

'Laten we hem van dichterbij bekijken,' zei ik. 'Maar zonder te stoppen. Er kunnen vervelende dingen gebeuren als je naast kleine vrachtschepen stopt.'

Hij keek me even uitdrukkingsloos aan en keerde zich toen naar de spreekbuis. '*Steuerbord fünfzehn . . .*'

De *Schnellboot* helde over in een egale, razende bocht die ons op ongeveer een halve kabellengte afstand voorbij de Italiaan bracht. Het was bijna een evenbeeld van de Charon, behalve dat hij ongeveer vijftig jaar jonger was, maar de bemanning stond ook langs de boorden opgesteld en wuifde kennelijk opgetogen bij het zien van hun bondgenoot die hen kwam escorteren.

Ik hief de prachtig uitgebalanceerde Liebermann und Gortz kijker op. Een dikke man met een fraaie pet leunde over de verschansing van de brug en keek naar ons met een brede glimlach op zijn gezicht. Ik liet de kijker zakken toen we haar achtersteven rondden. De naam en thuishaven waren duidelijk te lezen: *Virgilio Andreotti . . . Napoli.*

'Goed, Duttmann,' snauwde ik, terwijl ik de kijker liet zakken. 'Ze is helemaal van jou.'

Hij bracht haar weer naar buiten op een afstand van ongeveer een halve mijl van de nog altijd voortstomende vrachtvaarder en toen de *Schnellboot* begon rond te komen in een langzame, brede bocht gebaarde hij naar achteren.

'Is het goed?'

'Best. Clark!'

De kanonnier liet nors de loop van zijn stengun zakken en meteen klommen de Duitse matrozen ervaren op de stoelen naast de afvuurinstallatie. Duttmann wierp een grimmige blik op de Italiaan die nu snel voor onze boeg kwam en boog zich weer over de spreekbuis.

Stil gaf ik Mulholland een wenk en hij hief zijn stengun op tot die precies was gericht op Duttmanns niets vermoedende hoofd. Toen hief ik mijn kijker weer op en richtte die op het snel naderbij komende schip.

Een paar seconden lang begrepen ze niet wat er gebeurde. Een voor een stopten de bemanningsleden langs de verschansing met wuiven en staarden ons onzeker aan tot één man plotseling naar achter begon te rennen en iets tegen de dikke schipper op de brug schreeuwde. Ik zag hoe hij zich met een ruk omdraaide en de verschansing beetgreep, verstard in een houding van ongelovige verbijstering.

Duttmann kwam met een ruk overeind en zijn opgeheven hand schoot naar beneden.

'*Torpedos . . . LOS*!'

Woesj . . . woesj . . .

'*Bakbord dreissig . . .*'

We draaiden onder vol roer weg in een bokkende, schokkende bocht, terwijl het dubbele spoor van de torpedo's opdook uit de borrelende luchtbellen voor ons uit en in convergerende lijnen recht op het doel afraasde. Een korte blik op de Italiaanse zeelui van wie sommigen nog altijd verstard bij de verschansing stonden, terwijl anderen wanhopig naar de andere kant van het dek renden, weg van de verschrikking die hen overviel. De dikke man op de brug bewoog helemaal niet, misschien omdat hij besefte hoe zinloos het was maar ook omdat hij niet begreep *waarom* voor de . . .

De eerste explosie tilde het hele achterdek van de *Virgilio Andreotti* de lucht in. Samen met haar brug, stuurhut en schoorsteenpijp.

De tweede meteen daarop volgende treffer hakte tien meter van haar boeg af met de meesten van die zeelui. Het maakte niet uit naar welke kant van het dek ze waren gerend.

En toen was ze verdwenen. Zo maar. Recht naar beneden met een nog draaiende schroef en nauwelijks een rimpeling om aan te geven dat ze ooit had bestaan. Tot een grote uiteenspattende bel aan het oppervlak aangaf dat de druk van de zee haar lege ruimen had ingedrukt en een massa wrakhout naar boven kwam om weg te drijven in een steeds groter wordende kring.

Ik liet de kijker zwaar zakken. Ik had de laatste paar weken een heleboel schepen zien sterven, maar om de een of andere reden leek de *Andreotti* een diepere indruk na te laten. Misschien omdat de Charon zo had kunnen ondergaan . . . gisterochtend nog . . . door de klap van diezelfde gemene torpedo's . . .

Duttmann vroeg rustig: ‘Nu tevreden, luitenant?’

Ik keek hem aan. Er blonk verdriet in zijn ogen, hetzelfde verdriet dat ik zo vaak bij Trapp had gezien, maar verder stond zijn knappe, jongensachtige gezicht nadrukkelijk onbewogen.

‘Welkom bij de club van de thuislozen, *Korvettenkapitän*,’ mompelde ik. Toen legde ik mijn stengun op het tafeltje tussen ons in en keerde me naar Mulholland die nog steeds waakzaam achter ons stond.

‘Je kunt er je gemak van nemen Mulholland. Ga naar Clark en rook een saffie met onze nieuwe partners.’

Ik wachtte een minuut lang met mijn rug naar Duttmann, terwijl ik toekeek hoe de Britse en Duitse zeelui op het achterdek elkaar eerst aarzelend aankeken tot een van de torpedomakers in het uniform van de *Kriegsmarine* grijnsde en een pakje sigaretten tevoorschijn haalde.

Een stem achter me snauwde – heel koud: 'Miller.'

Ik draaide me om. Duttmann hield de stengun – mijn stengun – in zijn schijnbaar al te zekere handen.

Een ogenblik lang ontmoetten onze blikken elkaar. Zijn ogen waren hard. Onbuigzaam.

En toen zei hij grimmig. 'Laat je wapen nooit meer in een misdadig gevaarlijke toestand op mijn brug liggen, luitenant. Begrepen?'

Hij zette de pal op 'veilig' en wierp me het wapen kwaad toe. Ik ving het op en trok het magazijn los. Ik schudde ermee zodat hij de veer kon horen rammelen.

'Leeg,' zei ik. 'Dat was proef nummer twee, Max. Je moet weten dat jij en Trapp niet de enige laaghartige rotzakken zijn in deze privé-marine.'

Op de terugweg om ons bij Trapp en de Charon te voegen wierp ik Duttmann een nieuwsgierige blik toe. 'Je hebt drieëntwintig bemanningsleden aan boord van dit schip, Max. Wil je echt beweren dat die allemaal even onpatriottisch en . . . nou ja . . . misdadig zijn als onze ploeg aan boord van de Charon?'

Hij haalde zijn schouders op. 'Misschien is patriottisme niet noodzakelijk hetzelfde als blinde toewijding aan een zaak. En zeker geen blinde toewijding aan Adolf Hitler. Ik heb er vaak met mijn bemanning over gediscussieerd. Maar weigeren het Nazi-regime te erkennen wordt in het Derde Rijk als een misdaad gezien en wij zijn ook praktische mannen, luitenant. Tot nu toe hebben we erg weinig gelegenheid gehad om zelfstandige misdadigers te worden. Het was niet de moeite waard.'

'Is dit dan wel de moeite waard?'

Duttmann grinnikte filosofisch. Weer Trapp. 'Met die massa geld zou je Rijksmaarschalk Goering kunnen overhalen op Winston Churchill te stemmen.'

Het was een alarmerende gedachte dat er twee Trapp's de Middellandse Zee onveilig gingen maken en dat de bende schurken die moest doorgaan voor de bemanning van de Charon, replica's kregen aan boord van de S-boot was bijna te erg om bij stil te staan.

'Een paar van je mannen zullen toch wel hebben tegengestribbeld?'

'Twee of drie. We hebben ze overgehaald.'

'*Overgehaald*?'

'Heel vriendelijk, dat verzeker ik je.'

Ik fronste. Iets dat me steeds door het achterhoofd had gespeeld, daagde ineens.

'Ik heb altijd begrepen dat elke Duitse eenheid zijn eigen Nazi waakhond had. En bij onze eerste ontmoeting stond er een andere officier bij jou op deze brug.'

'Wijlen mijn eerste officier,' zei Duttmann onbewogen. 'Hij was een erg fanatieke Nazi tot Oberbootsmann Röder afgelopen nacht met hem over politiek begon te praten. Maar de vader van Röder zit op dit moment dan ook in Buchenwald. Als hij nog leeft.'

'Hij *was* een Nazi?'

'Overboord nu. Met een stuk van een seinkoord erg strak om zijn nek gebonden. Dus je ziet, luitenant Miller,' voegde hij er bij nader inzien aan toe, 'er zijn maar tweeëntwintig misdadigers aan boord van dit schip. Afgezien van jezelf.'

'Wat bedoel je? Waarom kan je geen spaghetti koken?' ontplofte Trapp. 'Iedereen kan verdomme spaghetti koken.'

Terug naar normaal. Zeker met de rood aangelopen en even woedende kok.

Ik wierp een blik op mijn horloge. Iets minder dan een uur te gaan tot de Libische kust en Duttmanns geheime rendezvous met het Afrika Korps. Aan stuurboord kroop de *Schnellboot* weer met haar hele oorspronkelijke bemanning – minus één – uiterst langzaam met ons mee, terwijl in de nieuwste witte verf die de Charon sinds een halve eeuw had gezien, onze achtersteven nu was gesierd met *Virgilio Andreotti . . . Napoli*

Intussen had Trapp zich bezig gehouden met de subtielere details van onze nieuwe rol.

Alleen . . .

'Ik ben een Griekse heer...' gilde de kok verrukt. 'En Griekse heren koken nooit spaghetti in het Hotel Majestique heb ik verdomme toch gezegd.'

'Maar hoe moeten we er dan uitzien als een Italiaanse schuit en ruiken als een Italiaanse schuit ver...' smeekte Trapp duidelijk gefrustreerd, 'als zelfs onze verdomde kok geen rottige spaghetti kan koken.'

Om half vier in de middag waren we eindelijk buitengaats ons aanlegpunt.

Het was een grauwe, dorre inham met een korte, stenen pier en verder mijlenver in de omgeving niets anders dan een van hitte zinderende woestijn, blakerende rotsen en schorpioenen.

Er was geen teken van het Afrika Korps. Niets. Alleen de verlatenheid en het zand. En de angst.

Op Duttmanns advies meerden we langs de bouwvallige kade, terwijl hij honderd meter buitengaats bleef liggen, de motoren tijdelijk uitgezet en de boeg afwerend naar de zee gericht. De matrozen van de *Schnellboot* bleven bij hun wapens en hun opnieuw geladen torpedobuizen.

Zwetend en vloekend ploeterden we om de Charon rond te krijgen tot ook zij in de richting van een ontsnappingskoers lag. Maar niet te ver rond. Ik wilde nog altijd met ons boord de landzijde van de pier dekken – de enige plaats waar wagens konden parkeren.

En toen brachten ook wij stil ons geschut in gereedheid. Crocker en zijn bemanning beneden ons in de oven van ruim nummer twee en de Bofors ploeg in hun namaak krat die zelfs geen bescherming bood tegen een kogel uit een Luger.

Duttmann kwam aan land toen we eindelijk klaar waren. De indruk die het Afrika Korps kreeg was helemaal afhankelijk van hem.

En toen begon het wachten voor ons, Duitsers en Britten.

En we transpireerden een heleboel.

En niemand zei iets. Zelfs Trapp niet.

Maar misschien kwam het omdat we toen pas de enorme omvang begonnen te beseffen van de gok die we vrijwillig hadden genomen.

Twintig over vier... half vijf... Ik leunde over de verschansing van de brug en voelde het zweet over mijn blote armen lopen en plasjes vormen op de bovenrand. Dit keer was er voor mij geen noodzaak om me te verstoppen. Dat gold alleen voor de geschutsbemanning.

En dat betekende het eerste grote gevaar. Als het leger erop stond om aan boord te komen...

Duttmann en twee van zijn matrozen, allebei gewapend met Schmeissers, stonden zwijgend op de pier te wachten. Zelfs Max leek wat lusteloos te worden door de hitte of misschien had de spanning er ook veel mee te maken. Ik riep zacht: 'Weet je zeker dat dit de goede plek is?'

Hij blikte omhoog en zag er voor het eerst sinds we elkaar hadden ontmoet bezorgd uit. 'Misschien dat de RAF...'

Een van de Duitse matrozen zei plotseling: '*Bitte! Warten Sie einen Moment, Kapitän*...'

Duttmann zweeg abrupt en luisterde. Ik hief mijn hoofd op en staarde ingespannen naar de duintoppen ongeveer twee mijl verderop en bracht haastig mijn kijker naar mijn ogen. En toen hoorde ik het ook – het gegrom van motoren in de verte.

'Ze komen eraan,' riep Duttmann met nauwelijks verhulde opluchting in zijn stem. Ik gaf geen antwoord – maar opluchting was op dat moment niet direct meer de voornaamste emotie.

Trapp kwam uit de stuurhut naast me over de verschansing leunen. 'Ze zouden hem nog niet eens de toiletten van Hotel Majestique laten schoonmaken,' bromde hij verbitterd. 'Verrekte kok!'

'Ze komen eraan,' gaf ik door, terwijl ik wenste dat hij de kok zou vergeten.

Trapp snoof geërgerd. 'Werd tijd ook. Geen wonder dat ze de oorlog verliezen als ze niet eens op tijd kunnen zijn met onze anderhalf...'

'Houd je paraat, Crocker,' snauwde ik in de telefoon. 'Daar komen ze.'

'Waar bent u van plan het spul te stouwen, meneer. We kunnen ze toch moeilijk het deksel van dit kleine speeltje op laten lichten, niet waar?'

'Achterste deel van ruim nummer een, korporaal. We hebben het luik achter de krat van de Bofors opengegooid ... jullie slapen vannacht op kussens van achttien karaat.'

Hij grinnikte aan het andere eind van de lijn. 'Het spul waaruit dromen bestaan ... Nu paraat, meneer.'

'Begrepen. En ik hoop bij God dat ik je niet meer hoef op te roepen tot we hier uit zijn.'

Crockers stem klonk kalm en geruststellend. 'Als het wel nodig is zal ik antwoorden. En verrekte snel!'

Ik legde de telefoon op het dek naast mijn stengun en overtuigde me er zorgvuldig van dat ik ze zo nodig snel kon pakken. Toen bracht ik mijn kijker weer naar mijn ogen en begon de voertuigen te tellen die met een wolk van stof als kielzog over de duinen kwamen.

Een halftrack voorop dan iets dat leek op een zwaargepantserde vierassige vrachtwagen. Nog twee halftrack personeelsvoertuigen ... twee zware vrachtwagens ... een soort lichte tank met alleen rupsbanden die de achterhoede vormde ... en dan niets meer.

Dat was dus ons gouden konvooi. Geen vijftigtons *Panzers*, Goddank, maar wel een heleboel lichte wapens en misschien nog iets zwaarders op die pantserwagen en die tank. Ik wenkte dringend naar Duttmann op de pier. 'Wat vind je ervan, Max?'

'Kijk uit voor de Puma *Panzerspähwagen* ... de pantserwagen. Ze is ons laatste model – heeft een vijf centimeter kanon en haalt gemakkelijk negentig kilometer per uur. De tank is een oude Mark II, misschien een twee centimeter kanon ... vormt niet echt een probleem.'

'Niet tenzij het daadwerkelijk op je schiet,' bedacht ik grimmig. Maar de pantserwagen – de Puma – zag er lelijk uit. Echt dodelijk. Ik huiverde ondanks de hitte op de brug.

Toen kwam de halftrack brullend en ratelend over de pier op ons af, terwijl de rest van de Duitse kolonne schokkend in een wolk van stof tot stilstand kwam op precies de plaats waarop ik had gehoopt.

Onmiddellijk begon de toren van die verdomde Puma te draaien tot ik ontdekte dat ik nerveus recht in de loop van een ontstellend groot kanon keek. Wie er ook het bevel voerde in die pantserwagen, hij moest tot nu toe een erg ruige en weinig vertrouwenwekkende oorlog achter de rug hebben.

Afgezien daarvan leken de vertegenwoordigers van het Afrika Korps zich op hun gemak te voelen. De manschappen lieten zich stijf uit de personeelsvoertuigen vallen en begonnen aan de landzijde een losse verdedigingslinie op te zetten. Af en toe wierpen ze nieuwsgierige en lichtelijk ongelovige blikken op de Charon waaruit je kon opmaken dat ze meelevend dachten dat hun Italiaanse bondgenoten echt het onderste uit de maritieme kan moesten halen als het om vrachtvaarders ging.

Zelfs de bemanning van de kleine tank leek maar al te blij om uit hun stalen doos te kunnen kruipen en zich te ontspannen in de schaduw van de gecamoufleerde bovenbouw. Maar mijn ogen bleven voornamelijk gericht op de achtwielige Puma . . .

Toen sprong de bevelvoerend officier vlak onder onze brug uit de halftrack en salueerde naar de wachtende Duttmann – een uitgave van Rommel in het klein, compleet met leren jas en stofbril die nonchalant om zijn hals hing, die kringen van stof had afgetekend rond zijn lichtblauwe ogen.

'*Heil Hitler*!'

Duttmann salueerde terug, maar op de manier van de marine, zonder de stijve Nazi arm. '*Guten Abend, Herr Major,*' zei hij kalm.

De majoor keek een schijnbaar heel lange tijd naar ons omhoog met een uitdrukking die het midden hield tussen openlijke afkeuring en waarschijnlijk twijfel. Ik keek strak terug, me bewust van mijn hart dat krankzinnig bonsde. Toen begon Trapp naast me te grijnzen en te knikken.

'*'Eil 'Itler*!' zei hij. '*Viva la Duce! Un bicchiere grande di birra, eh Majore?*

De Duitse majoor keek nietszeggend, terwijl Duttmann zijn ogen sloot. Ik fluisterde koortsachtig: 'Verdomme . . . ik dacht dat je geen Italiaans sprak.'

'Doe ik ook niet, stuur,' mompelde Trapp, terwijl hij de starre grijns probeerde vol te houden. 'Alleen om te vragen of hij een glas bier wil . . . die klootzak is zo argwanend als de pest.'

'*Verzeihen Sie, Herr Major* . . .' bracht ik gehaast uit. Ik voelde mijn keel uitdrogen, maar ik dwong me verder te gaan in wat ik bij God hoopte een Duits met een Italiaans accent. 'Mijn *Capitano* zegt of u zin hebt in een glas bier?'

Ik zag de twee zeelui achter Duttmann heel onopvallend hun Schmeissers zwaaien tot ze de majoor onder schot hielden. Wat er verder ook mocht gebeuren ik twijfelde niet meer aan de trouw van Max' vrijwillige ballingen. Toen glimlachte de woestijnsoldaat flauw en knikte. '*Danke, Kapitän.*'

En tot mijn intense opluchting wendde hij zich tot Duttmann. Ik spande me in om het snelle Duitse gesprek te volgen. 'Bent u echt tevreden over dit schip, Korvettenkapitän? Deze Virgilio Andreotti?'

Duttmann knikte en zei toen iets op gedempte toon. De majoor van het Afrika Korps draaide zijn hoofd om en keek Trapp even aan en barstte toen los in een bulderend gelach. Duttmann glimlachte ook op een enigszins verontschuldigende manier naar ons, terwijl de grijns van Trapp wel uit graniet leek gehouwen.

Tot de majoor heel vrolijk zijn hand uitstak. 'Mag ik uw papieren en orders dan zien. Hoe sneller we uit deze oven verdwijnen, des te beter . . .'

Duttmann haalde een stapel papieren te voorschijn en samen slenterden ze naar de halftrack. Zodra ze zich hadden omgedraaid maakte Trapp's grijns plaats voor een razende grimas.

'Wat zei hij over mij?' wilde hij woest weten. 'Duttmann zei iets over mij, nietwaar?'

Ik bereidde me voor om een koel glas bier naar een Duitse officier te brengen. Er was geen enkele andere man op de Charon die ik dat kon toevertrouwen.

'Ik weet echt niet wat hij over je zei,' reageerde ik hatelijk, 'maar wat het ook was, Trapp . . . het *moet* wel waar zijn geweest.'

Om precies 17.00 uur begonnen ze het goud aan boord te laden.

Er was geen enkele Duitse soldaat die ook maar probeerde aan boord te komen. Duttmann had heel duidelijk gemaakt dat verbroedering tussen de *Wehrmacht* en de bemanning van de Charon ... *Andreotti* ... niet kon worden getolereerd op grond van strikte geheimhouding.

Ik keek toe, terwijl de eerste teleurstellende kleine verzegelde kisten van de vrachtwagen onze loopplank werden opgedragen en overhandigd aan een zwijgzame Griek Polly die was gekozen omdat hij in de hele cosmopolitische verzameling het meest op een Italiaan leek.

Maar klein of niet, elk van die kisten was ongeveer twintigduizend pond waard. Het was de eerste keer in mijn leven dat ik Trapp letterlijk sprakeloos had gezien. Hij was zelfs niet in staat te redetwisten.

Dat was het beste wat me die hele dag was overkomen.

Om 17.10 uur gebeurde er iets anders dat me behoorlijk opfleurde.

De vierassige gepantserde Puma vertrok.

Maar Duttmann fluisterde gespannen: 'Ze zijn alleen maar de duinen over om een verkenningspatrouille uit te voeren. Waarschijnlijk zijn ze zo weer terug.'

Toch voelde ik me beter. Nu wees dat verdomd wantrouwige kanon tenminste niet meer naar mij.

Om 17.40 uur was de eerste vrachtwagen leeg.

De Charon was nu grofweg anderhalf miljoen pond Sterling waard.

Of zoals Trapp met nauwelijks verhuld genoegen zei: 'Dat is ons aandeel. Nu hoeven we alleen nog maar dat van Duttmann te laden.'

Om 17.50 uur bracht ik *Herr Major* nog een glas bier.

Om 17.56 uur schoot iemand hem dood.

Heel grondig. Met een machinegeweer. Vanaf de Charon . . .

Hoofdstuk elf

Het is nog steeds een wazige nachtmerrie. Als ik me de exacte volgorde probeer te herinneren van hoe de zaken verkeerd liepen.

Ik was net teruggekeerd op de brug na de majoor zijn tweede glas te hebben aangeboden. Het was tintelend koud in mijn hand geweest, dat herinner ik me nog wel, en de zijkanten van het glas waren helemaal aangeslagen.

Trapp had zich naar mij gekeerd met de kijker in zijn handen. 'We zijn bijna klaar met laden en Maxie is al aan boord van de S-boot gegaan,' zei hij, terwijl hij eruit zag als een kat met twee staarten – en allebei van puur goud.

Ik nam de kijker van hem over en stelde scherp op de *Schnellboot.* Ik kon Duttmann de ladder naar de brug op zien klimmen en alles in gereedheid brengen om uit te varen.

'Hij verspilt geen tijd,' mompelde ik blij. 'Maar goed ook. Hoe sneller we hier kunnen vertrekken . . .

En toen gebeurde het!

Toen de deur van het verfhok in het vooronder plotseling met een galmende klap openvloog en een heel vreemde, onbeschrijflijke vuile gedaante het dek op stommelde met een koevoet in zijn hand.

Trapp, ikzelf, de bemanning van de Charon en elke Duitse soldaat in de buurt van het schip draaide zich stomverbaasd om.

De gedaante knipperde tegen het plotseling felle zonlicht, keek met stijgende bezorgdheid naar de kring halftracks en vrachtwagens en een tank – allemaal met Duitse kruisen. En daarbij dan nog wat op hem moest overkomen als het halve Afrika Korps dat hem onder schot nam . . .

En hij mompelde: 'Moffen! Och, Jezus, ze zijn gevangen genomen door die rotmoffen . . .'

Ik kraste verstijfd: 'Trapp, heb je er niet aan gedacht Gorbals Wullie te vertellen van dit verzetje van je?'

Intussen sloot Trapp zijn ogen. 'Waarom moet ik altijd overal aan denken op dit verrekte . . .'

Vlak voordat de uit het graf opgestane Gorbals Wullie een heel begrijpelijke oorlogskreet slaakte: 'Maak je geen zorgen, Kapitein. Ik zal jullie allemaal redden van die slappe Nazi rotzakken.'

En hij trok de als camouflage dienende groentekist van zijn geliefde machinegeweer en pompte een salvo van vijf seconden in de in leer gehulde borst van de Duitse majoor die nog steeds ongelovig een half vol glas ijskoud bier in zijn hand klemde.

'O, dat is wel het einde!' snauwde Trapp. En hij vloog weg.

Ik greep de telefoon. Snel!

'Crocker. *Tank* . . . VÚÚÚÚR!'

De platen vielen al voordat ik was uitgesproken. Kennelijk had Wullies beginsalvo meer verstoord dan alleen de verhitte zelfgenoegzaamheid van Herr Major.

Ik bad hysterisch: 'Alsjeblieft kanon, laat ons nu niet in de steek . . .'

Trapp in de stuurhut. 'Chef, geef me alles wat je hebt en een hele donderse bliksem meer.'

De zijkanten van de krat op het voordek vielen met een doffe klap opzij en de lange loop zwaaide al rond onder het felle draaien van de richters. Zandkleurige uniformen doken alle kanten op, toen Wullies kogels in grote zwaaiende bogen stoffonteinen opwierpen in het woestijnzand. Drie bemanningsleden van de tank kropen wanhopig op de toren van hun voertuig.

Crocker. Prachtig . . . '*Vuur*!'

Bammm!

De tank bloeide op in een hoge oranje bal waar bovenop languit een man lag die afgrijselijk langzaam door de lucht wentelde. 'Recht voor zijn raap, Crocker. Pak de halftracks, pak de halftracks!'

'Laden . . . klaar . . .'

Iemand gilde in doodsnood. De chauffeur van het voertuig van de dode majoor. '*Ich verstehe nicht . . . ich verstehe nicht . . .*' De helft van zijn rechterschouder was weggeschoten.

'Vuuuur!'

Bammm!

En de Bofors zwaaiden rond en vuurden tegelijkertijd. *Pom . . . pom . . . pom . . . pom! Pom . . . pom . . .*

Maar plotseling werd er teruggeschoten en floten de kogels ons om de oren. Een groep soldaten aan de rand van de woestijn worstelde met hun zware Spandau mitrailleur om die rond te draaien en op hun eigen bondgenoten te richten . . . ons. Allemaal waren ze nog doodsbleek van de schok.

Een motor krijste in een lage versnelling toen de lege vrachtwagen in een wolk van stof optrok. De Bofors nam hem voor zijn rekening en smeet hem halverwege de helling van een duin op waar hij met een klap van versplinterend glas omviel en begon te branden. Er kwam niemand uit de cabine.

Meer schieten nu. Uit de verte. Wel verdomme . . .

Trapp die als een krankzinnige gilde. 'Duttmann! Ze gaan meedoen met de S-boot, stuur!'

Ik draaide me met een ruk om en keek in de richting van de zee. De lage, grijze motortorpedoboot was al los en kruiste langzaam langs de kustlijn vurend uit alle wapens. Dus die arme verrekkeling van een Duttmann doodde Duitsers en had zijn schepen nu echt achter zich verbrand. Maar hij moest zich daarop al een hele tijd geleden hebben voorbereid . . . toen hij de *Virgilio Adreotti* op de korrel nam . . . de echte *Andreotti*.

Een hysterisch gekkenhuis van schieten. Bofors, mitrailleurs, 37 millimeters, 20 millimeters, stenguns, Schmeissers . . . Lugers.

Bammm! Een personeelsvoertuig barstte uiteen in een wolk van zand en zwarte rook.

12 cm's . . .

Polly de Griek omarmde een Duitse korporaal in een smorende greep onder de achterste laadklep van de vrachtwagen, een krankzinnige worsteling in een ring met een dak van een half miljoen pond. Een andere soldaat van het Afrika Korps rende voorbij met een vuur spuwende Schmeisser en hakte in zijn opwinding beide mannen in mootjes. Dan schoot een als een gek brullende Wullie de derde man overhoop die tegen de resterende lading van de vrachtwagen werd gesmeten.

Houtsplinters en rollende goudstaven vielen als een lawine naar beneden en verspreidden zich in een gouden poel over het met bloed doordrenkte zand.

'Jezus!' zei Wullie die er vol ongeloof naar staarde.

Zwarte Joseph Zonder-Naam rende over het dek en zwaaide als een gek met een enorm, glanzend mes, terwijl hij uit alle macht gilde.

'Jezus!' zei Wullie weer die zich nu afvroeg wat hij was begonnen. Dan verscheen een arm met *Feldwebel*-strepen kalm boven de lage verschansing en er rolde iets over het dek dat vlak naast de driepoot van Wullie's machinegeweer bleef liggen.

'Granaaaat!' schreeuwde ik toen Joseph in zijn krankzinnige ren een fractie van koers veranderde om er een trap tegen te geven. De granaat rolde een paar meter verder en stootte dan tegen een oogbout. Hij ging af toen Joseph er in zijn ren vlak boven was en ik zag het eenbenige lichaam dat nog steeds het mes vasthield een fraaie koprol over de verschansing maken en op de pier terechtkomen.

Trapp die schreeuwde: 'Losgooien voor . . . losgooien achter!' terwijl ik ver over de brugverschansing leunde en een vol stengunmagazijn leeg schoot in de *Feldwebel*.

'Och Jezus!' zei een doodsbleke Wullie voor de derde keer. Dan begon hij weer te schieten . . .

Pom . . . pom . . . pom . . . pom! Pom . . . pom . . . pom . . . pom!

Bammm!

'Ladenenrichtopdewagens . . .'

De broze Babikian kroop doodsbang naar voren. Een rij kogelgaten verscheen in het luikhoofd voor hem. Hij verstarde, gooide zich plat op het dek met zijn armen over zijn hoofd. Een van de Bofors-schutters schokte als een lappenpop en bleef dan slap en bloedend in zijn stoel hangen.

Trapp draaide de telegraaf op '*Halve kracht vooruit.*'

Dan stormde hij naar buiten, boog over de verschansing en brulde tegen de verlamde tweede stuurman. 'In de benen en gooi vooruit los, mister!'

Splinters barstten in een volmaakte boog uit de stuurhut, een paar centimeter naast Trapp's gebogen gestalte. Hij kwam met een ruk overeind en zei heel verontwaardigd: 'Verrekte Duitsers. Ik heb je toch gezegd dat ze niet te vertrouwen zijn,' en dan verdween hij weer in de stuurhut om het roer hard naar bakboord te draaien.

Een zware mitrailleur begon tachtig meter verder op een duintop te vuren. Kogels floten nu van alle kanten op ons af toen het dek bonkend begon te trillen onder de trage wentelende kracht van onze schroef. Onze boeg lag nog steeds met een letterlijk onbreekbare lijn aan de pier vast.

'Babikiaaan!'

De jongen snikte en werkte zich dan overeind. Hij was halverwege de ladder toen de mitrailleur hem te pakken nam en hem opzij, recht over de verschansing in het water langszij smeet. Ik begon te rennen en tegelijkertijd te kotsen.

Dan werd ik op het kuildek ingehaald door een ronde kolos met een rood gezicht die furieus Grieks gilde toen hij letterlijk de ladder naar het voordek opschoot. Een krankzinnige indruk van een opbollend, belachelijk vuil voorschoot voordat de vleeshak in de hand van de dikke man neer flitste. De laatste lijn naar de pier schoot met een geweldige *twang* los.

De kok zwaaide triomfantelijk met de vleeshak naar Trapp in de stuurhut en schreeuwde blij: 'Je hebt me dus toch nodig – jij rotbaas – om je schip te laten varen, hè? Ik zeg je toen ik in Hotel Majes . . .'

Ik hoorde het ratelen van de Spandau op het duin toen ik in een lange, hopeloze duik plat naar het dek ging. 'Neer, chef, ver . . .'

En de kok deed het. Hij ging plompverloren zitten met nog steeds een zegevierende uitdrukking op zijn dikke gezicht. Alleen was de achterkant van zijn hoofd verdwenen . . .

Plotseling stormde Trapp als een dolle stier uit de stuurhut. 'Neem ze te grazen!' schreeuwde hij met een stem zoals ik nog nooit eerder heb gehoord. 'Neem ze te grazen, die vuile, laaghartige, moordende . . .'

De 12 cm, de Bofors, de S-boot en Wullie's machinegeweer barstten los in een donderende fusillade. De woestijn bloeide open in een langzaam wegdrijvende zandwolk en toen die optrok, was er nergens nog een machinegeweer te ontdekken. Er was zelfs geen zandduin meer . . .

En plotseling leek alles erg rustig.

Alleen het geknetter van een brandende halftrack en af en toe het gekreun van een gewonde, half begraven man verstoorde de stilte van de woestijn. En het bonzen van de machine van de Charon toen we gestaag wegdraaiden van dat knekelhuis.

De telefoon. Bezorgd. 'Meneer . . .? Is daarboven alles in orde . . .?

Maar ik gaf geen antwoord. Niet meteen. Want ik stond nog steeds knipperend naar Trapp te kijken.

Hij stond daar als een standbeeld te kijken naar de man in dat vuile, met bloed bevlekte voorschoot die ongewoon stil op het doorzeefde voordek zat.

En tranen stroomden over zijn verweerde wangen.

Kapitein Edward Trapp . . . huilde.

Toen had het voorbij moeten zijn.

Het had echt voorbij moeten zijn . . .

Een beetje verlegen draaide ik Trapp de rug toe. De strook water tussen ons en de pier werd langzaam breder. Vijftig meter . . . vijfenzeventig . . .

De telefoon weer. Dringend. 'Alles in orde, meneer?'

Ik knikte. Hij zou er snel genoeg achter komen. 'Prima, Arthur.'

. . . honderd meter . . . honderdtwintig.

Toen hoorde ik het. Het geraas van een motor.

Aanvankelijk dacht ik dat het Duttmanns *Schnellboot* was die nu langzaam op twee kabellengten buitengaats voor ons uit kruiste en ongeduldig wachtte tot we onze draai hadden voltooid. En toen werd het motorgeraas luider en ik begon me plotseling weer klaarwakker om te draaien naar de met wrakken bezaaide kust.

Net toen het gegrom overging in een machtig gebulder . . . en de Puma met zijn acht wielen en vijf centimeter kanon over de toppen van de duinen op ons af kwam razen met een wraakzuchtige, zigzaggende tachtig kilometer per uur.

Hopeloos jankte ik: 'Open vuur . . . open vuur . . . open vuur!' in de telefoon in de wetenschap dat zelfs Crocker met zijn fabelachtige nauwkeurigheid zo'n snel naderend doel nooit zou kunnen raken. Het grote kanon was gewoon te log, te langzaam. En de Bofors was te licht om door de pantsering van de Puma te dringen.

Maar ze probeerden het.

Pom . . . pom . . . pom . . . pom! Pom . . . pom . . . pom . . . pom!

Bammm!

Een enorme zandpluim schoot voor de pantserwagen de lucht in. Toen raasde hij vol woedende minachting door de wolk heen, slipte naar bakboord in een feilloos uitgevoerde schijnbeweging waardoor het eerste salvo van de Bofors machteloos vijftig meter miste.

'Vuur!' Een tweede uitbarsting . . . tien meter te ver . . . De Puma draaide abrupt weg. Ik knipperde onthutst, dan zag ik het: de lange zwarte pluim brandende dieselolie die ondoordringbaar uit de vernietigde lichte tank over het slagveld dreef.

'De rook, Crocker!' schreeuwde ik. 'Hij gaat op de rook af . . .'

Nog een paar stofgeisers die geen doel troffen en dan raasde de Puma het olieachtige gordijn in en verdween volledig en bijna miraculeus. De 12 cm brulde nog een keer gefrustreerd ten afscheid, maar er was niets waarop ze konden richten . . . ik snauwde nerveus: 'Staak het vuren . . . staak vuren . . . *staak vuren*!'

Trapp schoot ineens wakker uit zijn verdriet om de kok en sprong naar de stuurhut. 'Volle kracht vooruit, chef! En draai die kleppen open tot ze niet verder kunnen.'

En we wachtten. Het waren seconden, maar het leek een

eeuwigheid. De hele tijd konden we de Puma horen, dat grommende geluid van een motor dat overal en nergens vandaan lijkt te komen. Welke kant is hij opgedraaid . . . bakboord . . . stuurboord? En als hij weer te voorschijn komt, uit welk gedeelte van de rollende rook zal het dan zijn?

Trapp draaide het roer recht vooruit en riep: 'Ik kan hem horen, mister. Aan de rechterkant, ongeveer tien streken achteruit.'

Ik keek hem angstig aan. Ik hoorde hem links, een heel eind naar links.

'Het midden, kapitein,' gilde de onverwoestbare Gorbals Wullie vol onderdrukte opwinding van achter zijn machinegeweer. 'Ik hoor die moffenmotor recht uit het midden van de rook komen.'

En dan plotseling een ander gebulder van een machtige motor uit de richting van de zee. We draaiden ons geschrokken om en zagen de boeg van de *Schnellboot* omhoog komen toen die van ons wegraasde en op vol vermogen een schitterend witte golf beklom.

'Hij laat ons in de steek,' snauwde Trapp ongelovig. 'Die lafhartige stekelkoppen laten ons in de steek.'

Ik keek hem woedend aan. 'Dat moet je wel prettig vinden, Trapp. Je hebt al het goud nu helemaal voor jezelf en ik hoop bij God dat je het al die levens waard vindt . . .'

'Doel LINKS!'

De Puma schoot uit de rook te voorschijn, raasde op de pier af en op het stampende, logge doelwit van de romp van de Charon waarin onze kanonniers als makke schapen opgesloten zaten in het hol van ruim nummer twee.

Alleen knipperde de toren van de Puma deze keer venijnig. Heel gericht. En met ijzige precisie.

Als in een trance hoorde ik de telefoon. Crockers kalme, heel gelaten stem. Maar voor het eerst met een ondertoon van wanhoop.'

'Het spijt me, meneer. We hebben twintig graden mis gegokt . . . we krijgen de oude teef nooit rond . . .'

Toen begon de achtwieler granaten in ons te pompen, schijnbaar recht onder mijn voeten. Het dek kwam bijna verticaal te liggen toen de Charon naar bakboord kielde onder druk van de inslagen. En boven alles uit Trapp die brulde: 'Ze komen terug, ze komen terug, mister . . .'

Wat een nogal vreemde opmerking leek als een pantserwagen bezig is je schip tot zinken te brengen. Maar ik was al helemaal verdoofd door de ontploffingen die de geschutsopstelling onder me uiteen reten en ik wachtte gelaten – net als Crocker had gedaan – op het eerste salvo dat ons magazijn in het onderruim zou treffen.

Tot ik een visioen kreeg van de Puma die nu op me af kwam razen, nog steeds vurend langs de doorzeefde pier . . . en toen barstte hij met een schokkende, schroeiende flits samen met de pier en een groot deel van de woestijn rond de aanlegplaats uiteen in een gigantische wolk van zand . . .

Vlak voordat de slanke, machtige *Schnellboot* bulderend onder mijn brugvleugel doorschoot in een grote glijdende bocht met *Korvettenkapitän* Max Duttmann die vanaf haar brug grimmig salueerde.

Zelfs nu voerde ze nog de zwarte swastika op een rood met wit vlak.

Wat eigenlijk nogal ironisch was.

Aangezien ze waarschijnlijk het eerste en laatste oorlogsschip zou zijn dat een achtwielige *Panzerspähwagen* van het Afrika Korps had getorpedeerd!

Het was alleen te danken aan het feit dat de Charon zo oud en roestig was dat vernieting haar bespaard bleef.

De meeste granaten van de Puma waren door de open platen aan stuurboord naar binnen gekomen om zonder te ontploffen door de papierdunne huid aan bakboord weer te verdwijnen.

Maar enkele waren wel ontploft. Tegen het kanon zelf of tegen de sterkere spanten van het eigenlijke ruim. Schotten waren ingedeukt en weggereten en de voet van die oude 12 cm was vervormd tot verbogen, hoekig staal dat dof was uitgeslagen door de hitte.

Matroos Mulholland zat nog in zijn richtersstoel, het rechteroog tegen het gesmolten rubber van het vizier gedrukt. Maar hij was helemaal zwartgeblakerd.

Er lag iets in een hoek dat nog steeds een scherpe vijfenveertig ponds granaat omklemde die eruit zag alsof hij net door de werf was afgeleverd – glimmend koper zonder een enkel krasje. Maar kanonnier-matroos Clark was alleen herkenbaar aan een stukje bloeddoordrenkt verband waar ooit misschien een hoofd had gezeten.

Korporaal Crocker zag er nog steeds onberispelijk uit. Vanaf zijn middel. Maar Trapp had hem dan ook nooit kunnen overtuigen van de noodzaak dat hij er als een oude zwerver uit moest zien omdat hij aan boord van een oude zwalkende schuit diende. En te oordelen naar de vriendelijke, spijtige glimlach op Arthurs gezicht, zou hij dat ook nooit hebben gekund . . .

Trapp draaide zich om en tastte naar de verwrongen ladder naar het dek. Toen hij halfweg was en nog steeds niets had gezegd, kon ik me niet langer inhouden, dus snauwde ik: '*Trapp.*'

Hij verstarde en draaide zich heel langzaam om.

Ik zag de blik in zijn ogen. En alle opgekropte wrok en haat en walging sloeg plotseling om in een doffe, ellendige sympathie.

'Er is niets, kapitein,' mompelde ik. 'Het is helemaal niet belangrijk. Niet meer.'

En de volgende ochtend, zestig mijl buitengaats, namen we afscheid van Max Duttmann en zijn nu eveneens buiten de wet geplaatste bemanning van *Schnellboot 248.*

We hadden eerst het goud gedeeld, terwijl we boord aan boord op een spiegelgladde, licht deinende zee dreven. Er was geen sprake geweest van geruzie op het laatste moment, van wederzijdse argwaan. Alleen een luchtige, bijna vrolijke kameraadschap waaraan zelfs Trapp geen weerstand kon bieden.

En natuurlijk heerste er geen wantrouwen. Om met Trapp te spreken: 'Gewoon een eerlijke zakelijke overeenkomst tussen heren, stuur . . . en je moet er toch een paar principes op nahouden als je marine-officier bent.'

Max was van plan richting Libanon te koersen. Daar zou hij zijn schip tot zinken brengen en dan verdwijnen, tenminste tot de oorlog voorbij was. Trapp was van mening dat er een goede toekomst was voor een grote investeerder in Libische olie . . . maar wel pas als het Afrika Korps grondig was gedemobiliseerd. Tot dan toe dacht hij dat de Griekse eilanden wel enkele beloften inhielden voor een oorlogsschip op de vlucht. 'En zelfs nog een beetje extra winst. Terwijl Al en Wullie en de rest van de jongens wachten tot de druk wat van de ketel is.'

Maar hij zou nooit veranderen. Daar was ik een hele tijd geleden al achter gekomen.

Persoonlijk wist ik niet wat ik zou gaan doen. Maar ja, ik was dan ook nooit een internationale verschoppeling geweest. Geen figuur zoals de buitenissige Edward Trapp altijd zou blijven, hoeveel geld hij ook vergaarde.

Zelfs de laatste woorden die hij ten afscheid over het water tussen de twee schepen brulde, bewezen dat. Vlak voordat Max een laatste groetende hand opstak.

'Denk eraan, Maxie jongen. Als je ooit in geldnood komt, daarginds ligt waarschijnlijk nog voor een half miljoen in het zand begraven. Is wel een kleine investering waard, vind je niet?'

De motoren van het Duitse oorlogsschip sloegen bulderend aan. Trapp en ik stonden op de brug en keken zwijgend toe. Het blauwe water onder haar hek werd tot kolkend schuim geslagen toen ze weg begon te draaien en steeds sneller over het spiegelgladde water schoot . . .

. . . en toen werd ze opgeblazen.

Weerzinwekkend.

Een grote, hoog oprijzende zuil van water en stukken schip en brokken mens . . .

Ik herinner me mijn eerste reactie nog. Afschuw, walging, ongeloof.

Trapp!

Maar toen ik me razend van woede omdraaide, keek hij me alleen vol onbegrip, bijna schuldig aan.

'Ik heb het niet gedaan, stuur! Misschien heb ik er wel even aan gedacht, maar ik zweer je dat ik het niet heb gedaan ... geen bom. Ik zweer het bij God!'

En ik zei angstig: 'Maar wat dan ...? Wat was het verdomme dan, Trapp?'

Tot ik het witte, geleidelijk oplossende spoor herkende dat van de kolkende grafzerk van de *Schnellboot* in westelijke richting verdween.

En verbluft zei ik: 'Een torpedo. Ze is te grazen genomen door een torpedo,ver ...'

Gorbals Wullie, die verstard halverwege de brugladder stond, jankte: 'Torpedo spoor ... Torpedooo spoor!'

Zonder zich te bewegen reageerde Trapp nog steeds verbijsterd: 'Dat weten wij verdomme ook wel.'

Maar Wullie schudde heftig zijn hoofd en wees. 'Die bedoel ik niet, ik bedoel die andere ...'

'... die andere die op ons afkomt!'

Ik denk dat ik meteen besefte wat er was gebeurd. Ik was me alleen bewust van een koele aanvaarding die me vervulde van wanhoop in de laatste seconden die ons nog restten.

Een onderzeeër op patrouille. Of het een Britse of een Duitse was leek op dat moment totaal onbelangrijk, we waren nu voor beide partijen een even aantrekkelijk doelwit.

Waarschijnlijk Brits trouwens. Een bevoorradingsschip geëscorteerd door een *Schnellboot*. Een bevoorradingsschip dat heel duidelijk de naam *Virgilio Andreotti – Napoli* droeg. Was er een beter doel?

Het laatste wat ik van Trapp zag, was zijn enorme, plotseling actieve gestalte die zich over de vertrouwde spreekbuis boog en zijn nutteloos brullende stem.

'Kom naar boven, Al ... Kom als de bliksem naar boven ...'

Vlak voordat het hele schip verticaal in de lucht leek te worden getild. En ik zag hoe het voordek van de Charon en de

Bofors en alles wat er verder voor de brug lag langzaam naar me toe krulde als een gloeiend, roestig rood tapijt . . .

En de stoom en het stof en de pijn omhulden me. En de duisternis.

Maar zelfs terwijl de Charon over me heen rolde, weet ik nog dat ik vol wrok gilde: 'Je hebt verloren, Trapp. Uiteindelijk heb je verdomme toch verloren . . .'

'. . . Want je kunt niet altijd winnen, Trapp . . . niet met jouw overlevingsspel . . .'

Hondewacht

Ik was Trapp en de Charon bijna vergeten.

Wel kwamen ze nog af en toe naar boven drijven. Meestal tijdens een bijzonder nare nachtmerrie, samen met namen als Gorbals Wullie en Al Kubiczek, Crocker en Babikian, Polly de Griek, Joseph . . . Mulholland, Clark. En een dikke kok, wiens naam ik overigens nooit had gekend.

Zoals ik al had vermoed, waren we getroffen door een Britse torpedo. Ze haalden me uit het water, maar pas nadat ze verscheidene uren geduldig hadden gewacht in de hoop op een ander doelwit – als de *Kriegsmarine* kwam zoeken naar hun vermiste schepen.

Er waren geen andere overlevenden van Zijne Majesteits bewapende koopvaardijkruiser Charon.

Het enige vreemde aan de hele zaak was . . . dat ik werd gevonden met een reddingsvest aan. En ik lag heel veilig op een groot stuk van het luik van ruim nummer twee. Bijna alsof iemand me opzettelijk daar zo had achtergelaten . . .

Terug in Malta speldde de admiraal me een medaille op. ‘Briljante strategie, mijn jongen,’ bromde hij verrukt toen ik hem vertelde van het goud en onze poging dat in handen te krijgen en van de Messerschmitts en torpedobootjagers die Hitler nu niet meer zou kunnen bouwen.

Ik ging niet verder in op wat wij ermee hadden willen doen. Hoewel de admiraal dat waarschijnlijk zelf al had geraden. Maar hij had ook iets van een fanaticus en ik denk dat hij Trapp veel beter had begrepen dan ik al die tijd had gedaan.

Dus gaf hij kapitein-luitenant-ter-zee Edward Trapp, koninklijke marinereserve, ook een medaille. Postuum en met veel vertoon tijdens een parade op de boulevard boven Grand

Harbour en het nog steeds halfgezonken wrak van de *Ohio*. Ik weet nog dat ik moest denken aan die blik in Trapp's ogen, heel lang geleden, toen we hadden toegekeken hoe het dappere schip zich moeizaam naar Malta had geworsteld. Om een hele oorlog te redden en zonder enig vooruitzicht op winst.

De admiraal reikte mij de voor Trapp bestemde medaille uit. Toen ik naar voren stapte en salueerde, keek hij me een poos aan om dan te knipogen.

'De kapitein zou er blij mee zijn geweest,' fluisterde hij samenzweerderig. 'Hij is bijna twee pond waard. Inkoopprijs.'

En zo gingen de jaren voorbij.

Tot ik op een dag in een bar in Singapore zat te kletsen met mijn oudste officier over scheepszaken in het algemeen en ik naast me twee olieboorders hoorde praten.

De een zei heel terloops tegen de ander: 'Weet je, het is een vreemde wereld, Harry. Een maand of zo geleden was ik voor een onderzoek in Libië en daar stuitte ik op een oud slagveld langs de kust. Het gewone spul. Je kent het wel, wrakken, roest, ga maar door . . . maar toen ik er doorheen liep ontdekte ik dat er al een paar lui waren. Kilometers van de bewoonde wereld moet je je voorstellen. God mag weten waar ze vandaan kwamen. En ze waren nog verrekte grof ook!'

'O,' zei Harry. 'Wat deden ze dan, Bill?'

Bill keek een beetje kwaad. 'Een van hen bleef me maar aanstaren. Nog een schoft ook. Een lepe, keiharde Schotse ellendeling. En toen draaide die andere, grote, verweerde kerel zich om en snauwde tegen me.'

'Wat zei hij dan?' vroeg Harry belangstellend.

Bill schudde vol ongeloof zijn hoofd. 'Alleen wij drieën, hè? Helemaal alleen daar in die verrekte woestijn en die grote kerel brult ineens: "Sodemieter op!" Zo maar.'

Ik draaide me om op mijn kruk. 'Neem me niet kwalijk, maar . . . waren ze misschien aan het graven?'

De man aan de bar keek me verbaasd aan. 'Hoe wist u dat, kapitein?'

Ik glimlachte.

Vaag. Bijna weemoedig.

'Doen jullie mee?' vroeg ik. 'Er zijn een paar oude vrienden op wie ik graag een dronk zou willen uitbrengen . . .'

Lees ook van A.W. Bruna Uitgevers B.V.

Ken Follett

Door het oog van de naald

April 1944. Dubbelspionnen, misleidende radioberichten, namaak-barakken, imitatie-vliegvelden en geruchten over een niet-bestaande vloot vormen de ingrediënten van een briljante afleidingsmanoeuvre die de Duitsers ervan moet overtuigen dat de invasie niet in Normandië, maar bij Calais zal plaatsvinden. Eén man echter kent het geheim. Hij luistert naar de codenaam *Die Nadel.* Als de Engelse contraspionage een meedogenloze klopjacht op hem opent, verandert dit ook het leven van de onschuldige bewoners van een afgelegen rotseilandje in de Noordzee. De nietsvermoedende oude schaapherder, de invalide man, de jonge vrouw en het kind: zij vormen van de ene op de andere dag de vitale schakels in een keten van niet te stuiten gebeurtenissen.

ISBN 90 449 2416 8

Lees ook van A.W. Bruna Uitgevers B.V.

Clive Cussler

Het logboek

De atoomonderzeeboot *Starbuck* is de nieuwste trots van de Amerikaanse marine. Met aan boord de modernste nucleaire wapens maakt de *Starbuck* een proefvaart in de Stille Oceaan en verdwijnt...
De *Starbuck* zond geen noodsignalen uit en er werd ook geen wrak gevonden. Men is ten einde raad, totdat beroeps-avonturier Dirk Pitt in een door haaien bevolkte baai bij Hawaii een stille getuige vindt: het logboek van de *Starbuck*. De laatste, haast onleesbare en in doodsangst neergekrabbelde aantekening van kapitein Felix Dupree leidt naar de plaats van de gruwelijke ondergang van de onderzeeboot, honderden mijlen verwijderd van de laatst gesignaleerde positie...

ISBN 90 449 2463 X

Lees ook van A.W. Bruna Uitgevers B.V.

Ira Levin

De jongens uit Brazilië

São Paulo, een avond in september.
Een groep zakenmannen, gedistingeerd en zelfverzekerd, komt bijeen in een restaurant. Tijdens het diner ontvouwt een in het wit geklede man een zeer sinister plan. Binnen twee jaar moeten er 94 mannen, verspreid over de hele wereld, worden vermoord. Twee dingen hebben ze gemeen: hun leeftijd en een dertienjarige zoon, allemaal van hetzelfde adoptiebureau.
Het gesprek wordt ondanks de strenge veiligheidsmaatregelen afgeluisterd. De informatie wordt doorgegeven aan de Oostenrijkse nazi-jager Yakov Liebermann. Liebermann begint vervolgens aan zijn grootse jacht op *De jongens uit Brazilië*.

ISBN 90 449 1796 X